LA PRISE DE MAKALÉ

Du même auteur

Fayard

La Concession du téléphone

La Saison de la chasse

(prix de traduction Amédée Pichot)

Un filet de fumée

Le Roi Zosimo

Le Cours des choses

Flammarion

Pirandello

Fleuve noir

La Forme de l'eau

Chien de faïence

Un mois avec Montalbano

Le Voleur de goûter

La Voix du violon

La Démission de Montalbano

L'Excursion à Tindari

Le Tour de la bouée

La Première Enquête de Montalbano

Le Promeneur

Un massacre oublié

Indulgences à la carte

Métailié

L'Opéra de Vigàta

Le Coup du cavalier

La Disparition de Judas

Mille et une nuits

Le Jeu de la mouche

Andrea Camilleri

LA PRISE DE MAKALÉ

roman

traduit de l'italien par
MARILÈNE RAIOLA

Fayard

Cet ouvrage est la traduction intégrale, publiée
pour la première fois en France, du livre de langue italienne :

LA PRESA DI MACALLÈ

édité par Sellerio Editore.

Un

Il fut réveillé en pleine nuit par un sacré raffut qui provenait de la salle à manger : ça criait, ça chialait. Mais, bizarrement, c'était des cris et des pleurs étouffés, comme si ceux qui faisaient tout ce ramdam ne voulaient pas qu'on les entende brailler.

Michilino, qui allait sur ses six ans mais était déjà très dégourdi, jeta aussitôt un œil, depuis son petit lit, en direction du grand lit où dormaient ses parents. Ils n'étaient pas là. Ils s'étaient levés ; sûr, c'était eux qui braillaient comme ça. Alors il dressa l'oreille et distingua clairement la voix de Maman, qui pleurait et qui hurlait des phrases incompréhensibles, tandis que de temps à autre, Papa intervenait à mi-voix :

« Ça suffit, Ernesti' ! Ça suffit, maintenant ; t'es en train d'ameuter tout le village ! Fais gaffe, Ernesti', si je commence à m'énerver, ça va aller mal ! »

Michilino se redressa pour essayer de voir quelle heure il était. Le réveil se trouvait sur la table de chevet de sa mère, c'était aussi la table de nuit la plus proche de son lit d'enfant, juste à côté de la statuette de la Vierge, devant laquelle, par dévotion, brûlait toujours un lumignon. Il savait lire les chiffres, c'est sa cousine Marietta qui le lui avait appris. Elle avait seize ans et bien qu'elle eût déjà l'air d'une femme, elle passait beaucoup de temps avec Michilino, elle lui parlait et parfois jouait avec lui comme une petite fille. Il était quatre heures du matin. Il regarda plus attentivement le lit, les draps étaient tout froissés et roulés en boule ; du côté où dormait sa mère, les oreillers étaient jetés en travers du lit ; ça voulait dire que ses parents s'étaient d'abord couchés, puis s'étaient relevés. Mais qu'est-ce qui avait bien pu se passer ? Intrigué, il descendit du lit, traversa le couloir à pas de loup, et se posta derrière la porte de la salle à manger qui n'était pas tout à fait fermée ; il restait un interstice d'où s'échappait la lumière du lustre. Il approcha son visage de l'entrebâillement et recula aussitôt.

Le petit garçon qui aime Jésus et qui est obéissant,
n'écoute pas les conversations des grands.

Lui qui aimait Jésus, il avait toujours obéi à ce que lui répétait souvent Maman, il n'avait jamais écouté les conversations des grands. Et quand parfois, la nuit, il lui arrivait d'être réveillé par les grincements du grand lit ou par la voix de sa mère qui gémissait et qui faisait « Han, han, ahan ! », il ne bougeait pas, il n'ouvrait pas les yeux pour regarder. Mais cette fois-ci, il fit le raisonnement suivant : comme on était en pleine nuit, il y avait des chances pour que Jésus soit en train de dormir, il ne s'apercevrait donc pas que, pour une fois, il lui ferait de la peine. Il s'avança un peu plus et regarda prudemment dans la pièce. Papa était assis sur une chaise, en caleçon, le coude sur la table, le visage rouge et crispé, le menton dans la paume de la main, tandis que Maman, en chemise de nuit, marchait de long en large dans la pièce ; de temps en temps, elle s'arrachait les cheveux de désespoir et se donnait de grosses claques sur la poitrine. En fait, dans la pièce, il y avait aussi une troisième personne, à laquelle il n'avait pas pensé. C'était Gersumina, la bonne, une jeune fille de seize ans que Maman avait engagée comme femme de ménage et qu'elle faisait dormir dans le cagibi, à côté de la cuisine. Gersumina ressemblait beaucoup à sa cousine Marietta, à la différence qu'elle avait des seins tellement gros qu'on aurait dit deux pastèques, comme celles qu'on achète l'été et qui, quand on les coupe, font penser au drapeau tricolore italien, vert, blanc, rouge. Gersumina aussi était en chemise de nuit. Elle était assise sur une chaise près de la porte de la cuisine et pleurait, la tête basse. De temps à autre, Maman passait devant elle et hurlait :

« Lève la tête, espèce de putain ! »

Dès que la pauvrette obéissait, elle recevait une paire de gifles. Quand elle tentait de se protéger en levant un bras, Maman l'empoignait par les cheveux et les lui tirait :

« Mon mari s'est bien défoulé avec toi, espèce de garce, je vois pas pourquoi je pourrais pas me défouler, moi aussi ! »

Ça faisait déjà un petit moment que Michilino zieutait derrière la porte lorsque tout à coup il eut envie d'éternuer ; le carrelage sur le sol était froid et il était nu-pieds. Il essaya de se retenir, mais rien n'y fit. Son éternuement eut le même effet qu'un sortilège : tous s'immobilisèrent brusquement, on aurait dit qu'ils avaient été changés en statues. Maman fut la première à réagir :

« Michilino ! »

Elle se précipita vers la porte, suivie de Papa, qui marmonna : « Quel casse-couilles, ce môme ! »

Sa mère le prit par le bras et lui allongea une paire de claques, comme celle qu'elle avait donnée à Gersumina ; son père, en revanche, lui flanqua un bon coup de pied au derrière.

« Retourne immédiatement dans ta chambre et va dormir ! »

Mais pour ce qui était de dormir, c'était fichu. Il se persuada que la meilleure façon d'y arriver était de glisser la tête sous l'oreiller, se boucher les oreilles avec les mains et se mettre à pleurer. Peu à peu, consolé par ses propres larmes, il finit par s'endormir.

Le lendemain matin, il fut réveillé par sa mère, qui était encore en chemise de nuit et avait les yeux tout rouges. Michilino était mort de sommeil, mais il obéit. Elle lui expliqua que Papa était parti pour quelques jours, que Gersumina ne travaillait plus chez eux et qu'elle-même allait passer une semaine chez ses parents, pépé Aitano et mémé Maddalena.

Brusquement, Michilino s'imagina tout seul à la maison. Il eut peur.

« Et moi ? demanda-t-il d'une voix tremblante.

– Toi, pendant que je serai chez pépé et mémé, tu iras

dormir chez tonton Stefano. J'ai préparé ta valise. Tout à l'heure, Marietta va venir te chercher. »

Cette nouvelle le réconforta. Marietta arriva une demi-heure plus tard. Elle avait l'air drôlement sérieuse. Michilino ne l'avait jamais vue comme ça. Il embrassa sa mère, qui se mit aussitôt à chialer, tandis que sa cousine la consolait en lui tapotant le dos. Dès qu'ils sortirent, Marietta changea de visage, elle redevint celle de toujours, belle et souriante. Elle marchait en tenant d'une main la petite valise et de l'autre Michilino. Mais de temps à autre, elle s'arrêtait, parce qu'elle avait une crise de fou rire et qu'elle devait s'essuyer les yeux. Du coup, les gens aussi s'arrêtaient pour les regarder. Et, comme c'était dimanche, des gens, dans la rue, il y en avait plein.

« Pourquoi tu ris, Mariè ?

– Pour rien, pour rien, avance. »

Finalement, ils arrivèrent chez Marietta. Tata Ciccina et tonton Stefano, les parents de Marietta, l'embrassèrent, le bécotèrent.

« Pauv' petiot ! » soupira tata Ciccina en le serrant contre sa poitrine.

Puis, regardant son mari de travers, elle lança :

« Vous, les hommes, vous êtes tous des porcs ! »

Michilino avait l'impression qu'ils parlaient chinois, il ne comprenait rien à ce qu'ils racontaient.

« Nous t'avons préparé ta chambre, fit Marietta. Viens, je vais te la montrer. »

Ce n'était pas une chambre, mais un cagibi qui pouvait accueillir tout au plus un lit, une table de nuit et une chaise.

« Je vais dormir tout seul ? demanda Michilino, effrayé.

– Oui », répondit sa cousine.

Michilino se mit à pleurer comme un veau.

« Non, non !

– Qu'est-ce qu'il y a ? Qu'est ce qui se passe ? » firent tonton Stefano et tata Ciccina en se précipitant vers la petite chambre.

« Il ne veut pas pieuter ici, expliqua Marietta.

– Et où est-ce que tu veux dormir ? lança tata Ciccina.

– Avec vous, dit Michilino en reniflant la morve qui lui coulait du nez.

– Mais notre piaule est trop petite ! s'exclama tonton Stefano.

– Il n'y a pas de place pour y mettre ton lit, renchérit tata Ciccina.

– Moi, j'ai peur de dormir tout seul », rétorqua le mouflet.

Tonton Stefano, tata Ciccina et Marietta, la famille Ardigo au grand complet, se regardèrent.

« Ça veut dire qu'il pioncera avec moi », conclut sa cousine Marietta.

La famille Ardigo, accompagnée du nouveau venu, se rendit comme d'habitude à la messe de midi. Avant de sortir, tata Ciccina fit une dernière recommandation à son mari :

« Tu peux être sûr qu'il va y avoir un connard qui va nous chambrer pour ce qui est arrivé cette nuit, chez ma sœur Ernestina. Écoute-moi bien : surtout, tu fais celui qui ne voit rien et qui n'entend rien, compris ?

– Je suis ni sourd ni aveugle, répliqua tonton Stefano, qui était un homme d'une logique imparable, le premier qui joue au con avec moi, je lui casse la gueule. »

Ils écoutèrent la messe, tonton Stefano alla acheter huit *cannoli* de ricotta, et il ne se passa rien du tout.

La journée s'acheva, et ce fut l'heure d'aller au lit. Dans la chambre de Marietta, Michilino regarda sa cousine qui avait enlevé son chemisier et était restée en soutien-gorge. Puis, pendant qu'elle baissait sa jupe, Marietta lui adressa la parole.

« Et toi, tu te déshabilles pas ?

– Moi, c'est Maman qui me déshabille.

– Tu veux que je te désape ?

– Oui.

– Bon, je termine et je m'occupe de toi. »

Dès que Marietta fut en petite culotte et soutien-gorge, elle s'assit sur le bord du lit et dit :

« Viens ici. »

Michilino s'approcha, et sa cousine commença à lui enlever ses habits. Ce n'est pas que les mains de Marietta fussent tellement différentes de celles de Maman, elles avaient exactement la même délicatesse : alors, comment se faisait-il qu'il trouvât tellement plus agréable de se faire déshabiller par sa cousine ? Quand Marietta lui baissa la culotte, elle jeta brusquement la tête en arrière, émerveillée :

« Nom d'une pipe ! s'exclama-t-elle.

– Qu'est-ce qu'il y a ?

– Rien, rien. »

Comment un gamin de six berges pouvait-il avoir une bite aussi grosse qu'un homme ? Il y avait tout juste un an que Marietta avait pu mesurer les attributs masculins. C'était arrivé le jour où elle s'était étendue dans la grange avec Balduzzo. Le jeune homme, qui devait partir à l'armée la semaine suivante, avait commencé à l'embrasser sur la bouche, sur les seins, le ventre, puis il avait déboutonné sa braguette et avait enseigné à la main de Marietta ce qu'elle devait faire. Ils avaient remis ça avant le départ de Balduzzo. D'ailleurs, Marietta voyait souvent des petits garçons jouer tout nus dans la campagne, mais elle n'en avait vu aucun avec un sexe doté de telles proportions. Après avoir aidé Michilino à enfiler sa chemise de nuit, elle dit :

« Vaut mieux que tu dormes du côté du mur.

– Pourquoi ?

– Parce que j'ai peur que tu gigotes dans ton sommeil et que tu tombes par terre. »

Une fois couchés l'un à côté de l'autre, ils récitèrent une prière.

Puis Marietta éteignit la lumière et ils se dirent bonne nuit. Mais ce n'était pas facile de s'endormir, ni pour Michilino, ni pour Marietta. Michilino sentait la chaleur du corps de sa cousine : rien à voir avec la chaleur du corps de Maman, quand ils pieutaient ensemble ; tandis que la chaleur de sa mère l'endormait, celle-ci lui faisait perdre le sommeil. Quant à Marietta, après avoir vu Michilino tout nu, elle avait repensé à Balduzzo dans la grange, qui lui prenait la main et lui chuchotait à l'oreille ce qu'elle devait faire. Elle laissa échapper un long soupir.

« Qu'est-ce que t'as ? lui demanda aussitôt le mouflet.

– J'ai pas sommeil.

– Moi non plus. On peut peut-être se parler ?

– D'accord, fit sa cousine, mais doucement, sinon mes parents vont nous entendre. »

Ils se mirent côte à côte ; ils étaient si proches que Michilino sentait l'haleine de la jeune fille sur son visage.

« Attends que je m'enlève ce soutif qui me serre trop. »

Elle se redressa, batailla quelques instants avec les agrafes de son soutien-gorge, puis s'allongea de nouveau.

« De quoi tu veux qu'on parle ?

– Explique-moi ce qui est arrivé chez nous cette nuit. »

Marietta pouffa de rire, comme dans la rue, le matin. Sauf que cette fois, elle ne pouvait pas rire aux éclats, alors elle appuya son visage contre l'oreiller pour ne pas faire de bruit. Quand elle se fut calmée, elle commença à lui raconter ce qui s'était passé.

« La nuit dernière, tata Ernestina, ta mère, s'est réveillée et elle a vu que son mari, tonton Giugiù, ton père, n'était plus dans le lit. Au début, elle a pensé qu'il était allé au petit coin, elle l'a attendu. Puis, comme il revenait toujours pas, elle s'est levée pour aller le chercher. Mais elle avait beau fouiner partout, pas moyen de le trouver. Tout à coup, elle a entendu la voix de son mari qui provenait de la chambre de la bonne. Elle a ouvert la porte et elle a vu ce qu'elle devait voir. »

Marietta fut prise de nouveau d'un fou rire, tandis que Michilino la secouait par l'épaule en la suppliant de continuer.

« Qu'est-ce qu'elle a vu ? hein ? Qu'est-ce qu'elle a vu ?

– Elle a vu tonton Giugiù et Gersumina qui faisaient des choses malhonnêtes.

– Ça veut dire quoi ?

– Tu ne sais pas ce que ça veut dire malhonnête ?

– Si. C'est quand on dit des gros mots, c'est quand on jure comme un charretier, un débardeur, des choses comme ça. Moi aussi, parfois, je suis malhonnête.

– Toi ?

– Oui, parfaitement. C'est Maman qui me dit que je suis malhonnête quand je mange la bouche ouverte, quand je me mets les doigts dans le nez… C'est pas ça, être malhonnête ?

– Oui, ça peut être ça, mais… »

Encore un fou rire et puis :

« Mais je crois pas que ton paternel était en train de mettre ses doigts dans le nez à Gersumina.

– Ben alors, ils faisaient quoi ?

– T'es encore trop petit, je peux pas t'expliquer. Dors maintenant.

– Je peux poser ma tête sur ta poitrine ?

– Oui. »

La tête entre les seins de sa cousine, Michilino s'endormit en moins de dix minutes. Dès qu'elle fut certaine que le mouflet dormait, Marietta allongea la main tout doucement. Lorsqu'il s'était glissé entre les draps, la chemise de nuit de Michilino s'était retroussée jusqu'aux hanches. La main de la jeune fille trouva ce qu'elle cherchait ; elle se posa dessus légère comme un papillon. C'est ainsi qu'après avoir soupiré pendant une heure,

Marietta parvint à s'endormir. Mais elle se réveilla souvent ; c'est que la petite était habituée à dormir seule, et la présence d'un corps étranger dans son lit l'obligeait à prendre des positions qui lui étaient peu familières. À la fin, elle se décida à lever avec délicatesse la tête de Michilino, qui reposait entre ses seins et à lui tourner le dos. Et tant pis si, comme ça, elle ne pouvait plus poser sa main sur son zob. Mais elle fut récompensée. Aux premières lueurs de l'aube, Michilino se rapprocha, colla son corps contre le sien et, tout en dormant, lui enlaça la taille. Elle cambra légèrement le dos, jusqu'à ce qu'elle sente les roupettes du petiot contre ses reins. Telle fut la position qu'ils adoptèrent pendant les quatre nuits où Michilino dormit dans le lit de sa cousine.

Le matin du cinquième jour, la mère de Michilino se rendit chez les Ardigo pour reprendre son fils. Elle avait les yeux qui brillaient de bonheur. Tata Ciccina amena sa sœur Ernestina dans sa chambre et elles se mirent à papoter à voix basse. Pendant que sa cousine lui préparait sa valise, Michilino lui demanda ce qui était en train de se passer.

« Tes parents ont fait la paix, tu vas pouvoir rentrer chez toi, maintenant.

– Ça me fait de la peine, fit le mouflet.

– À moi aussi, ça me fait de la peine », dit Marietta.

Puis elle esquissa un petit sourire et ajouta :

« T'inquiète pas, on aura d'autres occasions. »

Quand Papa aperçut Michilino qui rentrait à la maison, il le fêta, l'embrassa et le bécota en le tenant serré contre sa poitrine. Puis il lui dit dans le creux de l'oreille :

« Je t'ai apporté un cadeau. »

Et tandis que Maman, dans la cuisine, fredonnait : *Voglio vivere cosi' / col sole in fronte*[1], une chanson de Carlo Buti qu'elle adorait, Papa alla chercher une boîte colorée dans le buffet. Michilino reconnut aussitôt les images qui étaient dessinées dessus et qu'il avait déjà vues sur une publicité de *Mickey* : c'était celles du célèbre pistolet Smith & Wesson, avec lequel Buffalo Bill faisait la guerre aux Indiens. Celui-ci, Michilino le savait très bien, était faux, c'était un jouet, il lançait des petites boulettes de papier qui faisaient *chlac chlac*, mais Papa lui avait promis que, quand il serait plus grand et qu'il porterait des culottes longues et la barbe, il pourrait tirer avec le vrai pistolet, celui qui s'appelait Beretta et qu'il gardait toujours chargé dans le tiroir le plus haut du semainier.

À la fin du repas, Maman apporta la *cassata* que Papa avait achetée, et une bouteille de Marsala.

« C'est quelle fête aujourd'hui ? demanda tout joyeux Michilino, qui était friand de *cassate* et de *cannoli*.

– C'est notre fête à nous. Pas vrai, Giugiù ? » rétorqua Maman en lorgnant Papa, qui lui prit la main et la lui serra.

« Encore un peu de *cassata* », fit Michilino qui avait déjà enfourné sa portion et cherchait à profiter de l'humeur festive qui régnait en famille.

« Non, dit Maman, sinon tu vas avoir mal au ventre. »

Michilino, qui avait posé le pistolet sur ses genoux,

1. « Je veux vivre comme ça / face au soleil. » *(Toutes les notes sont de la traductrice.)*

l'empoigna, le souleva, visa tout droit entre les deux yeux de Maman et tira deux coups, *chlac chlac*. Elle se fâcha.

« Michili', je n'aime pas du tout ce geste. »

Papa se mit à rire.

« Voyons, Ernesti', tu t'énerves parce que le petit est en train de jouer ? »

Maman s'apprêtait à répondre, quand on frappa à la porte. Elle se leva pour ouvrir. Elle se retrouva devant un homme portant une grosse boîte en carton sur les épaules, visiblement très lourde.

« Qu'est-ce que c'est ? demanda Maman.

– Où est-ce que je vous la mets ? » s'enquit l'homme à son tour, qui avait envie de se débarrasser au plus vite de sa charge.

« C'est la radio que tu voulais », fit Papa en se levant pour aller ouvrir le battant de la porte qui restait toujours fermé.

Maman lança un cri de joie.

« Là, dit-elle en indiquant un coin de la pièce, il y a une prise. »

L'homme posa le carton à l'endroit que lui avait indiqué Maman, sans l'ouvrir.

« M. Contino passera tout à l'heure pour la mettre en marche et pour vous expliquer comment elle fonctionne. »

L'homme sortit, et Maman resta postée devant le gros carton, les mains jointes, comme quand elle était devant la statue de la Vierge. Papa la prit par le bras.

« Michilino, maintenant Maman et moi on va faire

une petite sieste. Toi, tu vas rester ici et tu vas jouer tranquillement, surtout fais pas de bêtises. »

Dès qu'il les entendit fermer la porte de leur chambre à clef, le petiot s'assit à califourchon sur une chaise, le pistolet dans une main, et commença à poursuivre les Indiens dans les immenses prairies du Far West. Non content d'avoir la peau rouge, ces Indiens-là étaient teigneux et perfides et, lorsqu'ils tuaient l'ennemi en les criblant de flèches, ils lui arrachaient la peau du crâne avec tous les cheveux, même que ça s'appelait scalper. Il avait découpé quelques images d'un illustré que Papa achetait chaque semaine, il savait donc très bien comment faire : le premier Indien qu'il tuerait, il lui arracherait la peau du crâne, comme ça, il saurait ce qu'il faisait subir à son ennemi. Mais il avait beau regarder autour de lui en mettant la main en visière pour s'abriter du soleil, il n'y avait pas l'ombre d'un Indien dans cette prairie. C'était quoi cette histoire ? Peut-être qu'ils étaient couchés par terre et qu'ils rampaient comme des serpents. On sonna à la porte. Il descendit de sa chaise et alla ouvrir. Il y avait un type avec un paquet sous le bras.

« Je suis Contino. Tu veux bien aller me chercher tes parents ? »

Tout en continuant à parler, M. Contino entra et commença à défaire le paquet. Michilino se posta derrière la porte de la chambre à coucher, mais avant de frapper, il tendit l'oreille pour savoir si Papa était encore éveillé ou s'il ronflait comme il le faisait toujours dans son sommeil. Mais ses parents ne dormaient pas, ils faisaient le même genre de bruit que certaines nuits, quand Papa soufflait comme un bœuf, que Maman gémissait : « Ahan ! Ahan ! » et qu'on entendait le lit bouger. Il leva le poing et frappa. Le bruit s'arrêta net.

« Papa...

– Qu'est-ce que tu veux, petit con ? » fit Papa énervé.

– Il y a M. Contino. »

Il entendit son père jurer.

« Dis-lui que j'arrive. »

Michilino retourna vers l'homme, lui répéta ce qu'on venait de lui répondre et se mit à regarder tout émerveillé la radio, qui était un meuble posé sur quatre pieds, grand et luisant, avec une sorte d'horloge carrée, où figuraient des inscriptions et sous laquelle il y avait quatre gros boutons que l'on pouvait tourner. M. Cantino la brancha, l'horloge carrée s'alluma et lança des pétarades qui ressemblaient aux grondements du tonnerre.

Effrayé, Michilino recula. Papa arriva. Il avait l'air un peu contrarié.

« Bonjour, dit-il d'un ton sec. Je vous attendais pas si tôt.

– Je vous dérange ? fit M. Contino.

– Vous savez ce que c'est, je commençais à peine à m'endormir. »

Eh ben, ça alors ! Voilà que Papa se mettait à raconter des bobards, maintenant ?

Ce n'était pas vrai qu'il était en train de dormir. Et Maman qui lui répétait souvent que Jésus avait de la peine quand les hommes et les femmes disaient des mensonges, ici-bas ! Mais, lui, il ne permettrait jamais que Jésus souffre, même pas à cause de Papa. Il fallait qu'il paye pour son mensonge. Il leva son revolver, visa et lui tira deux coups, *chlac chlac*, en plein front. Quand M. Contino partit, après avoir expliqué le fonctionnement de la radio, Maman arriva en robe de chambre.

« Tu t'es levée ? Moi, j'ai encore sommeil. Je retourne au pieu », fit Papa.

Il prit Maman par la main et essaya de l'entraîner avec lui. Mais elle se dégagea aussitôt.

« Non, non, j'ai plus envie. »

Puis, regardant la radio, elle s'écria :

« Doux Jésus, qu'elle est belle !

– C'est la meilleure, fit Papa, tout fier. Elle s'appelle La Voix de son maître, elle a huit lampes, et il y a même un phonographe. »

Il souleva le couvercle du meuble.

« Le voilà. »

Maman s'assit en battant des mains comme une gamine.

« Tu m'achèteras aussi des disques ?

– Je te les ai déjà achetés », fit Papa en indiquant le paquet apporté par M. Contino.

« Tu sais quoi ? dit Maman en prenant Papa par la main, je crois que je recommence à avoir sommeil. »

Michilino entendit de nouveau la clef tourner dans la serrure. Il renfourcha sa chaise et repartit à la poursuite de ces maudits Indiens qui se cachaient.

Au cours des trois mois qui suivirent, c'est-à-dire en juillet, août et septembre, Marietta et Michilino vécurent un certain nombre d'événements qui méritent d'être racontés.

Balduzzo obtint six jours de permission. Marietta le vit passer sous sa fenêtre dès son arrivée ; il était encore en uniforme, flanqué de ses parents qui étaient allés le chercher à la gare. Son père portait la valise, pendant que sa mère l'embrassait et chialait. Sainte Vierge, qu'il était beau en uniforme ! Quelle carrure ! Et ces guiboles ! Marietta se sentit fondre. Quand il fut sous la fenêtre de la jeune fille, Balduzzo leva les yeux et Marietta baissa les siens. Ils se regardèrent, se parlèrent et se fixèrent un rancart. Le jour suivant, vers trois heures de l'après-midi (c'est le message que lui avait envoyé Balduzzo lorsqu'il avait cligné trois fois des paupières), Marietta entra dans la grange. Balduzzo, tout essoufflé à cause de la course qu'il venait de faire, la rejoignit à peine cinq minutes plus tard. La jeune fille fut un peu déçue de voir que le garçon s'était changé et qu'il était en civil. Par nature, Balduzzo était du genre réservé, il parlait peu et allait droit au but. De fait, sans même lui dire bonjour, il se planta sous son nez et la regarda, les jambes écartées et les poings sur les haches. On aurait dit un taureau, il soufflait presque de la fumée par les naseaux. C'est à cet instant que Marietta s'aperçut que le regard de Balduzzo était la copie tout crachée du regard de Benito Mussolini quand il apparaissait dans le *cinegiornale Luce*[1] projeté avant le film. Ce fut le regard hypnotique de Balduzzo qui lui ordonna sans dire un mot de poser son

1. Fondé en 1924, l'Istituto Luce *(L'unione cinematografica educativa)* fut le premier organisme cinématographique créé sous le régime fasciste à des fins de propagande. Il avait officiellement pour fonction de produire des documentaires, des films éducatifs et des actualités *(cinegiornale)*. La programmation du *cinegiornale Luce* devint obligatoire dans toutes les salles à partir de 1926 et cela jusqu'en 1938.

sac à main par terre et d'enlever son chemisier, son soutien-gorge, sa jupe et sa culotte. Elle obéit sur-le-champ, sans honte, sans pudeur, comme ensorcelée, envoûtée par ce regard impérieux. Pendant qu'elle se déshabillait, Balduccio en faisait de même. La porte de la grange avait été fermée par le jeune homme, mais elle laissait passer un large rai de lumière vers le haut, là où il manquait la moitié d'une planche. Lorsque Marietta s'allongea par terre, on aurait dit que cette lame de lumière lui tranchait la tête. Le jeune homme se jeta sur elle et Marietta ferma les yeux.

Comme elle s'attendait aux mêmes caresses et aux mêmes baisers sur les seins que les fois précédentes, la douleur qu'elle éprouva dans l'entrejambe la prit en traître.

« Aïe ! » cria-t-elle.

Balduzzo, qui était déjà entièrement en elle, lui plaqua une main sur la bouche. Marietta la lui mordit. Puis, le jeune homme commença à remuer. Il alla en arrière puis poussa en avant, en arrière, en avant, en arrière, en avant, en avant, en avant. Quand Marietta sentit en elle un liquide chaud et étrange, Balduzzo lui dit : « J'ai joui. »

Il resta allongé par terre comme un cadavre. Dès qu'il se ressaisit, il se leva, s'essuya avec un mouchoir et commença à se rhabiller.

Marietta s'aperçut qu'il y avait du sang entre ses cuisses. Elle fit quelques pas, ramassa son sac à main, en sortit un mouchoir, cracha dessus et s'essuya minutieusement.

« Demain, à la même heure », fit Balduzzo en partant.

Ils parvinrent à se rencontrer encore deux fois dans la grange. Et, à chaque nouvelle rencontre, vu que Balduzzo jouissait après six ou sept coups, Marietta souffrait de plus en plus. C'était comme si, par une de ces journées torrides qui font tourner de l'œil les lézards, un homme assoiffé avait sous les yeux un pichet rempli d'eau fraîche, mais dès qu'il tendait la main pour le saisir, le pichet tombait, l'eau se répandait par terre et l'homme se retrouvait plus assoiffé qu'avant. Au cours de leur dernière rencontre, Marietta regarda longtemps Balduzzo allongé tout nu à ses côtés, elle voulait graver son corps dans sa mémoire, afin de s'en souvenir durant les longs mois où elle ne le verrait pas. Pendant que le jeune homme se reculottait, Marietta se dit que le sexe de Balduccio au repos était la réplique exacte de celui de Michilino.

« Baldu', tu m'as peut-être mise enceinte ? »

Balduzzo l'embrassa sur la bouche. Marietta commença à pleurer.

« T'inquiète. Dès que je finis l'armée, à mon retour, on se fiance d'abord et puis on se marie. »

Michilino, en revanche, vécut toute une série d'événements singuliers. Un jour de la deuxième semaine de juillet, au petit matin, pépé Aitano, son grand-père maternel, rappliqua au volant de sa Lancia Astura. Il y embarqua toute la famille pour l'emmener à la campagne, à Cannateddru, où il avait une maison. Sa femme les attendait. Mémé Maddalena s'était levée à l'aube pour préparer un gros repas, des pâtes au ragoût, un agneau au four avec des patates et des saucisses grillées.

Papa avait acheté la *cassata*. Les grands s'empiffrèrent et burent à satiété, et Michilino aussi. À la fin, il s'enfourna deux tranches de *cassata*, accompagnées de deux boissons gazeuses, de celles qui sont dans des bouteilles fermées par une petite boule en verre. À la fin du repas, les grands allèrent s'allonger sur le lit, tandis que Michilino resta tout seul. Il avait l'impression que son sang était comme les boissons qu'il avait bues, léger et pétillant. Il décida que c'était sûrement l'endroit idéal pour tuer un Indien et lui arracher la peau du crâne. Le pistolet pour le tuer, il l'avait déjà. Il alla dans la cuisine, prit un couteau, long, effilé et pointu, et sortit de la maison sans faire de bruit. Il était persuadé que c'était le bon jour. En se dirigeant vers le potager, il s'aperçut que quelque chose remuait dans un buisson de jasmin.

Il s'immobilisa, le bras tendu avec le pistolet dans une main et le palpitant qui battait à cent à l'heure. Un Indien surgit du buisson. C'était un petit Indien, qui aboyait et qui venait vers lui. Il était petit, certes, n'empêche que c'était tout de même un Indien, féroce et perfide. Immobile, Michilino visa et vida tout son chargeur. Il avait dû le blesser, parce que le petit Indien s'accroupit comme un chiot sur ses pieds. Michilino posa son revolver par terre, il n'en avait plus besoin ; il empoigna le couteau et, reculant d'un pas, l'enfonça de toutes ses forces dans le cou de l'Indien. Le couteau transperça la nuque de l'ennemi et le cloua au sol. Michilino le regarda mourir. Au début, le petit Indien se tortillait comme pour se libérer, puis il fut pris d'un tremblement frénétique qui devint de plus en plus lent, pendant que, la bouche grande ouverte, il gémissait continuellement en vomissant du sang et de la bave. Lorsqu'il fut sûr de l'avoir tué, il s'assit sur ses talons, redressa la tête de l'Indien et commença à besogner avec la pointe du couteau. Il dut s'y prendre à plusieurs reprises et, par mégarde, il lui arracha un œil et lui coupa la moitié d'une esgourde, mais il ne réussit pas à le scalper. Il fallait sans doute un peu plus d'expérience qu'il n'en avait. Il y renonça à contrecœur. Il prit le cadavre de l'Indien par la queue et le planqua derrière le buisson de jasmin. Il lava le couteau dans un seau rempli d'eau qui se trouvait à côté du puits et, après y avoir plongé les mains pour les nettoyer, il déversa l'eau, qui était devenue toute rouge, sur le sol. Il rapporta le couteau dans la cuisine et respira un bon coup, tout content.

Puis, le dix août, alors qu'il était à la campagne chez pépé Filippo et mémé Agatina, il fêta ses six ans. Pépé Aitano vint exprès pour l'occasion et lui offrit une voiture à pédales, pépé Filippo une trottinette, sa mère lui fit trouver sur le lit l'uniforme des Fils de la Louve qu'il devait endosser le quinze septembre, quand il rentrerait en C.P. Doux Jésus ! qu'il était beau cet uniforme : chemise noire à col ouvert, foulard bleu orné d'une agrafe où figurait la tête de Mussolini, pantalon gris-vert, ceinture noire, chaussettes gris-vert et fez noir ! Il y avait aussi une médaille sur laquelle était représentée la louve allaitant Romulus et Rémus.

« M'man, est-ce que je peux essayer l'uniforme ?

– Non, tu vas le salir. »

Il oublia sa déception en voyant le beau cadeau que

Papa tira d'une longue boîte étroite. Un mousqueton Balilla ! C'était la réplique exacte de celui des soldats, sauf qu'il était un peu plus petit et qu'il ne tirait pas de vraies balles. Son père le lui lança au vol, Michilino réussit à l'attraper, mais il faillit le faire tomber.

« Qu'est-ce qu'il est lourd !

– Un kilo et soixante-huit grammes, fit Papa qui s'y entendait en armes. Plus tard, je t'expliquerai comment il fonctionne.

– Ben, c'est sûr, pour le moment j'ai pas besoin de savoir comment il marche, dit le petiot, qui s'assombrit brusquement. De toute façon, j'ai pas encore le droit de porter le mousqueton. Je suis Fils de la Louve, je dois d'abord devenir Balilla excursionniste, il faudra que j'attende d'avoir douze ans pour devenir mousquetaire.

– Laisse-moi en parler à qui de droit, fit Papa, et tu verras que, même si pour le moment, t'es encore que Fils de la Louve, le mousqueton, toi, non seulement tu le porteras, mais tu le porteras même les jours où tu iras à l'école sans uniforme. »

Ça faisait longtemps que Maman ne fredonnait plus la chansonnette de Carlo Buti, maintenant elle chantonnait ce qu'elle entendait à la radio, mais il y avait une chanson qu'elle était capable de répéter du matin au soir et qui commençait comme ça : *Facetta nera / bell'abissina*[1]. Maman se fâcha lorsqu'elle trouva dans une poche de la veste de Papa une carte postale où était représentée une femme noire, les seins nus. C'est dans

1. « Petite frimousse noire / belle Abyssine. » Écrite en 1935 par Giuseppe Micheli et interprétée par Carlo Buti, *Facette nera* est l'une des chansons les plus populaires de la guerre d'Abyssinie.

l'illustré *Il Balilla*, que Papa achetait en même temps que *Mickey*, *l'Avventuroso* et *l'Audace,* que paraissaient les photos de ces terribles et féroces Abyssins, lesquels avaient un empereur avec une couronne sur la tête, c'est sûr, mais qui marchait pieds nus, sans chaussures, parce que même s'il était roi, il n'en restait pas moins un sauvage qui s'appelait Haïlé Sélassié. Michilino décida qu'il était temps de laisser tomber les Indiens et de commencer à chasser les Abyssins avec le mousqueton que lui avait offert Papa. Contrairement à la baïonnette des vrais soldats, celle-ci était déjà fixée au mousqueton et elle se levait et se baissait en cas de besoin. La lame était en forme de triangle ; Michilino remarqua aussitôt qu'on lui avait recourbé la pointe et qu'elle n'était même pas aiguisée. Durant les six jours suivants qu'il passa chez pépé Filippo, il descendit tous les après-midi à la cave, où son grand-père rangeait ses instruments et, avec une lime et une pierre ferreuse, il effila la lame et lui fit une pointe. Quand il retourna chez lui, l'arme était parfaite. Maintenant, il devait trouver une façon de s'entraîner. À force de se triturer les méninges, il songea au grenier où étaient rangées toutes les vieilles choses qui ne servaient plus à la maison. Un jour, après déjeuner, alors que ses parents dormaient, il prit les clefs, monta sur une échelle, ouvrit la porte du grenier et entra. Il aperçut presque aussitôt un énorme cadre dans lequel se trouvait, grandeur nature, la photographie de tonton Pitrino, le frère de Papa qui était mort à la Grande Guerre, en uniforme de lieutenant. Il ne pouvait espérer mieux. Il leva la baïonnette, la fixa, recula de quelques pas, et s'élança. La vitre qui protégeait la photographie se brisa en mille morceaux avec un fracas terrible, la baïonnette se ficha à la hauteur du ventre de tonton Pitrino, le perçant de part en part. Les éclats de verre ne l'avaient pas blessé. Pendant qu'il tirait de toutes ses forces sur la baïonnette pour l'extraire du cadre, il aperçut du coin de l'œil un mouvement. C'était une colombe blanche. Elle était sûrement cachée derrière le cadre et lorsqu'elle avait essayé de se sauver en volant, un fragment de verre lui avait coupé l'aile. À présent, elle tournoyait sur elle-même, elle étendait l'aile saine, mais ne pouvait plus voler. Quand elle s'en rendit compte, elle se traîna vers le vieux buffet et s'y posa. Michilino réussit finalement à arracher la baïonnette de la photographie, regarda la colombe, s'approcha lentement, posa sur elle tout doucement la pointe de l'arme, puis la baissa et enfonça très lentement la baïonnette dans le corps de l'Abyssin au manteau blanc.

Le jour suivant, vers quatre heures de l'après-midi, sa mère le lava, le coiffa et lui mit ses habits du dimanche.

« On va où, m'man ?

– À l'église.

– Je peux y aller avec mon mousqueton ?

– On ne porte pas d'arme à l'église, même pas une fausse. »

Une fausse ? Mais s'il avait tué un Abyssin avec un manteau blanc !

« Et on va faire quoi à l'église ?

– Tu dois commencer à apprendre ta religion, il faut que tu te prépares pour ta première communion.

– Et je la ferais quand ?

– On verra.

– Et pendant qu'on m'enseigne ma religion, toi, tu feras quoi ?

– J'irai me promener. Je viendrai te chercher une heure plus tard. Il faudra que tu y ailles une fois par semaine.

– Jusqu'à quand ?

– Quand tu seras prêt à recevoir la communion, le père Burruano nous le dira. »

Le père Burruano était un homme élégant d'une quarantaine d'années, à la soutane impeccable et sans le moindre pli, aux chaussures brillantes, au col et aux poignets d'une blancheur immaculée, et qui portait une montre et des lunettes en or. Après chacune de ses explications, il demandait aux mouflets qui l'écoutaient :

« Qui peut me répéter ce que je viens de dire ? »

Michilino, qui savait lire et écrire avant même d'aller à l'école, était le plus doué parmi la dizaine de mioches qui l'entouraient, fils de petites gens, ignorants et rustres : pêcheurs, charretiers, paysans ou débardeurs. C'était toujours Michilino qui levait la main le premier.

Un jour, après le cours de catéchisme, le père Burruano lui dit :

« Toi, tu vas rester ici avec moi. »

Le petiot et le prêtre se retrouvèrent tout seuls dans la sacristie. Le père Burruano croisa les jambes et alluma une cigarette Serragli, les mêmes que celles que fumait Papa et qui coûtaient cher. Il ne dit rien. Quelques minutes plus tard, Maman arriva. C'est qu'elle l'avait attendu sur le parvis de l'église et comme elle ne l'avait pas vu sortir, elle était toute affolée. Mais dès qu'elle aperçut Michilino assis tranquillement sur sa chaise, elle se calma. Le père Burruano se leva :

« Chère Mme Sterlini ! Ça fait un petit moment que je ne vous ai pas vue ! »

Maman rougit tandis qu'elle lui tendait la main. Le prêtre la prit, la serra et, au lieu de la lâcher, la recouvrit de l'autre main.

« Je voudrais vous parler de votre fils.

– Pourquoi ça ? Il a fait des bêtises ?

– Non, non, au contraire, dit le prêtre tout en lui caressant le dos de la main.

– Michilino, va m'attendre dans l'église. »

Tandis que le père Burruano fermait la porte de la sacristie à clef, Michilino commença à se promener dans l'église. Il s'arrêta devant la statue de saint Calogero. Chaque année, la procession de saint Calogero passait sous son balcon, suivie par une foule immense, qui faisait un raffut de tous les diables : prières, roulements de tambours, carillons, marches funèbres de la fanfare municipale, tandis que les gens jetaient du balcon des tranches de pain par kilos sur les fidèles qui suivaient le saint et qui les attrapaient au vol. Comment se faisait-il que, jusqu'ici, il n'ait jamais remarqué le visage du saint ? Comment avait-il pu ne pas s'apercevoir que saint Calogero avait la peau noire ? Maintenant, à la lueur des dizaines de cierges allumés devant sa statue, il pouvait enfin se rendre compte de la vérité : ce saint était un nègre, il y avait de fortes chances pour que ce soit un Abyssin. Mais alors, si c'était un Abyssin féroce et sauvage, pourquoi est-ce qu'on l'avait fait saint ? C'était sûrement une erreur et il devait y remédier. S'il avait eu le mousqueton, il l'aurait chargé à la baïonnette comme il l'avait fait avec la photographie d'oncle Pitrino. Ça méritait réflexion. Il s'arrêta devant le crucifix. Il savait, le père Burruano venait juste de le lui répéter, que tout ce sang qui coulait de la côte du Christ blessée par une lance, cette couronne d'épines qui lui trouait la tête, cette grimace de douleur qui se lisait sur son visage, c'était à cause de lui, Michilino ; car, chaque fois qu'il n'était pas obéissant, chaque fois qu'il mentait, chaque fois qu'il chapardait un gâteau, de la confiture, du miel, les clous qui tenaient Jésus rivé à la Croix, s'enfonçaient de plus en plus dans ses chairs meurtries. Chacun de ses péchés était comme un coup de marteau sur les clous. Il s'agenouilla, commença à prier et, pendant qu'il priait, de grosses larmes lui coulaient des yeux. Soudain, il se dit qu'il devait être là depuis déjà une demi-heure et que Maman n'était pas encore revenue le chercher. Alors, il se leva et se posta devant la statue de saint Calogero. Il lança un regard circulaire dans l'église, il n'y avait pas âme qui vive. Il grimpa sur la balustrade placée devant la statue, se planta sur ses pieds et cracha au visage du saint. Il redescendit et s'agenouilla à nouveau devant Jésus. Maman le retrouva dans cette position. Elle l'embrassa et ils sortirent de l'église. Elle était toute rouge, on aurait dit qu'elle avait très chaud, bien plus chaud qu'il ne faisait en réalité. Michilino s'aperçut qu'il manquait deux boutons à son chemisier. Il le lui dit. Maman rougit de plus belle, son visage flamboyait.

« Quand je l'ai mis, je ne me suis pas aperçue qu'il manquait deux boutons. »

Pourtant, en sortant, Michilino avait eu l'impression

que le chemisier de sa mère était boutonné comme il faut.

« Qu'est-ce qu'il t'a dit, le prêtre, sur moi ?

– Sur toi ? » fit Maman, qui semblait surprise. « Il a dit que tu étais un gentil petit garçon, intelligent et sensible. »

Dès qu'ils rentrèrent, elle changea immédiatement de chemisier.

La deuxième fois qu'il alla à son cours de religion, le père Burruano leur montra un petit livre.

« Ça, c'est le catéchisme. Là-dedans, il y a les commandements. Il est inutile que j'en donne un à chacun de vous, vous êtes des ânes bâtés et vous ne savez pas lire. Je vais donc l'offrir uniquement à Michilino. »

Il expliqua qui était Dieu et qu'ils devaient tous L'aimer et prier uniquement ce Dieu-là, parce qu'il n'y en avait pas d'autre, même si certains prétendaient le contraire. À la fin, le prêtre dit aux enfants qu'ils pouvaient tous rentrer chez eux, sauf Michilino. Comme la première fois, le père Burruano s'assit sur une chaise à côté du petiot et s'alluma une Serraglio. À un moment donné, il lui demanda :

« Est-ce que tu te touches ? »

Michilino écarquilla les yeux. Que voulait dire le père Burruano ? Il réfléchit, puis répondit :

« Je me touche quand j'ai mal quelque part. Quand je tombe et que mon genou saigne, alors je me le touche.

– Non, dit le prêtre, je voulais savoir si tu te touches là. »

Et il lui indiqua du doigt l'entrejambe.

« Ici ? » fit Michilino en lorgnant son petit oiseau, comme l'appelait Maman.

« Exactement.

– Et pourquoi je devrais me le toucher, s'il me fait pas mal ?

– Jamais ? jamais ?

– Jamais. »

Le père Burruano ne semblait pas convaincu, il allongea la main et la posa sur le zizi de Michilino. Puis il fit une grimace.

« Qu'est-ce que tu as dans la poche ?

– Rien.

– Lève-toi et mets-toi devant moi. »

Michilino obéit, le prêtre tâta le zizi de l'enfant et parut surpris.

« Assieds-toi. »

Maman arriva au même instant. Le prêtre se leva.

« Très chère…

– Je n'ai pas le temps, excusez-moi, lança-t-elle. Allez, viens Michilino, rentrons. Au revoir, mon père.

– Mes respects », fit le père Burruano, l'air à la fois embarrassé et contrarié.

Balduzzo revint au village le trois septembre. Il avait changé d'uniforme, maintenant il portait ce qu'on appelait un uniforme colonial et il avait un casque sur la tête qui le faisait ressembler à un explorateur. Puisqu'il devait partir dans un pays qui s'appelait l'Érythrée, on lui avait accordé une permission de deux jours, pour qu'il salue ses parents. Il en profita pour passer sous le balcon de Marietta et lui fixer un rendez-vous. Le jour suivant, quand la jeune fille entra dans la grange, Balduzzo était déjà là qui l'attendait.

« Je suis pressé, fit Balduzzo, enlève ta culotte et mets-toi en levrette. »

Marietta ne savait pas ce que voulait dire se mettre en levrette, mais elle le comprit obscurément. Balduzzo se plaça derrière elle, sortit sa queue, la pénétra : un, deux, trois, quatre, cinq, six et sept. Puis il déchargea. Il se leva et la remit dans son froc. Ensuite, il enlaça Marietta et l'embrassa sur les lèvres.

« Si je reviens vivant de la guerre, on se marie. »

Il sortit de la grange. Marietta se releva tout doucement. Elle sentit le foutre de Balduzzo couler entre ses jambes. Elle en recueillit un peu sur deux doigts, le regarda, le renifla, le porta à la hauteur de sa bouche, tira la langue et le lécha. Mais ça ne lui suffit pas, elle en voulait encore. Elle enfonça les deux mêmes doigts dans son con et, quand elle les sentit imbibés de foutre, elle les porta de nouveau à la bouche. Puis elle tomba par terre sur les fesses et se mit à pleurer de désespoir.

Il fallut une demi-journée à Michilino pour lire les dix commandements, mais il avait du mal à les comprendre, en particulier deux d'entre eux. Un beau jour, il en parla à table, à l'heure du déjeuner.

« Il y a un commandement qui dit qu'il ne faut pas tuer, parce que c'est un péché.

– C'est juste, fit Maman.

– Alors, quand Buffalo Bill tuait les Indiens, il faisait un péché ? »

Maman ne répondit pas, d'un air embarrassé elle regarda Papa, qui esquissa un sourire et dit :

« Buffalo Bill faisait la guerre aux Indiens. Et quand on tue parce qu'on fait la guerre, c'est pas un péché.

– Et tuer un animal, c'est un péché ? »

Cette fois, ses parents s'esclaffèrent en même temps.

« Non, fit Maman, tuer un animal ce n'est pas un péché. Alors, à ton avis, quand Papa va à la chasse et qu'il t'apporte un lapin, celui que tu aimes tant à l'aigre-doux, tu penses qu'il fait un péché ? »

Le soir, pendant qu'ils étaient en train de dîner, Michilino posa une autre question :

« Mais saint Calogero, il est noir ?

– Oui, répondit Maman.

– Alors, c'est un Abyssin terrible et féroce ?

– Mais non, jamais de la vie ! s'exclama Maman en riant. Qu'est-ce que tu racontes !

– Si, il est noir !

– Tous les Noirs ne sont pas abyssins », conclut-elle.

Quoi qu'il en soit, Michilino décida que, le dimanche suivant, le jour de la Saint-Calogero, il ne lancerait pas du pain par la fenêtre. Il n'avait pas l'intention de fêter un négro, qu'il soit Abyssin ou pas.

Le jour suivant, pendant le déjeuner, Michilino revint à la charge :

« Ça veut dire quoi, actes impurs ?

– Ouf, quel casse-bonbons, ce môme ! s'écria Papa, on va en faire un cureton si ça continue.

– Ça t'embête, hein, qu'on aborde ce sujet ? » rétorqua Maman d'un ton glacial.

Papa se leva brusquement, lança la serviette sur la table, et sortit en bougonnant.

« Quel casse-couilles !

– Ne parle pas comme ça », cria Maman.

Puis, en se tournant vers Michilino :

« Les actes impurs, c'est des choses malhonnêtes. »

Michilino frissonna. Marietta n'avait pas voulu lui expliquer en quoi elles consistaient, mais c'était ces choses-là que Papa avait faites avec la bonne Gersumina, et c'est pour ça qu'il y avait eu tout ce ramdam. Les choses malhonnêtes, les actes impurs, c'était des péchés terribles et celui qui les commettait tombait tout droit en Enfer, avec ses chaussures, et brûlait vivant pour l'éternité. En faisait des choses malhonnêtes avec la bonne, non seulement Papa avait damné son âme, mais il avait enfoncé un peu plus les clous dans les chairs de Jésus. Effondré, il ne posa plus aucune question à sa mère.

Au début du mois de septembre, il fit encore plus chaud qu'au mois d'août. La nuit, on supportait à peine les draps, et il était difficile de trouver le sommeil tellement on transpirait et on avait la peau moite ; on se tournait, on se retournait et on gigotait dans son lit pendant au moins une heure avant de pouvoir baisser les paupières. Mais rien ne vous garantissait de pouvoir les garder fermées longtemps, et il arrivait qu'on se réveillât après un petit moment parce qu'il n'y avait pas le moindre souffle d'air. On avait beau laisser les fenêtres et les baies vitrées grandes ouvertes, pas moyen de faire des courants d'air.

Une nuit, alors qu'il était sur le point de s'endormir, il entendit sa mère qui, du grand lit, l'appelait en chuchotant :

« Michilino ? »

Dieu sait pourquoi, il ne répondit pas. Peut-être parce qu'il s'était trop fatigué à force d'essayer de trouver le sommeil.

« Michilino, qu'est-ce que tu fais ? Tu dors ? » insista Maman.

Il n'avait pas envie d'ouvrir la bouche. Pour éviter qu'elle continue à l'appeler, il fit semblant de dormir profondément, ralentissant sa respiration pour qu'elle ait l'air régulière.

« Tu ne vois pas qu'il dort ? » fit Papa à voix basse.

Cinq minutes plus tard, le lit commença à remuer et à faire du bruit. Maman soupirait et disait :

« Doucement, Giugiù, doucement. »

Mais qu'est-ce qu'ils pouvaient bien faire ? Il ne résista pas à la curiosité et ouvrit les yeux. Au début, il ne vit rien, la lumière du lumignon, sous la statuette de la Sainte Vierge, était trop faible.

Sur le lit, il y avait deux ombres confuses. Peu à peu, sa vue s'habitua à l'obscurité. Ses parents étaient tout nus, Papa était grimpé sur Maman et il lui donnait des coups de ventre très forts, si forts qu'elle commença à se plaindre et à faire :

« Ahan, Ahan ! Jésus, Jésus ! Ahan ! »

Puis, tout s'arrêta brusquement. Papa s'allongea à côté de Maman, il lui tourna le dos et presque aussitôt se mit à ronfler.

Deux nuits plus tard, Maman l'appela à nouveau :

« Michilino, tu dors ? »

Le petiot ne répondit pas, bien décidé à regarder toute l'histoire à partir du début. Sauf que, cette fois, dès qu'il ouvrit les yeux, la scène fut différente. Maman avait sûrement tenté de s'enfuir, mais Papa avait réussi à l'empoigner par les jambes et à la faire tomber en avant, au point que, maintenant, Maman était agenouillée, le visage enfoui dans l'oreiller. Papa aussi était agenouillé, mais derrière elle, il lui empoignait les hanches pour la retenir, en lui assenant des coups de ventre féroces, comme la fois précédente. Les gémissements de Maman étaient étouffés par l'oreiller, n'empêche qu'elle devait drôlement souffrir parce qu'elle ne faisait plus « Ahan ! Ahan ! », mais un tout petit « Aï ! Aïe ! ». La tête du lit cognait continuellement contre le mur. L'affaire traîna tellement en longueur que Michilino ne réussit pas à en connaître la fin, car un sommeil de plomb lui tomba dessus traîtreusement.

La nuit du quatorze au quinze septembre, Michilino ne trouva pas le sommeil. De fait, le jour suivant, c'était la rentrée des classes. Maman lui avait acheté un cartable et elle y avait mis une petite bouteille d'encre, une plume, un syllabaire, un cahier quadrillé et un cahier rayé. Le sandwich garni de saucisson pour le goûter était déjà prêt dans le réfrigérateur. Elle lui avait recommandé de dormir, le lendemain il devait être frais comme une rose. Elle l'appellerait à sept heures et demie du matin. Mais dès qu'il trouva le sommeil, il fut réveillé par le grincement du grand lit. Il rouvrit les yeux et il se sentit envahi d'une joie immense. Maman était assise sur le ventre de Papa, cette fois c'était elle qui lui donnait des coups, elle se levait et s'asseyait, se levait et s'essayait ; Papa lui empoignait les seins et cherchait en vain à la repousser, mais il n'avait pas assez de force. Maman ressemblait à une cavalière comme celles qu'il avait vues au cirque, le cheval-papa n'arrivait pas à la faire tomber. Finalement, Maman était en train de gagner ! Elle avait réussi à soumettre Papa et à lui faire expier le péché qu'il avait commis en faisant des choses malhonnêtes avec la bonne Gersumina. En voyant cette scène, Jésus était sûrement en train de jubiler. Michilino en fut aussitôt fermement convaincu ; ça y est, il avait l'explication de ce qui se passait certaines nuits : parfois, ses parents se battaient. Une bataille sans merci qui nécessitait toute leur force. La plupart des fois, c'était Papa qui gagnait, parce que c'était un homme et qu'il était le plus fort. Mais parfois, Maman parvenait à prendre le dessus, elle lui mettait les épaules à terre et lui faisait payer cher tous ses péchés.

Deux

L'école primaire se trouvait à proximité du quai du port. Bien habillé, le cartable en bandoulière, Michilino s'y rendit accompagné par sa mère, qui lui avait dit, pendant qu'elle le peignait, que le maître s'appelait Attilio Panseca et que c'était quelqu'un de très gentil. Les classes de C.P. étaient situées au-rez-de-chaussée. Michilino était dans la salle A, la plus proche de la porte principale. Le maître d'école, M. Panseca, chemise noire et insigne fasciste à la boutonnière, se tenait devant la porte de la classe, une feuille de papier à la main. Il leur fit le salut romain, et Michilino et sa mère le saluèrent de la même manière.

« Tu t'appelles comment, toi ? » lui demanda l'instituteur.

Mais il devait le savoir, parce qu'il échangea un petit sourire complice avec Maman.

« Sterlini Michelino. »

L'instituteur regarda sa feuille.

« Premier banc, près de la fenêtre. Accompagnez-le, Madame. »

C'était un banc à deux places, son petit camarade

n'était pas encore arrivé. Sa mère lui dit de s'asseoir près de la fenêtre. Derrière, on voyait un paquebot à vapeur amarré et des contrebandiers qui montaient sur la passerelle, portant sur leur dos des caisses qu'ils plaçaient dans la cale. Sa mère l'embrassa sur le front.

« À la fin du cours, reste assis à ta place, c'est moi qui viendrai te chercher. Surtout, sois sage et ne te mets pas à bavarder. »

Pendant qu'elle sortait, son petit camarade de banc entra. Il avait probablement été accompagné par sa mère lui aussi, il s'appelait Scuderi Birtino, il était tout maigrichon et portait des lunettes. Michilino lança un regard circulaire. Il y avait dix bancs, un tableau noir et le bureau de l'instituteur placé sur une estrade. Sur le mur, derrière le bureau, un crucifix flanqué de deux photographies ; à gauche, celle de Sa Majesté Victor Emmanuel, à droite, celle de Son Excellence Benito Mussolini. En un quart d'heure, la classe se remplit, mais personne ne chahutait, personne ne parlait, ils étaient tous immobiles, regardant droit devant eux. Tout à coup, on entendit la cloche sonner, le maître entra, ferma la porte, s'assit sur son bureau et ouvrit le registre de classe.

« Maintenant, je vais faire l'appel. Quand vous m'entendrez prononcer votre nom, vous vous lèverez, vous ferez le salut romain et vous répondrez : “Présent”, puis vous vous rassiérez. Bon, je vais commencer. Abbate Filippo. »

Abbate Filippo n'eut pas le temps de se lever que la porte s'ouvrit : un homme d'une quarantaine d'années, mal fagoté, le teint jaunâtre, tenait par la main un petit blondinet qui semblait terrorisé.

« La cloche a déjà sonné, dit l'instituteur d'un ton glacial. Vous êtes en retard, je pourrais très bien refuser d'accepter votre fils dans ma classe. Mais puisque c'est le premier jour d'école, entrez. Tu t'appelles comment, toi ?

– Maraventano Alfio, répondit le petit, qui tremblait presque de peur.

– Va t'asseoir au dernier banc. Tu seras tout seul. »

La tête basse, Alfio Maravento marcha au milieu des deux rangées de pupitres.

Son père, en revanche, resta planté près de la porte.

« Monsieur l'instituteur, puis-je me permettre de vous donner un conseil ? » dit-il.

Le maître lui jeta un regard noir.

« Venant de vous, je n'accepte aucun conseil. Mais allez-y, je vous écoute. »

Le père du petit Maraventano indiqua le mur derrière le bureau.

« Il faudrait déplacer le crucifix.

– Et pourquoi ?

– Parce que là, comme ça, on dirait que Jésus est entouré de deux voleurs. »

L'instituteur rougit de colère, se leva de derrière son bureau, il tremblait tellement qu'on aurait dit qu'il allait avoir une attaque et, le bras tendu, lui indiqua la porte.

« Sortez d'ici, sale communiste ! Dehors ! »

M. Maraventano sortit très calmement. Le maître s'assit, se releva, descendit de l'estrade et le rejoignit dans le couloir.

« Je vais porter plainte contre vous, dès aujourd'hui »,

hurla-t-il. Il regagna la classe, s'assit, encore un peu tremblant, et s'essuya le front avec son mouchoir.

« Et toi, ne pleure pas ! Autrement je te flanque dehors à coup de pieds dans le derrière, compris ? »

Les enfants se retournèrent tous vers le dernier banc où Alfio Maraventano, seul et penaud, s'était mis à pleurer en se cachant les yeux derrière son bras.

Quand il eut fini l'appel, l'instituteur demanda à la classe :

« Savez-vous pourquoi les enfants italiens s'appellent Balilla ? »

Et il commença à raconter comment, à Gênes, à l'époque de la domination autrichienne, alors que les Génois souffraient des vexations infligées par cet horrible peuple, un petit garçon nommé Giambattista Perasso, dit Balilla, se révolta et lança des pierres contre les Autrichiens. C'est ainsi que la population suivit son exemple et chassa l'ennemi. Comme Michilino connaissait déjà cette histoire, de temps à autre, il se tournait vers le dernier banc, où était assis Alfio Maraventano, le front appuyé contre son pupitre.

« Papa, ça veut dire quoi communiste ? »

Ils étaient en train de manger, et la question de Michilino fit sursauter ses parents, qui se regardèrent.

« Qui t'a appris ce mot ? demanda Papa.

– Personne. C'est le maître qui l'a dit à M. Maraventano.

– Ah ! Le fils de Toto Maraventano est dans ta classe ?

– Oui, P'pa.

– Raconte-moi ce qui s'est passé. »

Michilino raconta tout par le menu.

« Ton petit camarade de classe, cet Alfio Maventano, tu ne dois absolument pas le fréquenter, tu ne dois même pas lui parler. Promis ?

– Oui, P'pa. Mais ça veut dire quoi, communiste ?

– Les communistes sont des gens très méchants. Je comprends même pas qu'on permette aux enfants des communistes de fréquenter la même école que les enfants des gens comme il faut.

– Dis, papa, est-ce que les communistes sont pires que les Abyssins ?

– Pire, parce que les Abyssins, au moins, ce sont des sauvages, ce sont des Noirs, alors que les communistes sont des gens qui ont l'air d'être comme nous mais qui, en fait, sont différents. Ils ne croient pas en Dieu, ni à la Vierge Marie, ni à Jésus, ils ne croient pas à la Patrie, ils insultent le Roi et Mussolini, et ils veulent nous voir tous morts, nous les fascistes, pendus aux réverbères.

– Ils sont même pour l'amour libre », lança Maman en soupirant.

Papa se fâcha.

« Pourquoi tu racontes des choses pareilles au petit ? Qu'est-ce qui te passe par la tête ? Voyons, il ne peut pas comprendre ces choses-là.

– Si vous me les expliquez, je les comprends, fit Michilino.

– Laisse tomber, je t'expliquerai ça quand tu seras plus grand. Il faut que tu saches qu'au village, il y a quatre ou cinq communistes et que Toto' Maraventano, le tailleur, est le pire de tous. Il ne se passe pas un mois sans qu'on le fourre en prison. C'est une crapule, un ivrogne et un crève-la-faim, qui n'a jamais rien d'autre à faire qu'à dénigrer notre bien-aimé Benito Mussolini. »

Michilino resta un long moment silencieux. Puis, pendant que Papa sirotait son café, il renchérit :

« Pourquoi vous ne le tuez pas ?

– Qui ça ? fit Papa éberlué.

– Toto' Maraventano. Si tu dis qu'il veut vous voir pendus aux réverbères, vaudrait pas mieux le devancer et le tuer, lui, d'abord ?

– Il le mériterait, répondit Papa. De temps en temps, il reçoit une dégelée de coups de trique et il finit à l'hôpital. Mais, après quelques semaines, il se rétablit et revient à la charge, pire qu'avant. La mauvaise herbe ne meurt jamais. Un jour ou l'autre, il cassera vraiment les couilles à quelqu'un et...

– Ne dis pas de gros mots, le rabroua Maman.

– C'est quoi les couilles ?

– Tu vois ? fit-elle furieuse.

– Les couilles se trouvent dans le petit sac que tu as sous le petit oiseau, expliqua Papa.

– Et elles font comment pour se remplir ?

– Tu comprendras ça quand tu seras plus grand. »

Toujours la même réponse ! Quand tu seras grand ! Mais il fallait combien de temps pour qu'un petit devienne grand ?

Le deuxième jour, le maître leur parla de Benito Mussolini. Il leur raconta qu'il était né dans une famille modeste, que son père était forgeron, qu'il avait fait la Grande Guerre comme caporal et qu'il avait été blessé.

Il leur expliqua l'histoire du faisceau et de la marche sur Rome. Il leur dit que tous les peuples de la terre nous enviaient d'avoir un chef comme Benito Mussolini et que, très bientôt, cet homme qui nous était envoyé par la Providence ferait la guerre aux Abyssins, la gagnerait et que l'Italie, qui était un royaume, deviendrait un empire. Après quoi, il commença à leur enseigner l'hymne du Balilla qu'ils devaient tous chanter en chœur :

Fischia il sasso, il nome squilla
Del ragazzo di Portoria
E l'intrepido Balilla
Sta gigante nella storia... [1]

Le troisième jour, l'instituteur demanda à Michilino d'aller au tableau et de dessiner un bâton avec la craie. Michilino essaya, mais il traça un bâton qui était tout penché vers la gauche.

« Allez, recommence, mieux que ça. »

Michilino s'efforça de ne pas faire pencher le bâton à gauche ; du coup, il en dessina un qui était tout penché vers la droite. Ses petits camarades éclatèrent de rire. L'instituteur s'énerva.

« On verra, quand ce sera votre tour, si vous ferez autant les malins ! Ça m'étonnerait beaucoup que vous ayez encore envie de rire ! Et toi, recommence. »

Michilino se concentra, il essaya de dessiner un bâton

1. « La pierre siffle / Le nom du garçon de Portoria retentit / Et le courageux Balilla / Se dresse, tel un géant dans l'Histoire... »

qui ne penchait ni à droite ni à gauche. Sur le tableau noir apparut une sorte de petit serpent qui semblait ramper. L'instituteur jeta sur la classe un regard foudroyant, qui glaça les élèves.

« Le premier qui rit, je le flanque dehors à coups de pieds ! »

Puis, d'une mine renfrognée, il demanda :

« Tu ne sais pas dessiner un bâton ?

– Non, fit Michilino tout honteux.

– Il va te falloir une vie, à toi, pour apprendre à lire et à écrire ! commenta d'un ton amer l'instituteur.

– Mais je sais déjà lire et écrire, protesta Michilino.

– Vraiment, tu n'es pas en train de me dire un mensonge, au moins ?

– Je ne dis pas de mensonges. Les mensonges font pleurer Jésus.

– Mussolini aussi est triste quand quelqu'un dit des mensonges, mais il ne pleure pas, parce que c'est un homme fort », fit l'instituteur.

Il prit le journal, qu'il tenait plié dans une poche de sa veste, l'ouvrit et le plaça sous les yeux de Michilino.

« Qu'est-ce qu'il y a écrit ici ?

– Le Peuple d'Italie.

– Et ici ?

– Fondé par Benito Mussolini.

– Et là ?

– Le 17 septembre 1935. »

La classe applaudit. Michilino se sentit tout fier.

« Silence ! lança l'instituteur. Maintenant, prends la craie et écris la première chose qui te passe par la tête. »

Michilino réfléchit une seconde et écrivit :

« J'aime Jésus, Mussolini, mon papa et ma maman. »

Ses camarades ne savaient pas ce que Michilino avait écrit, mais ils comprirent qu'il avait fait ce que l'instituteur voulait. Cette fois-ci, les applaudissements furent accompagnés de coups de pieds et de coups de poings contre les bancs. La porte s'ouvrit brusquement ; sur le seuil parut un homme d'une soixantaine d'années qui ressemblait à un nain, avec une chemise noire, l'insigne du Parti national fasciste à la boutonnière et un cigare à la bouche.

« Qu'est-ce qui se passe ici ? » demanda-t-il sur un ton autoritaire.

L'instituteur se leva et fit le salut romain.

« Monsieur le directeur ! »

L'autre le regarda, sans répondre à son salut.

« Pourriez-vous m'expliquer ce qui est en train de se passer dans cette classe ?

– Regardez cette phrase sur le tableau, Monsieur le directeur. C'est cet enfant qui l'a écrite. Qu'est-ce qu'il fait en C.P. ?

– Comment t'appelles-tu ? lança le directeur, qui ne semblait pas vraiment surpris.

– Je m'appelle Sterlini Michelino. »

Cette fois-ci, le directeur parut intéressé, il ôta son cigare de la bouche.

« Tu ne serais pas le fils du camarade Giugiu' Sterlini, par hasard ?

– Oui, Monsieur.

– Tu peux dire à ton papa de venir me voir cet après-midi, vers dix-sept heures ? »

Et il tourna les talons. L'instituteur eut à peine le

temps de dire à la classe : « Levez-vous ! » que le directeur était déjà sorti.

« Asseyez-vous. Maraventano, au tableau », lança le maître.

Tous se retournèrent vers le dernier banc. Les yeux rougis, Alfio Maraventano se dirigea vers le tableau en titubant comme un ivrogne.

« Qu'est-ce que tu as ? Tu ne te sens pas bien ? demanda l'instituteur.

– Y'a la poulaille qui a déboulé hier soir, ils ont coffré mon paternel, dit le gamin en dialecte sicilien.

– Ici, on ne parle pas en dialecte ! On parle en italien ! Tu as compris ? Est-ce que tu sais compter jusqu'à trois ? »

Au bord des larmes, Alfio hocha la tête en signe d'approbation, incapable d'aligner un mot.

« Alors, trace-moi trois bâtons. »

Alfio prit la craie, le bras tremblant. Il resta la main suspendue en l'air, immobile.

« Bon, c'est pour aujourd'hui ou pour demain ? » fit le maître.

Ses petits camarades aperçurent le bras d'Alfio qui cessa peu à peu de trembler et qui, d'une main ferme et assurée, traça trois bâtons les uns après les autres, si droits qu'ils ressemblaient aux mâts d'une barque à voile. Personne ne se hasarda à applaudir, l'instituteur le renvoya à sa place sans un mot et appela l'élève suivant.

Le soir, Papa rentra alors que la table était déjà dressée, l'air tout guilleret. Quand Maman revint de la cuisine avec la soupe et qu'ils furent tous assis, il lui dit :

« Aujourd'hui, j'ai été nommé secrétaire politique. »

Elle se leva brusquement de sa chaise et courut l'embrasser.

« Sainte Vierge ! comme je suis contente !

– Ça veut dire quoi, secrétaire politique ? demanda Michilino.

– Ça veut dire que Papa est devenu le chef, le commandant de tous les fascistes du village, ils doivent tous faire ce qu'il leur dit.

– Allez, viens me donner un bisou », fit Papa.

Le petiot se leva, obéit et retourna manger sa soupe. Il était heureux que son père soit devenu si important.

« Il y a une autre bonne nouvelle, dit Papa en s'adressant à Maman. Je suis allé parler avec le directeur de l'école. Il m'a dit que notre fiston est très doué et qu'il est trop avancé pour être en C.P. Mais, même si on lui faisait sauter une classe, ça ne suffirait pas. La solution qu'il me propose, et qui me semble juste, serait de retirer Michilino de l'école, de lui donner des leçons particulières et de lui faire carrément passer l'examen d'entrée en sixième.

– Et qui est-ce qui les lui donnerait ces leçons particulières ?

– Moi, je ne le mets pas chez les curés, lança Papa.

– Tu veux l'envoyer où, alors ?

– Le directeur m'a conseillé d'en toucher un mot à Olimpio Gorgerino.

– Attends, je crois qu'on m'en a parlé. Il serait pas prof de maths à l'Institut technique ?

– Si, mais le directeur m'a dit que Gorgerino est un puits de science. Le problème, c'est qu'il ne veut pas donner de cours particuliers.

– On fait quoi, alors ?

– Ernesti, je te signale que Gorgerino a été nommé chef de l'Opera Nazionale Balilla du village ; maintenant que je suis devenu son supérieur hiérarchique, il peut rien me refuser. Une chose est sûre, Michili', toi, demain matin, tu retournes pas à l'école. Tu pourras dormir autant que tu veux. »

Ça tombait bien, parce que Michilino ne trouva le sommeil qu'aux premières lueurs de l'aube. Dans la nuit, en effet, la lutte entre ses parents avait été longue, féroce, sans compter qu'ils avaient remis ça plusieurs fois.

Quatre jours plus tard, à cinq heures de l'après-midi, sa mère l'accompagna chez le professeur Olimpio Gorgerino, qui habitait *via* Roma, dans la même rue que Michilino, à environ dix minutes à pied de chez eux.

« Essaie de te souvenir du trajet, fit Maman, parce que demain, faudra que tu y ailles et que tu reviennes tout seul. T'es grand maintenant. Mais surtout sois prudent !

– T'inquiète pas, M'man. J'emmènerai avec moi le mousqueton. Mais si je dois aller tous les jours chez le professeur Gorgerino, je fais comment le vendredi, pour ma religion ?

– Le vendredi, tu iras à l'église et tu sauteras les cours de Gorgerino, Papa lui en a déjà parlé et il est d'accord. »

Sur la porte de la maison du professeur une plaque en cuivre ovale portait l'inscription : « Professeur Olimpio Gorgerino ». En dessous, il y avait deux feuilles de papier imprimées fixées avec des punaises. La première disait : « Livre et mousqueton font un parfait fasciste[1] » et l'autre : « Les enfants italiens sont tous des Balilla. »

L'homme qui ouvrit la porte était en pyjama et en pantoufles. Il portait une résille sur la tête. Dès qu'il aperçut Maman, il fit un bond en arrière, embarrassé.

« Excusez-moi, Madame. Je pensais que c'était Giugiu' qui accompagnerait le petit. Installez-vous ici, je reviens tout de suite. »

Il les fit entrer dans son bureau. C'était une grande pièce avec un large canapé, deux fauteuils, quatre chaises, un bureau encombré de dossiers et de papiers. Tous les murs étaient couverts de bibliothèques, avec des livres empilés en vrac. Derrière la table de travail, un portrait de Mussolini qui faisait le salut romain. Mais pas de crucifix, ni de photographie du roi. Michilino remarqua qu'il y avait beaucoup de poussière sur les meubles et sur le sol. Maman aperçut le regard de Michilino et dit :

« Le professeur Gorgerino n'est pas marié, il n'a personne pour s'occuper de lui, c'est pour ça que sa maison n'est pas propre et qu'il y a du désordre. Mais tu dois pas t'occuper de ces choses-là. »

Gorgerino revint en costume-cravate. C'était un homme d'une cinquantaine d'années, plutôt trapu, avec une tignasse rousse. Il engagea aussitôt la conversation.

« Madame, je vous répète ce que j'ai dit à Giugiu'. Je n'aime pas donner des cours particuliers. Les rares fois où je l'ai fait, mes élèves ont toujours été reçus à leurs

1. Slogan « éducatif » lancé par Mussolini lors d'un discours prononcé le 10 mai 1932, selon lequel un parfait militant fasciste doit être à la fois instruit et exercé au maniement des armes.

examens. Mais je procède selon une méthode qui m'est personnelle et je ne tolère pas qu'on la discute, même si certains peuvent la trouver étrange. Je n'accepte aucune intervention de la part des familles. Si ces conditions vous conviennent, je ne vois aucun inconvénient à donner des cours à Michilino.

– Puisque Giugiu' est d'accord, je suis d'accord. »

Le professeur se leva, Maman en fit de même.

« Je vous accompagne, fit Gorgerino. Vous pourrez venir chercher votre fils dans deux heures. Mais il vaut mieux qu'à partir de demain il vienne tout seul. »

Une fois de retour dans la pièce, Gorgerino resta debout, les yeux fixés sur Michilino qui était assis dans un fauteuil. Puis il dit :

« Lève-toi. »

Michilino obéit. Le professeur le regarda en silence avant de lui demander :

« Qu'est-ce que tu as dans les poches ?

– Rien. »

Gorgerino se pencha en avant et lui effleura deux fois le petit oiseau entre les jambes pour s'assurer de ce qu'il était en train de toucher.

« Foutre ! » dit-il à voix basse.

Mais Michilino l'entendit. Gorgerino venait de prononcer un gros mot qu'il n'aurait absolument pas dû dire, au risque d'infliger une nouvelle souffrance à Jésus. Mais alors, le professeur était peut-être aussi malpoli qu'un charretier et qu'un paysan ? Et puis, pourquoi est-ce qu'ils s'émerveillaient tous de son petit oiseau ?

« Assieds-toi, Michilino. Aujourd'hui et dans les

cours suivants, je te parlerai des Spartiates. Tu sais qui étaient les Spartiates ? Non ? C'étaient les fascistes de l'époque des Grecs. Mais on va d'abord faire dix tractions, conclut le professeur en enlevant sa veste. Allons dans le couloir, il y a plus de place. Je commence toujours mes cours comme ça, au minimum dix tractions. Tu ne sais pas ce que c'est une traction ? Bon, ça ne fait rien. Fais comme moi. »

Le lendemain, il sortit de chez lui avec le mousqueton sur l'épaule. C'était la première fois que sa mère l'autorisait à sortir tout seul, et Michilino, qui désormais sentait qu'il était en train de devenir grand, marchait en bombant la poitrine, tout fier.

Quand Gorgerino l'aperçut arriver chez lui avec le mousqueton, il l'embrassa :

« Tu es un bon petit Balilla, Mussolini serait fier de toi ! »

Puis il regarda le mousqueton, leva la baïonnette et promena son doigt sur le fil.

« C'est toi qui lui as fait une pointe et qui l'as effilée ?

– Oui.

– Si tu aimes les vraies armes, suis-moi. Mais fais attention, c'est un secret, tu ne dois en parler à personne. Jure-le à la romaine. »

Michilino tendit le bras droit, et dit :

« Je le jure. »

Ils entrèrent dans une pièce fermée à clef. Michilino n'en croyait pas ses yeux. Sur les murs étaient accrochés des fusils, des mousquetons et des carabines de toutes sortes, de différentes formes et de diverses époques. Il y avait deux vitrines avec quatre étagères remplies de pistolets et de revolvers.

« Ils fonctionnent tous parfaitement », fit Gorgerino.

Michilino ne put s'empêcher de lui dire :

« Vous m'apprendrez à tirer ? »

Le professeur se baissa à sa hauteur et le regarda droit dans les yeux.

« Et toi, en échange, de temps en temps, tu me donneras ton pistolet ?

– Mais moi, je n'ai pas de pistolet. J'ai seulement le revolver de Buffalo Bill. »

Gorgerino s'esclaffa, tout en continuant à le regarder fixement avec ses yeux bleus.

« Je parlais de ce pistolet-là. »

Et il posa la main sur son petit oiseau.

« Alors, on est d'accord ? demanda Gorgerino, sans détacher ses yeux de l'enfant.

– D'accord.

– Allons dans le couloir pour faire des tractions, dit le professeur en se relevant. Après, je te parlerai à nouveau des Spartiates. »

Le troisième jour, Gorgerino le reçut en robe de chambre et en pantoufles. Il l'emmena dans la pièce où étaient rangées les armes et empoigna un pistolet.

« Ça, c'est un Beretta, dit-il. Maintenant, je vais te montrer comment il fonctionne. Commençons par le chargeur. »

Gorgerino lui expliqua tout en une demi-heure, y compris comment il fallait viser. Puis ils retournèrent dans le bureau.

« Maintenant, nous allons faire comme les Spartiates, fit le professeur. Tu te souviens de ce que je t'ai dit ? Les Spartiates étaient toujours nus. »

Il ôta sa robe de chambre, en dessous il n'avait rien, même pas un slip. Il était aussi poilu qu'un chimpanzé.

« Allez, fais comme moi, déshabille-toi. Tu as honte ?

– Non. »

Le professeur s'assit sur le canapé, regarda Michilino se déshabiller et lui dit :

« Viens sur mes genoux. »

Gorgerino l'enlaça de son bras gauche et le serra contre lui, pendant qu'il lui posait la main droite sur le petit oiseau. Il resta un moment comme ça. Puis il commença à parler d'une façon bizarre :

« *"Pheughein dei ton Erota." Kénos ponos ou gar aluxô…*

– C'est quoi cette langue ?

– C'est du grec, Michili'. C'est un poème écrit par quelqu'un qui s'appelait Archias d'Antioche. Ça signifie : "Il faut fuir Éros." Et j'ai ajouté : "C'est facile à dire !"

– Et c'est qui, Éros ?

– Éros était le dieu de l'amour.

– Et pourquoi est-ce qu'il faut le fuir ?

– Ah ! Michili', moi, je ne fuis pas. »

Il soupira, saisit dans son poing fermé le petit oiseau du gamin et commença à faire glisser la peau en avant et en arrière. Michilino ne broncha pas, ils avaient fait un pacte ; du reste, lui, il avait déjà joué avec le Beretta. Quelques instants plus tard, Gorgerino lui demanda :

« Le tien ne se redresse pas encore ?

– Ça veut dire quoi ?

– Baisse la tête. Regarde. »

Entre les jambes de Gorgerino, on voyait poindre comme une sorte de branche d'arbre.

Michilino le regarda, stupéfait.

« Est-ce que le mien aussi peut devenir comme ça ?

– Oui, mais maintenant fais-moi plaisir, allonge-toi à plat ventre sur le fauteuil. Voilà, comme ça. Ne bouge pas. Et ne regarde pas, jusqu'à ce que je te dise de te retourner. »

Gorgerino resta debout, à deux pas du fauteuil. Michilino sentit, peu après, le souffle du professeur qui s'accélérait jusqu'à se transformer en une sorte de plainte semblable aux gémissements que poussait Maman certaines nuits.

« Ça y est, tu peux te retourner. »

Gorgerino, qui avait remis sa robe de chambre, était en train de glisser dans sa poche un mouchoir tout trempé.

« Maintenant, nous allons reprendre l'histoire des Spartiates. »

Doux Jésus, comme Michilino aimait les Spartiates ! Et dire qu'il avait la chance d'être élevé comme un petit Spartiate qui, à l'âge de six ans, était enlevé à sa mère et confié à un professeur qui lui apprenait à manier les armes, exactement comme Gorgerino le faisait avec lui ! Sans compter qu'à l'âge de vingt ans il devenait soldat et le restait toute sa vie, même une fois marié et avec des enfants. Et puis, il y avait l'obéissance, la discipline, comme l'appelait Gorgerino, et la hiérarchie, toujours selon les mots du professeur, ce qui signifiait qu'il y avait un chef, un sous-chef et des sous-sous-chefs qui commandaient et tous les autres qui étaient à leurs ordres : lui, c'est sûr, il deviendrait au minimum un sous-sous-chef.

Ce soir-là, alors qu'il rentrait avec le mousqueton sur l'épaule, il croisa Toto' Marventano, le tailleur, ce salopard de communiste. Mais il n'était pas en prison ? Maraventano avançait la tête basse, les mains dans les poches. Lorsqu'il fut à la hauteur de Michilino, il leva les yeux, l'aperçut, et esquissa un petit sourire en coin :

« Tiens, apporte ça à Mussolini, petit con de Balilla. »

Et il lui lâcha un gros pet en plein visage. Michilino, vexé, recula d'un pas, lança un regard circulaire. Personne ne les avait vus, c'était l'heure du dîner et les gens marchaient dans la rue d'un pas pressé.

« Quand je serai grand, je te tuerai, murmura Michilino.

– Tu commences bien, petit con de Balilla ! Mais, je ne m'inquiète pas, ton Mussolini se chargera de te faire mourir dans une de ses belles guerres dès que tu seras grand. »

Il poursuivit sa route. Michilino prit le chemin de la maison, mais il se sentait tout trempé de sueur et il éprouvait comme une sorte de petit tremblement à l'intérieur de son corps. N'empêche que, devant ce sale communiste, il avait su répliquer comme un vrai fasciste et un vrai Spartiate.

Pendant qu'ils étaient en train de dîner, Michilino demanda à son père :

« Mais Maraventano, le tailleur, il est sorti de prison ?

– Pourquoi est-ce que tu me demandes ça ?

– Parce que je l'ai rencontré dans la rue.

– Qu'est-ce qu'il t'a dit ?

– Rien. Pourquoi, qu'est-ce qu'il devait me dire ? »

Ce qui s'était passé entre lui et ce communiste était une affaire d'hommes, une histoire qu'il fallait régler de personne à personne.

« Ça veut dire qu'on l'a fait sortir. Mais de toute façon, dans deux ou trois jours, ils le remettront en taule. »

Puis, sans que cela parût vraiment l'intéresser, il lui demanda :

« Comme ça se passe avec Gorgerino ?

– Bien. Il est en train de me parler des Spartiates.

– C'est qui, ces Spartiates ? demanda Maman.

– Un grand peuple, courageux et guerrier, fit Papa. Ah ! si seulement Mussolini pouvait faire de nous tous des Spartiates ! »

« Quel bon professeur, ce Gorgerino ! » pensa Michilino, tout content.

Désormais, Michilino allait tout seul à l'église pour suivre le catéchisme. Ce jour-là, en sortant de chez lui, il remarqua que, sur les façades de sa maison, on avait collé des affiches colorées, toutes pareilles. Il s'arrêta devant l'une d'elles pour la lire. Sous le grand faisceau des licteurs, était écrit :

CAMARADES !
DEMAIN 2 OCTOBRE À 16 HEURES
PIAZZA MUNICIPIO
AURA LIEU UNE GRANDE ASSEMBLÉE
OÙ NOUS POURRONS ÉCOUTER
LE DISCOURS RADIOPHONIQUE DE

BENITO MUSSOLINI

La parole sera donnée ensuite
à notre secrétaire politique
le camarade GERLANDO STERLINI

Sainte Vierge, c'était Papa ! Papa était devenu une sorte de sous-chef spartiate de Mussolini ! Lui, il irait sûrement à cette assemblée, quitte à s'enfuir de la maison et à recevoir de Maman une volée de coups de bâtons.

« Pourquoi est-ce qu'il y a une assemblée demain ? » demanda-t-il au père Burruano, dès qu'il franchit le seuil de la sacristie.

« Parce que demain, Son Excellence Benito Mussolini, chef du gouvernement, déclare la guerre aux Abyssins.

– Hourra ! Hourra ! s'exclamèrent les gamins en battant les mains.

– Aujourd'hui, je vais vous expliquer comment il existe des guerres injustes, condamnables et des guerres qui, en revanche, sont justes, saintes et sacrées. Celle qui sera déclarée demain contre les Abyssins est juste, sainte et sacrée. Vous ne devez pas oublier que le Saint-Père, notre pape, a dit que Mussolini est l'homme de la Providence. Il le sera aussi pour les Abyssins, qui pourront enfin devenir des personnes civilisées et ne plus être des sauvages.

– C'est vrai que les Abyssins sont des cannibales ? lança Tatazio, dont les parents étaient charretiers, mais qui était très dégourdi.

– Ça veut dire quoi cannibales ? demanda un petit garçon.

– Un cannibale, c'est un sauvage qui mange de la chair humaine. Il est probable que parmi les tribus d'Abyssins, il y en ait quelques-unes qui soient cannibales.

– Alors, s'ils font prisonnier un de nos hommes, ils le mangent ? » lança un autre enfant d'un air inquiet.

Un gamin se mit à pleurer comme un veau.

« Qu'est-ce qu'il y a ? s'enquit le père Burruano.

– Mon cousin Gnaziu est soldat en Afrique. Et moi, j'veux pas qu'ils le mangent », dit le petit en continuant à brailler.

Le lendemain, à trois heures de l'après-midi, Papa endossa l'uniforme fasciste, chemise noire, guêtres, sans oublier le béret à petite mèche qu'on appelait un fez. Il était grand, beau, élégant et fort. Maman n'en finissait plus de le serrer dans ses bras et de l'embrasser. Ensuite, Papa sortit et Maman enfila elle aussi son uniforme, chemisier blanc et jupe plissée noire. Doux Jésus, comme elle était belle, Maman ! Parfois, quand ils marchaient ensemble dans la rue, les hommes la regardaient, mais elle avait toujours les yeux baissés et si quelqu'un la saluait, elle répondait courtoisement, en hochant à peine la tête. Michilino revêtit également l'uniforme et posa son mousqueton sur l'épaule. Mais Maman lui dit :

« Le discours de Mussolini, nous, on va l'écouter ici, avec notre radio. Après on ira voir Papa. »

Michilino fut fasciné par la façon dont Mussolini parlait. Quelle voix ! Quelle force ! C'est sûrement comme ça que devaient parler les chefs spartiates ! Brusquement, Mussolini lança :

« Nous répondrons aux sanctions militaires par des mesures militaires. Nous répondrons aux actes de guerre par des actes de guerre. »

Ce fut alors que Michilino sentit une flambée de chaleur entre ses cuisses.

Il pensa qu'il avait fait pipi dans ses culottes à cause de l'émotion mais, passant la main sur son pantalon, il s'aperçut qu'il était sec.

La *piazza Municipio* était noire de monde, hommes, femmes, vieux, enfants, ils étaient tous là. Devant une estrade en bois, il y avait deux carabiniers en uniforme, au casque surmonté d'un panache.

Un garde municipal reconnut Maman.

« Faites place à Mme Sterlini ! »

Il les accompagna au premier rang, juste devant la fanfare qui était en train de jouer *Faccetta nera*. Puis ils jouèrent *Sole che sorgi* et *Giovinezza*[1].

Maman était juste à côté du père Burruano. Lorsqu'ils finirent de jouer *Giovinezza*, Papa monta sur l'estrade ;

1. Composée en 1930 par Salvator Gotta, la chanson *Giovinezza* devint l'hymne officiel du Parti national fasciste.

derrière lui, il y avait trois autres personnes en uniforme. L'une d'elles était le professeur Gorgerino.

Papa fit le salut romain, puis dit :

« Camarades, je salue le *Duce* !

– Nous aussi », répondit la foule.

Papa commença à parler. Il avait une belle voix, claire et puissante. Certes, ce n'était pas la même voix que celle de Mussolini, mais c'était une voix persuasive et stimulante, une vraie voix de chef, spartiate, bien sûr. Pourquoi est-ce qu'à la maison il ne parlait pas comme ça ? S'il lui avait parlé de la même manière, Michilino était sûr qu'il lui aurait toujours obéi. Discipline et hiérarchie, comme le répétait le professeur Gorgerino. Papa annonça à la foule que nos soldats morts à Adoua seraient finalement vengés (mais ça c'était passé quand, cette histoire d'Adoua ? Michilino n'était pas au courant), que tous trouveraient du travail dans les territoires conquis et que, si les ennemis de l'Italie, au premier rang desquels figuraient les Anglais, prenaient des sanctions économiques, le peuple italien riposterait sans se laisser marcher sur la tête par personne. Le discours de Papa fut suivi par des acclamations et une salve d'applaudissements. À cet instant même, Michilino repensa à la voix de Mussolini et, après une deuxième bouffée de chaleur, il eut de nouveau une érection. Il sentait que son petit oiseau, entre ses cuisses, n'était plus un petit oiseau mais une sorte d'épervier impérieux. Il était en train de lui arriver exactement ce qui était arrivé à Gorgerino. Il baissa la tête et regarda. Son pantalon était déformé par la pression de la tête de l'épervier sur le tissu.

Il s'inquiéta, il ne voulait pas que les gens le voient

dans cet état : il glissa la main gauche dans sa poche, empoigna son zob et le baissa. Mais dès qu'il le lâcha, il se redressa. Alors, il décida qu'il valait mieux le tenir baissé avec la main. Quand Papa descendit de l'estrade, il fut assailli par un tas de gens qui voulaient le féliciter. Le père Burruano dit à Maman, qui était tout excitée et joyeuse :

« Vous pouvez venir à l'église avec moi ?

– Pour quoi faire ? lança-t-elle d'un ton ferme.

– Emmenez avec vous Michilino. Nous parlerons de lui. Je crois qu'il est prêt pour sa première communion.

– Bon d'accord, fit-elle en regardant la montre qu'elle portait au poignet, mais je ne pourrai pas rester plus de dix minutes.

– Je vous attends », dit le père Burruano.

Dès que le prêtre se fut éloigné, quatre ou cinq dames entourèrent Maman et commencèrent à l'embrasser et à la bécoter.

« Clementina ! s'exclama Maman en voyant une petite femme bien en chair, toute habillée de noir. Ah ! Tu t'es finalement décidée à sortir de chez toi ! Quand est-ce que tu viens me voir ?

– Bientôt, c'est promis. J'ai quitté le grand deuil », dit la petite grosse, qui parut sympathique à Michilino.

Pendant qu'il se dirigeait vers l'église, sa mère remarqua qu'il marchait bizarrement.

« Pourquoi est-ce que tu marches comme ça ?

– Parce que mon petit oiseau se dresse.

– Pense à Jésus, et tu verras que ça te passera. Ce n'est pas une maladie, tu sais, ce sont des choses qui arrivent. N'y fais pas attention.

– C'est qui, cette dame qui s'appelle Clementina ?

– Tu ne t'en souviens pas ? Elle est venue quelques fois chez nous. C'est la pauvre veuve du secrétaire politique Sucato, qui est mort d'une crise cardiaque. Ils ont nommé Papa à sa place. »

Tout à coup, Maman se mit à rire en pressant un mouchoir sur sa bouche :

« Hi, hi, hi !

– Pourquoi tu ris, M'man ?

– C'est nerveux.

– Et pourquoi t'es nerveuse ? »

Maman attendit un peu avant de répondre :

« Je suis pas vraiment nerveuse, je suis contente pour Papa. »

La porte principale était fermée, il faisait déjà nuit. Ils contournèrent l'église pour entrer par la porte de la sacristie, mais elle était fermée, elle aussi. Maman tira sur une corde, on entendit une sonnette tinter au loin. Pendant qu'ils attendaient, elle riait de plus belle, au point que, par moments, elle en avait les larmes aux yeux. Le père Burruano vint leur ouvrir et ferma la porte à clef derrière eux.

Dès qu'ils furent dans la sacristie, Maman dit :

« Michili', va m'attendre dans l'église. »

La porte de la sacristie fut fermée à clef et il se retrouva dans l'église complètement dans le noir, éclairé uniquement par les flammes de quelques cierges qui dansaient devant les statues des saints. Michilino n'eut pas peur, mais l'érection qu'il avait eue jusque-là lui passa brusquement. La statue devant laquelle brûlaient le plus de cierges était celle de saint Calogero. Or

Michilino continuait à croire dur comme fer qu'il s'agissait d'un Abyssin déguisé en saint. Il s'approcha de la statue et la regarda attentivement. Puis il enjamba la balustrade en faisant attention à ne pas se brûler avec les bougies, il ôta de son épaule le mousqueton, leva la baïonnette et, avec la pointe, toucha un pied du saint. Il n'était pas du tout en marbre, comme il le pensait, mais en carton-pâte. Il força sur le mousqueton avec ses deux bras, jusqu'à ce que le carton commence à se trouer. Il fit une pause et reprit sa besogne. En une demi-heure, il parvint à percer un trou dans un pied de la statue, aussi gros que celui que les clous avaient fait dans les pieds de Jésus. Il dégagea sa baïonnette, enjamba à nouveau la balustrade et s'agenouilla devant le crucifix, sous lequel ne brûlaient que deux pauvres cierges.

« Je t'ai vengé », dit-il au Seigneur.

Il se mit à pleurer, les mains jointes, la tête levée pour regarder le visage souffrant de Jésus. C'est dans cette position que sa mère le retrouva une demi-heure plus tard.

À la lumière des réverbères, Michilino s'aperçut que la jupe de sa mère était mouillée derrière. On aurait dit qu'elle avait fait une course, elle était haletante et avait le visage rouge. Son chemisier était tout froissé.

« Tu t'es mouillée, m'man ?

– Non, c'est rien. J'ai demandé au père Burruano un verre d'eau et j'en ai renversé un peu sur ma jupe. »

En rentrant à la maison, elle alla dans la salle de bains et y resta enfermée un bon moment. Quand elle en sortit, elle avait changé de vêtements. Elle commença à dresser la table.

« Alors, qu'est-ce qu'il t'a dit sur moi, le prêtre ?

– Hein ? » fit Maman.

Chaque fois qu'elle rencontrait le père Burruano, après, on aurait dit qu'elle perdait la mémoire.

« Il m'a dit que tu es très doué et que tu es prêt pour ta première communion. Tu la feras dans quinze jours.

– Alors, je n'ai plus besoin d'aller au caté ?

– Tu y iras vendredi pour la dernière fois. Après le cours, tu m'attendras dans la sacristie, c'est moi qui viendrai te chercher. »

Elle prononça ces quelques mots et rougit.

« Comme ce sera la dernière fois, est-ce que je pourrai y aller avec mon mousqueton ?

– D'accord », fit-elle.

Michilino était aux anges. Chouette ! il trouerait l'autre pied de saint Calogero.

Le lendemain, son père apporta une carte géographique de l'Abyssinie et la fixa avec des punaises sur la porte de la salle à manger. Il avait acheté également une petite boîte d'épingles garnies de drapeaux italiens. Il lui expliqua qu'il placerait les épingles sur les pays et les villes que les troupes italiennes allaient conquérir petit à petit. Les villes abyssines avaient de drôles de noms, Makalé, Takazé, Adigrat, Amba Alaguié, Amba Aradam, Aksoum ; quant aux noms des généraux abyssins que l'on entendait prononcer à la radio, ils étaient encore plus bizarres : ras Sejumm, ras Desta, ras Mangascia... Le soir même, ses parents écoutèrent la radio, avec la petite boîte d'épingles ouverte.

« Ce De Bono est vraiment un grand général, lui expliqua Papa. C'est un *quattuorvir* de la Marche sur Rome. Tu verras, il va les enculer, ces enfoirés d'Abyssins.

– Giugiu' ! » fit Maman, choquée.

Le six octobre, au début de l'après-midi, la radio annonça que les troupes en provenance d'Érythrée avaient occupé Adoua. Papa bondit de sa chaise et alla épingler un petit drapeau sur la carte géographique.

Quand Michilino arriva chez le professeur Gorgerino, il le trouva en robe de chambre et pantoufles.

« T'es au courant, à propos de notre grande victoire ?

– Oui.

– Est-ce que le Spartiate et le fasciste qui sont en toi sont fiers ?

– Bien sûr.

– Alors aujourd'hui, on va fêter cette victoire à la spartiate », dit Gorgerino en ôtant sa robe de chambre et en restant tout nu.

Michilino, qui désormais savait ce qui l'attendait, se déshabilla et dit :

« Professeur, vous savez quoi ? il s'est dressé.

– Quand ça ?

– D'abord, il a commencé à gigoter un peu quand j'ai entendu la voix de Mussolini, mais il s'est vraiment dressé quand Papa a parlé. Je pouvais même plus marcher. »

Gorgerino prit un air pensif. Puis il sortit de la pièce et revint avec un phonographe à manivelle et un disque. Il tourna la manivelle, mit la pointe de lecture et posa un disque sur le plateau. Michilino entendit la voix de Mussolini :

« … il existe au cœur de l'Europe, avec sa masse imposante de soixante-cinq millions d'habitants… »

Son sexe se tendit brusquement, il devint dur comme un bout de bois.

« …avec son histoire, sa culture, ses nécessités… »

Gorgerino s'assit et dit :

« Il est aussi gros que celui d'un homme.

– … la France démocratique et maçonnique a profité du moment où l'Allemagne était encore désarmée ou presque… »

Puis le professeur dit qu'ils devaient conclure la fête spartiate. Il alla dans la salle de bains et revint avec une petite boîte ronde.

« Qu'est-ce que c'est ?

– De la vaseline

– Ça sert à quoi ?

– Je vais te montrer. »

Allongé à plat ventre contre le bord de la table, Michilino se rappela qu'un Spartiate devait toujours supporter la douleur sans pleurer et sans se plaindre.

Le jour suivant, la radio annonça que la Société des Nations avait décrété des sanctions économiques contre l'Italie. Papa lui expliqua ce que signifiait le mot sanction et dit :

« Nous avons cinquante-deux nations contre nous. Cinquante-deux nations de pédés ! Mais nous allons tous les enc…

– Giugiù ! l'interrompit Maman.

– Laisse-moi parler, à la fin ! Satanées bonnes femmes ! Ce soir, je me sens fort comme un lion !

– Vraiment ? demanda Maman avec un petit sourire malicieux.

– Tu veux faire la guerre avec moi ? » fit Papa en lui lançant un regard coquin.

Et c'est effectivement la guerre qu'ils firent durant toute la nuit. Michilino ne parvint pas à fermer l'œil, à cause du bruit de la tête de lit contre le mur, des gémissements de Maman, mais aussi parce que sa rosette spartiate lui brûlait, bien qu'il l'eût rafraîchie à l'eau froide, comme le lui avait conseillé Gorgerino.

Ses parents commencèrent à discuter des préparatifs de la communion.

Papa dit à Maman qu'il voulait que la fête ne soit pas seulement réservée à la famille proche ou éloignée, il lui rappela qu'il était devenu secrétaire politique et qu'il avait des obligations de représentation. Ils se mirent d'accord pour louer les salons du café Castiglione, il pourrait y inviter une cinquantaine de personnes. Maman fit imprimer les invitations et les expédia. Elle emmena Michilino chez le tailleur Cumella qui, comme il le disait lui-même, était un fasciste de la « première heure » et non un sale communiste, du genre Maraventano. M. Cumella commença à lui prendre les mesures, tandis que sa mère choisissait le tissu pour son costume. Tout à coup, le tailleur s'arrêta et avisa le bas du corps de Michilino, stupéfait.

« Nom d'un chien ! »

C'était incroyable ! Qu'est-ce qu'ils avaient tous à s'extasier dès qu'ils posaient leurs yeux sur son petit oiseau ?

« Madame, excusez-moi, mais j'ai un petit problème, fit le tailleur.

– Qu'est-ce qu'il y a ?

– Regardez-moi ça, Madame. Je pensais couper un pantalon pour un enfant, mais là, il faut le couper comme pour un adulte.

– Et pourquoi ?

– Vous me demandez pourquoi ? Mais, Madame, vous semblez ne pas vous rendre compte, comment dirais-je, des attributs de votre fils ! Où est-ce qu'on le lui place ? À droite ou à gauche ? »

Maman piqua un fard.

« À gauche », dit-elle en pensant à l'endroit où le portaient tous les hommes qu'elle avait connus.

La veille de sa première communion, en soirée, sa mère l'accompagna à confesse. Dans l'église, il y avait une dizaine de mouflets avec leur mère. C'était le père Jacolino qui devait les confesser, un septuagénaire sourd comme un pot. Quand quelqu'un voulait connaître les péchés d'une femme, il suffisait qu'il s'approche du confessionnal, parce qu'à force de dire : « Lève la voix, je ne t'entends pas », le prêtre obligeait la pauvrette à parler tellement fort que tout le monde pouvait l'entendre raconter sa vie. Maman, en revanche, se confessait toujours avec le père Burruano. Lorsque ce fut son tour, Michilino s'agenouilla et fit le signe de la croix.

« Est-ce que tu as été désobéissant ?

– Non, mon père.

– Tu as manqué de respect à tes parents ?

– Non, mon père.

– Tu n'as pas volé ?
– Non, mon père.
– Tu as dit des mensonges ?
– Non, mon père.
– Est-ce que tu as dit des gros mots ?
– Non, mon père.
– Tu as fait des choses malhonnêtes ?
– Non, mon père. »

Peu importait ce qu'étaient les choses malhonnêtes, lui il n'en avait jamais fait. Du coup, il eut envie d'ajouter, tout fier :

« Moi, je fais pas des choses malhonnêtes. Je fais des choses spartiates. »

Le père Jacolino tressaillit, ayant pris un mot pour un autre.

« Tu fais des choses avec des putains ?
– Non, mon père. »

Il savait que le mot putain était un vilain mot. Mais lui, les putains, il n'avait aucune idée de comment elles étaient faites.

« Tu me réciteras cinq *Je vous salue Marie* et cinq *Notre Père*. Au suivant. »

Le lendemain matin, il sortit de chez lui tout habillé de blanc, on aurait dit une colombe. À l'église, il y avait ses grands-parents paternels et maternels, ses oncles, ses tantes et ses cousins. Sa cousine Marietta le serra très fort dans ses bras et l'embrassa, mais Michilino trouva qu'elle avait l'air un peu triste.

C'est le père Burruano qui dit la messe. Au moment de communier, tous les petits s'agenouillèrent en rang d'oignons. Michilino était placé au milieu de la file. Le prêtre commença à distribuer les hosties. Ce fut alors qu'une pensée glaça les sangs de Michilino. Si ce que le père Burruano avait dit pendant le catéchisme était vrai, il allait bientôt manger et digérer le corps et le sang de Jésus sous forme d'hostie consacrée. Mais ce n'étaient pas les cannibales abyssins qui mangeaient le corps et le sang d'un homme ? Gorgerino, lui, il ne lui avait jamais dit que les Spartiates mangeaient des êtres humains. Est-ce que ce n'était pas un péché grave et mortel ? Aïe, aïe, aïe ! Pourquoi est-ce qu'il n'y avait pas pensé plus tôt ?

« Ben alors ? »

C'était la voix du père Burruano, qui était un peu embarrassé de voir que Michilino gardait la bouche fermée. Ses deux petits camarades, en aube blanche, agenouillés à ses côtés, le regardèrent. Que faire ?

« Allons, ouvre cette bouche ! » lui ordonna le prêtre d'un ton sévère, mais à voix basse.

Michilino obéit et le père Burruano lui enfourna l'hostie dans la bouche, la poussant tout au fond de peur que Michilino ne la recrache.

Michilino retourna s'asseoir, puis il s'agenouilla et prit sa tête entre les mains.

Il semblait prier mais, en fait, il réfléchissait, avec l'hostie entre la langue et le palais, qu'il n'avait pas encore avalée. Mais plus il réfléchissait, plus il se persuadait que ce qu'il faisait n'était pas bien, il devait y avoir une erreur, manger une hostie était un sacrilège. Tout à coup, sans même s'en rendre compte, il l'avala. Il eut si peur que, brusquement, tout ce qui l'entourait s'assombrit. Il s'évanouit.

Il se réveilla dans la sacristie, sa mère, paniquée, lui fit boire un verre d'eau.

« C'est rien, c'est rien, c'est l'émotion », dit le père de Michilino en s'adressant aux grands-parents, aux oncles et aux cousins du petiot.

Le père Jacolino arriva, regarda longuement Michilino :

« Ce petit est un ange ! fit-il.

– Je veux aller prier devant le crucifix », dit le mouflet.

Il devait absolument demander pardon à Jésus car, sans le vouloir, il l'avait mangé.

« Plus tard, plus tard, fit père Jacobino. Rien ne presse, tu as tout le temps. »

La fête au café Castiglione fut une réussite.

Trois

Un matin, alors qu'il était assis à la table de la salle à manger, en train de faire un devoir d'arithmétique que lui avait donné Gorgerino, on sonna à la porte.

Comme on était mercredi, l'un des deux jours de repos de Lucie, la bonne, une vieille femme d'une soixantaine d'années, grosse, laide, boiteuse et toujours de mauvais poil, Michilino alla ouvrir. Le second jour de repos de la bonne était le vendredi. Sur le seuil parut Clementina Sucato, la veuve du type qui avait été secrétaire politique avant Papa. Elle avait un visage rubicond et souriant. Elle lui caressa la tête.

« Elle est là, ta maman ?

– Non, M'dame, mais elle revient tout de suite.

– Je crois que je vais l'attendre. Tu me fais entrer ?

– Bien sûr », répondit poliment Michilino en l'invitant à s'installer dans le salon.

Mme Clementina s'assit sur un fauteuil, tira un éventail de son sac à main, l'ouvrit et commença à s'éventer.

« Sainte Vierge Marie ! Il fait encore drôlement chaud », soupira-t-elle.

Ce n'était pourtant pas la canicule, mais comme la

dame était bien en chair, elle souffrait plus que les autres de la chaleur.

« Je retourne étudier, dit Michilino.

– Vas-y, va. »

Quelques minutes plus tard, il entendit la dame qui l'appelait.

« Michilino, tu veux bien m'apporter un verre d'eau, s'il te plaît ?

– Bien sûr. »

Il se leva, alla dans la cuisine, remplit un verre sous le robinet, entra dans le salon et s'arrêta brusquement, si brusquement qu'il renversa la moitié du verre d'eau sur son pantalon, et se mouilla, exactement comme l'avait fait Maman quand elle était dans la sacristie avec le père Burruano. Le fait est que la veuve avait retroussé sa jupe et sa combinaison jusqu'à la taille et qu'elle exhibait ses grosses cuisses toutes blanches. On voyait même sa culotte noire. Dès qu'il arriva, la dame sursauta et baissa en toute hâte ses habits.

« Je t'ai pas entendu arriver », fit-elle.

Puis :

« Mais tu t'es mouillé !

– C'est rien, je vais aller me changer. »

Pendant qu'elle buvait, Mme Clementina posa les yeux sur la tache d'eau. Elle tendit le buste en avant pour mieux voir.

« Qu'est-ce que t'as dans la poche ?

– Rien. »

Quelle barbe ! Toujours la même question !

« Viens ici. »

La veuve tâta la tache d'eau.

« Sainte Vierge ! fit-elle à mi-voix.

– Je vais aller me changer. »

Tandis qu'il ouvrait l'armoire où étaient rangés ses habits, la veuve parut sur le seuil de la chambre. Ce fut elle qui lui enleva son pantalon et sa culotte.

Elle le regarda en silence.

« Il vaut mieux que je t'essuie. »

Elle revint de la salle de bains avec une serviette et lui épongea la partie du corps qui était mouillée.

De temps à autre, elle murmurait :

« Sainte Vierge ! »

C'est qu'elle dégoulinait de sueur, la veuve Soucato. Elle passait et repassait la serviette toujours au même endroit. Finalement, elle lui remit le pantalon qui avait séché. À son retour, Maman trouva la veuve dans le salon et Michilino qui faisait ses devoirs.

À midi, Maman se mit à parler de la bonne avec Papa.

« Giugiu', je suis convaincue que Lucie, la bonne, nous vole.

– Tu en es sûre ?

– Certaine. Ça faisait un petit moment que je m'étais aperçue qu'il y avait des choses qui disparaissaient, un jour un couvert, un autre un napperon, alors, comme ça, hier, après déjeuner, j'ai voulu la tester, j'ai laissé traîner cinquante lires sur le buffet. Le soir, ils n'y étaient plus.

– Ce serait pas toi qui les aurais pris, Michilino ? demanda Papa.

– Moi, je fais pas ces choses-là.

– Ce matin, j'ai même cherché sous le buffet. Rien. Qu'est-ce que je fais, Giugiu' ?

– Hé, qu'est-ce que tu veux faire ? Demain, quand elle vient, tu lui dis que tu n'as plus besoin d'elle.
– Elle est née boiteuse ? intervint Michilino.
– Oui, répondit Maman, c'est elle-même qui me l'a dit.
– Et pourquoi est-ce qu'ils ne l'ont pas jetée du haut d'un rocher, comme le faisaient les Spartiates avec les enfants estropiés ? »
Ses parents se regardèrent, embarrassés. Papa répondit en premier.
« Ils ne l'ont pas fait parce que nous ne sommes pas des Spartiates.
– Mais on est des fascistes, rétorqua Michilino, et les fascistes sont pareils que les Spartiates.
– Qui est-ce qui te raconte ces choses-là ?
– Le professeur Gorgerino. »
Papa le regarda d'un air pensif.
« Maintenant, je dois sortir, je suis pressé, mais un de ces jours, faut qu'on discute de ce que t'enseigne Gorgerino.
– Le professeur m'a dit que je ne devais parler à personne de ce qu'il m'enseigne. »

Papa partit pour Rome où se tenait une assemblée convoquée par Benito Mussolini, qui voulait rencontrer les secrétaires politiques de toute l'Italie. Il serait absent pendant au moins quatre jours. Le lendemain, Maman invita à déjeuner Clementina, qui lui avait rendu visite dans la matinée.
« Et si tu me tenais compagnie pendant que mon mari n'est pas là ? »

Comme Maman n'avait pas encore trouvé une nouvelle bonne, elle prépara le déjeuner avec son amie, tandis que Michilino dressait la table.

À la fin du repas, Maman et Clementina commencèrent à papoter, assises autour de la table. Michilino jouait par terre avec un tank que lui avait offert Papa. C'est ainsi qu'il s'aperçut que la veuve s'était mise comme le jour où elle était assise dans le salon, la jupe et la combinaison tellement retroussées qu'on voyait sa culotte : rose, cette fois-ci. Michilino se faufila sous la table pour chercher son tank et s'appuya un instant sur le genou de Mme Clementina qui, dès qu'elle sentit la main du petiot, serra brusquement les cuisses. La peau moite de la veuve lui fit une drôle d'impression. Il essaya de dégager sa main, mais rien n'y fit ! Plus il tirait, plus la femme serrait les cuisses.

Le plus fou, c'est que Clementina continuait à papoter tranquillement avec Maman, comme si, sous la table, il ne se passait rien. À la fin, s'aidant de sa main libre, Michilino réussit à lui écarter les genoux, sans trop comprendre s'il y était parvenu par sa seule force ou parce que la veuve s'était lassée de son petit jeu.

Le lendemain matin, le 9 novembre, la radio, que Maman gardait allumée du matin au soir, annonça que les troupes italiennes avaient pris Makalé. Tout en fredonnant une chanson qui disait : *Vanno le caravane nel Tigrai* [1], Maman enfonça une petite épingle sur la carte géographique, à l'endroit où figurait le mot Makalé,

1. « Les caravanes avancent dans le Tigré. »

comme elle l'avait vu faire par Papa, le jour de la prise d'Aksoum. Puis elle ouvrit la baie vitrée, déploya le drapeau italien, et embrassa Michilino :

« Pense comme Papa doit être heureux, à Rome, de fêter la prise de Makalé avec Benito Mussolini ! »

Puis elle se mit à chantonner : « Et pour Benito Mussolini, lalala... lalala... »

À midi et demi, Clementina arriva avec des *cannoli* et une bouteille de Marsala pour fêter la prise de Makalé. À la fin du repas, les deux femmes s'enfilèrent trois gâteaux chacune et la moitié de la bouteille, si bien qu'elles étaient toutes guillerettes. Michilino, qui s'était enfourné deux *cannoli*, se mit à jouer avec son tank. Maman et Clementina parlaient rapidement à voix basse, les yeux brillants, si près l'une de l'autre que leurs visages se touchaient presque et, de temps à autre, elles pouffaient de rire. Il était clair qu'elles se confiaient des secrets.

Maman se leva, prit un paquet de Serragli dans un tiroir du buffet, alluma une cigarette à son amie et en coinça une entre ses lèvres. Elles se versèrent un dernier petit verre de Marsala. La veuve était tellement avachie sur sa chaise qu'il s'en fallut de peu qu'elle ne roule sous la table. Quand le tank aboutit entre les pieds de Mme Clementina, la première chose que Michilino remarqua en se baissant, c'est que la culotte de la veuve était noire. Il se glissa sous la table, prit le tank et se demanda si la veuve avait toujours envie de jouer. Il allongea la main et la posa sur son genou. Cette fois-ci, au lieu de serrer les cuisses, comme le jour précédent, la veuve les écarta. Michilino s'aperçut alors qu'il s'était trompé : ce qu'il avait pris pour une culotte était en réalité une touffe frisée de poils noirs. Comme c'était bizarre ! La veuve était aussi poilue que le professeur Gorgerino ! Sainte Vierge, en fait, elle était plus poilue que lui ! Est-ce que toutes les femmes étaient comme ça ? Maman aussi ? Sa cousine aussi ? Il ne s'en souvenait pas. Au milieu des poils, il y avait comme une sorte de cicatrice, rose, béante. Comment est-ce qu'elle avait pu faire pour se blesser à cet endroit, pauvre Clementina ! Et pourquoi est-ce qu'elle ne saignait pas, alors qu'elle avait une plaie à vif ? Il ôta sa main droite du genou de la dame et palpa tout doucement la blessure. La veuve continuait à parler et à rire avec Maman. Elle n'avait pas mal ? Et pourquoi est-ce qu'elle ne portait pas de bandage ? Elle risquait de s'infecter. Non seulement sa blessure était large, mais elle devait être sûrement très profonde. Il y introduisit délicatement deux doigts. Ils s'y engouffrèrent. Il les retira et les regarda pour voir s'ils étaient tachés de sang. Rien, ils étaient seulement un peu mouillés. Alors il essaya d'y enfoncer son poing fermé, tout doucement, petit à petit, de peur de lui faire mal. C'est à ce moment-là que le paquet de cigarettes de Maman tomba par terre et qu'elle se baissa pour le ramasser.

La veuve se leva d'un bond. Sous la table, Michilino entendit claquer une paire de gifles, la veuve se rassit et se releva, mais elle n'eut pas le temps d'éviter la gifle suivante.

« Salope ! Pouffiasse ! Sors de chez moi ! Abuser d'un enfant ! Quelle salope de merde ! Dehors, sale truie !

– Attends un moment, Ernesti' ! » criait la veuve en courant autour de la table, poursuivie par Maman qui lui lançait à la tête tout ce qui lui tombait sous la main, y compris la bouteille de Marsala.

« Espèce de pute ! Sale traînée ! Tu te pointes chez moi sans culotte pour dépraver un enfant innocent ! T'es vraiment une garce dans l'âme. »

La veuve parvint à atteindre la porte, à l'ouvrir et à se sauver à toutes jambes. Maman referma la porte à clef, se baissa sous la table, empoigna Michilino qui tremblait de peur, et le fit sortir de sa cachette.

« Va immédiatement te laver les mains ! Avec de l'alcool ! »

Quand Michilino revint de la salle de bains, il s'aperçut qu'elle s'était habillée pour sortir. Elle avait le souffle court et des larmes de rage tremblotaient dans ses yeux.

« Qu'est-ce que tu fais, M'man ?

– Chut ! Je veux plus t'entendre. Toi, tu vas rester ici et surtout fais pas de bêtises. Je reviens dans cinq minutes.

– Tu vas te disputer avec madame Clementina ?

– Madame mon cul, oui ! » lança Maman en sortant.

Michilino devint blême. Mais combien de péchés était en train de commettre Maman en prononçant tous ces gros mots ? Il alla dans sa chambre, s'agenouilla devant la statuette de la Vierge et se mit à prier pour le salut de l'âme de sa mère. Mais qu'est-ce qui se passait ? Pourquoi est-ce que ce jeu avec la veuve Sucato avait fait tant enrager Maman ? Qu'est-ce qu'il y avait de mal ? Pauvre veuve, avec cette grande blessure ouverte ! Au lieu de la gifler, elle aurait peut-être mieux fait d'appeler un médecin.

Maman revint avec le père Burruano. Ils s'installèrent dans le salon et parlèrent un petit moment. Puis elle l'appela et lui indiqua le divan pour lui signifier de s'asseoir à côté du prêtre.

« Maintenant, je vais te poser des questions, dit le père Burruano. Mais il faut me promettre de dire la vérité.

– Promis.

– Ta maman t'a surpris en train de faire quelque chose avec la veuve Sucato.

– C'était un jeu.

– Ah ! c'était un jeu ?

– Ben oui, mon père ! et quoi d'autre, sinon ? »

Le prêtre regarda Maman et fit un geste comme pour dire : vous voyez que j'ai raison ? Elle émit un profond soupir.

« C'était la première fois que vous faisiez ce jeu ? » s'enquit-il.

Michilino lui raconta tout par le menu, depuis la première visite de Mme Clementina, quand elle l'avait aidé à changer de culotte et de pantalon, jusqu'au jour où ils avaient joué pour la première fois ensemble et qu'elle lui avait emprisonné la main entre ses cuisses. Sa mère se leva. Michilino l'entendit se laver la figure dans la salle de bains. Pendant ce temps, le prêtre lui caressa la tête sans rien dire. Quand elle revint, elle semblait plus calme.

« Alors ? demanda-t-elle.

– Mieux vaut laisser les choses comme elles sont, dit le père Burruano, en parler ne ferait qu'aggraver la situation. L'innocence est restée innocence, nous pouvons remercier le Seigneur. D'accord ?

– D'accord.

– Quand même, il faudrait que Mme Clementina y pense », fit Michilino.

Ils le regardèrent interloqués.

« Et à quoi est-ce qu'elle devrait penser ? fit le prêtre.

– À la blessure qu'elle a entre les cuisses ! »

Il serra l'enfant contre sa poitrine et l'embrassa sur la tête.

« Vous ne lui avez encore rien expliqué ? »

Maman rougit.

« Non.

– Tu sais, Michilino, dit le père Burruano, les hommes ne sont pas pareils que les femmes. Les femmes ont des nénés pour allaiter et les hommes n'en ont pas. Les hommes ont des muscles, ils sont forts et les femmes pas. Les hommes ont un… une… Vous l'appelez comment déjà en famille ?

– Le petit oiseau, dit Maman en piquant un fard.

– … les hommes ont un petit oiseau et les femmes ont ce que tu as cru être une blessure, mais ce n'en est pas une.

– Et ça s'appelle comment, alors ? » demanda Michilino.

Le prêtre parut un peu embarrassé.

« Ta maman t'expliquera », conclut-il. Sur ce, il enchaîna :

« Maintenant, va dans la salle à manger, ta mère veut se confesser. »

Maman le fixa d'un air contrarié.

« Il vaudrait peut-être mieux remettre ça à un autre jour.

– Non, maintenant.

– Va, Michilino. Je te dirai quand tu pourras revenir. »

Michilino sortit, la porte du salon fut fermée à clef. Pendant qu'il était dans le couloir, il entendit sa mère qui disait :

« Non ! Non ! Doux Jésus, non !

– Mets-toi à genoux ! fit le père Burruano d'une voix impérieuse.

– Non ! Non !

– Agenouille-toi ! »

Il était clair que Maman n'avait pas envie de s'agenouiller et de se confesser. Elle avait sûrement honte de raconter au prêtre tous les gros mots qu'elle avait prononcés ! Mais elle devait faire pénitence, et c'était juste ainsi.

Puis, plus un bruit. Le prêtre avait sans doute réussi à la convaincre et, à présent, elle était sûrement en train de réciter ses dévotions.

Trois jours après la prise de Makalé, à la fin du repas, Maman dit à Michilino :

« Papa va rentrer cette nuit en train, il devrait arriver vers minuit. Toi, va te coucher.

– Tu me réveilleras quand il rentre ? Je veux lui faire un bisou.

– Bien sûr. »

Michilino alla dans la salle de bains, se déshabilla, se lava, se mit en chemise de nuit et se coucha. Pendant quelques minutes, il entendit la musique des chansons que sa mère écoutait à la radio. Puis il s'endormit. Un éclat de rire le réveilla. C'était Papa, il était allongé sur le grand lit, à côté de Maman et il riait.

« Chuuut ! Tu vas réveiller Michilino ! fit Maman.

– Tu parles ! celui-là, il ne se réveille même pas s'il entend le canon sonner. Alors comme ça, il avait fourré son poing dans la veuve Sucato ? Le poing entier ?

– Seigneur, comme tu es vulgaire, Giugiu' !

– Je peux vraiment être fier de mon fils !

– Y a que ces choses-là qui te rendent fier, toi, hein !

– Pourquoi, pas toi ?

– Dis-moi, il est comment Mussolini ? Tu l'as vu de près ?

– J'étais à deux pas de lui. C'est un homme qui a une sacrée paire de couilles ! Tu sais quoi ? J'étais assis à côté d'une secrétaire fédérale qui venait d'un village près de Bologne. Quand Mussolini est passé près d'elle, elle m'a dit qu'elle avait mouillé sa culotte.

– Sainte Vierge, quelle putain !

– Non, Ernesti', c'est pas ce que tu crois, les femmes fascistes du continent s'expriment comme des Spartiates. »

Ah voilà ! Les femmes fascistes, elles sont comme les Spartiates, le professeur Gorgerino avait raison, quand elles se pissent dessus, elles n'ont pas honte de le dire.

« Et toi, tu as fait quoi avec cette camarade du continent ?

– Moi, rien, tu sais bien que je n'aime que toi.

– Vraiment ? » fit Maman. Et elle l'embrassa.

Ils commencèrent à se battre, en roulant dans le lit. Puis, Maman, qui était plus forte, sans doute parce que Papa était fatigué à cause du voyage, monta sur lui et le punit en lui faisant faire le cheval, tandis qu'elle faisait la cavalière.

« Le fait que notre fils n'aille pas à l'école publique, dit Papa en sirotant son café, ne signifie pas qu'il ne doive pas participer au rassemblement du samedi fasciste.

– Ça te plairait d'aller avec les autres Balilla au rassemblement du samedi ? fit maman.

– Et ils font quoi dans ce rassemblement ? s'enquit Michilino.

– Ils marchent, ils font de la gymnastique, des choses comme ça.

– Tout nus ?

– Comment ça, tout nus ? demanda Maman un peu embarrassée.

– Parce qu'à Sparte, les hommes et les femmes faisaient leurs exercices tout nus.

– Non, ici ils les font en uniforme, dit Maman.

– Tu aimerais devenir chef d'une brigade Balilla ? lança Papa.

– Chef de brigade, je sais pas, mais *bouagos* sûrement.

– Et c'est quoi un *bouagos* ?

– Le commandant d'un *boua*, une compagnie de soldats spartiates. Mais, après tout, chef de brigade ou *bouagos*, c'est du pareil au même.

Papa prit un air pensif.

« Vous étudiez quoi en cours aujourd'hui avec Gorgerino ?

– D'abord on fête la prise de Makalé, parce qu'on n'a pas pu encore le faire, puis...

– Attends un peu, vous allez la fêter comment ?

– À la spartiate.

– Et vous fêtez souvent ?

– On a fêté la prise d'Adoua, celle d'Aksoum, et aujourd'hui celle de Makalé.

– J'ai l'impression que vous passez plus de temps à faire la fête qu'à étudier », lança Maman en allant dans la cuisine.

« Dis-moi, fit Papa à voix basse, pendant ces fêtes, Gorgerino et toi, vous êtes nus ?

– Oui, P'pa. »

Son père ne lui demanda rien d'autre, il salua sa femme et sortit pour aller travailler.

Les festivités à l'occasion de la prise de Makalé, le professeur Gorgerino allait s'en souvenir toute sa vie.

Quand on frappa à la porte, ils étaient nus, Michilino déjà en position et Gorgerino avec le pot de vaseline dans les mains. Gorgerino remit en vitesse sa robe de chambre et ses pantoufles, posa l'index sur son nez pour signifier « Silence ! », ferma la porte de son bureau et se dirigea vers le couloir.

« Qui est-ce ?

– Ouvre, Gorgerino, c'est Giugiu' Sterlino.

– Quand je fais cours, je ne veux pas que...

– Ouvre cette porte, Gorgerino, ne m'énerve pas.

– Je t'ai dit que... »

Le coup d'épaule que Papa donna à la porte fit trembler l'appartement.

« J'ouvre, j'ouvre.

– Il est où, Michilino ?

– Dans mon bureau. Ne le dérange pas.

– Je veux pas le déranger, je veux seulement le voir. »

Il ouvrit doucement la porte du bureau et aperçut son fils tout nu, qui le regardait en souriant.

« Papa, comme je suis content ! Tu es venu me chercher avec Maman ?

– Laisse-moi t'expliquer, camarade... », fit Gorgerino, qui se tenait derrière Papa.

Sans dire un mot, Papa se retourna et asséna un coup de poing en plein visage du professeur, qui fit un bond en arrière dans le couloir avant d'aller frapper contre la porte d'entrée. Il tomba par terre sur les fesses, du sang coulait de son nez cassé. Michilino blêmit de peur. Pourquoi est-ce que Papa était si fâché contre Gorgerino ? Qu'est-ce que le professeur avait fait de mal pour qu'il le frappe ainsi ?

« Rhabille-toi », fit Papa.

Il s'approcha de Gorgerino, qui tentait d'étancher le sang qui lui coulait du nez avec sa robe de chambre, et lui décocha un violent coup de pied dans les roupettes qui, vu la position du professeur, étaient découvertes. Gorgerino se roula en boule par terre, ôta sa main ensanglantée de son nez pour la poser sur son zob, et commença à pleurer, en se souillant de morve, de crachat et de sang. Dès qu'il fut dans sa ligne de mire, Papa lui assena un autre coup de pied, cette fois en plein visage.

Le professeur s'évanouit, les quatre fers en l'air et les bras en croix. Sur le seuil du bureau parut Michilino, tout pâle.

« Tu l'as tué, Papa ?

– Non, mais il l'aurait mérité. »

Gorgerino émit une plainte. Papa se baissa vers lui.

« Tu m'entends ?

– Fi, Fi », parvint à dire le professeur qui s'était sans doute mordu la langue.

« Écoute-moi bien, dans une demi-heure, tu présentes ta lettre de démission à l'Opera Balilla. Demain matin, avant midi, tu auras quitté le village et tu n'y remettras plus les pieds. C'est clair ?

– Fi.

– Si tu fais pas ce que je t'ai dit, je te dénonce aux carabiniers. Compris ?

– Fi.

– Maintenant, je vais te le dire en spartiate, ta langue préférée : si demain après-midi t'es encore dans ce village, je t'attrape devant tout le monde et je t'enfile un manche à balai dans le cul. T'as pigé, espèce de sale tantouse ?

– Fi.

– Encore une chose : quand t'iras voir le toubib, tu lui diras que t'es tombé dans les escaliers. C'est bon, tu saignes plus du nez ?

– N'n.

– Bien, alors, on va s'occuper de ça tout de suite. »

Papa leva un pied et le baissa sur le visage du professeur. Gorgerino se ramassa en chien de fusil, on aurait dit ce petit animal qui ressemble à un cochon et qui se roule en boule dès qu'on le touche.

« Qu'est-ce qu'il a fait de mal ? demanda Michilino quand ils furent dans la rue.

– Il a fait des choses que Mussolini ne veut pas qu'on fasse.

– Jésus non plus ?

– Jésus non plus.

– Et qu'est-ce qu'il a fait ?

– Des choses malhonnêtes.

– Avec qui ? »

Son père regarda Michilino, et il comprit que l'enfant était aussi innocent qu'un agneau.

« Avec de vilaines gens comme lui. Écoute-moi bien, Michili', maintenant qu'on rentre à la maison, pas un mot à Maman de ce qui s'est passé entre Gorgerino et moi.

– Moi, je raconte pas de mensonges.

– Oui, mais ne pas parler d'une chose ne signifie pas mentir. Tu comprends ?

– Je comprends.

– Ce soir, je dirai à Maman que tu n'iras plus aux cours de Gorgerino. C'est tout. À partir de maintenant, tu étudieras avec la maîtresse Pancucci. »

Trois jours plus tard, Papa rentra à la maison à l'improviste, au beau milieu de l'après-midi.

« Il faut que j'aille mettre mon uniforme.

– Qu'est-ce qui se passe ? demanda Maman.

– Je vais chez les Cucurullo.

– Pour quoi faire ?

– Je dois leur annoncer que leur fils est mort. J'ai reçu un télégramme signé de Mussolini. Tu veux le voir ? »

Il le sortit de sa poche, le tendit à Maman et s'en alla dans sa chambre pour se changer. Elle l'ouvrit et le lut à haute voix : « À l'attention du secrétaire politique Gerlando Sterlini stop annoncez à la chemise noire Cucurollo Ubaldo que son fils est tombé héroïquement dans la bataille de Makalé stop salutations fascistes Benito Mussolini. »

Elle soupira.

« Le pauvre, fit-elle.

– Ils vont lui donner une médaille ? demanda Michilino à son père qui, entre-temps, avait endossé l'uniforme.

– Je sais pas, mais j'ai pensé faire encadrer ce télégramme pour l'offrir à sa famille. Comme ça, ils l'accrocheront au mur et, à chaque fois qu'ils verront la signature de Mussolini, ça les consolera. »

C'est ainsi qu'en apprenant la mort de Balduzzo, Marietta n'oublia jamais la prise de Makalé.

Le samedi suivant, à quatre heures de l'après-midi, après que Michilino eut endossé son uniforme, sa mère l'accompagna sur le terrain de sport. Son père n'avait pas voulu qu'il apporte le mousqueton qu'il lui avait offert.

« Tu as fait une pointe à la baïonnette, c'est contraire au règlement. Ils t'en donneront un autre, celui-ci, tu le gardes pour la maison. »

Le terrain de sport était bondé de petits Balilla et de petites Italiennes. Sa mère l'amena devant un homme en uniforme avec des galons de lieutenant, qui se tenait droit comme un piquet sur deux estrades superposées, les poings sur les hanches et un sifflet entre les lèvres.

Elle fit le salut romain, le type se mit au garde-à-vous et les salua lui aussi à la romaine.

« Je suis venu pour…

– Je sais, je sais, votre mari m'a déjà expliqué. Allez-y, allez-y. Toi, Balilla, reste ici.»

La grossièreté du bonhomme agaça Maman. En général, devant elle, les hommes devenaient tout sucre, tout miel. Elle tourna le dos et s'en alla sans même le saluer.

« Tu t'appelles comment ? fit le type.

– Michilino Sterlino.

– T'es le fils du secrétaire politique ? »

Mais pourquoi est-ce qu'il lui parlait sur ce ton, c'était pas la peine.

« Oui.

– On dit : "Oui, Monsieur."

– Oui, M'sieur.

– Tu t'étais planqué, hein ? »

Michilino, qui ne savait pas ce que voulait dire ce mot, ne répondit pas.

« Je te ferai trimer plus que les autres ! »

Et il souffla quatre fois dans son sifflet, si fort que les oreilles de Michilino firent drin, drin.

Un type avec des galons de caporal arriva au pas de course, salua et se mit au garde-à-vous :

« Sous-chef manipule Virduzzo Cosimo, à vos ordres !

– Occupe-toi de ce Balilla. Allez, plus vite que ça ! Ouste !

– Ouste ! » répéta Virduzzo à Michilino, qui commença à courir derrière lui.

Ces fascistes avaient vraiment l'air d'être tous des enragés et des gueulards. Au moins, avec les Spartiates, on rigolait parfois.

Après avoir ordonné à son manipule de faire deux fois le tour du terrain, Virduzzo cria : « Repos ! », puis : « Rompez les rangs ! » Comme ça, tout en parlant, Michilino apprit des autres Balilla qu'il avait été assigné au quatrième manipule, que Virduzzo était un salaud et un cafteur, que l'homme sur l'estrade était un professeur de gymnastique du continent, qu'il s'appelait Scarpin Altiero et qu'il remplaçait le professeur Gorgerino, qui était tombé des escaliers et s'était fait muter.

La maîtresse Pancucci Romilda, une vieille fille d'une soixantaine d'années, vivait avec sa sœur plus âgée, à moitié aveugle, elle aussi vieille fille et qui se nommait Adilaida. Elles habitaient au deuxième étage d'un petit immeuble de quatre étages, situé tout en haut du village, *via* Giovanni Berta, du nom d'un martyr fasciste tué par les communistes. Pour arriver jusque-là, on devait s'enfoncer dans un lacis de ruelles escarpées qui sentaient toujours le chou bouilli. En plus, comme les gens balançaient souvent par la fenêtre des épluchures, des boîtes de tomates vides, des ordures ainsi que leur pisse et leur merde, on ne savait jamais ce qui pouvait vous tomber sur la tête. Le quartier de la maîtresse aussi sentait le chou et le ranci. La première fois qu'il se rendit chez Mlle Pancucci, sa mère l'accompagna.

« Michilino souviens-toi du trajet, parce que moi, j'aime pas venir dans ce coin. Il y a trop de voyous. »

Michilino le savait déjà.

Maman, en effet, avait raconté à Papa que, quand elle était allée parler avec la maîtresse pour lui demander de donner des cours particuliers à son fils, un ivrogne lui avait couru derrière et avait essayé de lui pincer les fesser.

En entendant cela, Michilino s'était dit que, s'il avait été présent, il l'aurait tué d'un coup de baïonnette.

Dès que la maîtresse Pancucci aperçut Michilino avec son mousqueton, elle lança d'un ton ferme :

« Je ne veux pas d'armes chez moi !

– Mais elle est fausse, rétorqua Maman.

– C'est pareil. Pour aujourd'hui ça va, mais demain, pas d'armes. »

Ce même jour, Michilino fit la connaissance de Prestipino Salvatore, dit Toto', qui allait suivre des cours particuliers avec lui. Toto' Prestipino avait deux ans de plus que Michilino mais, comme il était un peu retardé, c'est du moins ce que disait la maîtresse, il était encore en C.P. Il était presque aussi grand qu'un homme, il riait toujours et il avait souvent la morve au nez.

« Prestipino ! Prends ton mouchoir ! » lançait la maîtresse en lui donnant un coup de férule sur la tête.

Car quand son nez coulait, Prestipino le pinçait entre deux doigts et soufflait très fort. La morve pouvait tout aussi bien se retrouver projetée à terre que n'importe où ailleurs, comme le jour où elle avait atterri sur le cahier de Michilino.

Quand il recevait un grand coup de férule sur la tête, au lieu de pleurer, Toto' riait, alors que Michilino avait mal rien qu'à entendre le claquement de la férule.

Le soir, à table, rentrant de son premier cours, Michilino déclara :

« Moi, chez la maîtresse Pancucci, j'y vais plus.

– Et pourquoi ça ? demanda Papa.

– Parce qu'elle veut pas que j'amène mon mousqueton. Et moi, je sors pas sans mon mousqueton. »

Maman éclata de rire.

« Tu sais, Michili', j'ai tout de suite compris que sans ton mousqueton tu ne voudrais plus y aller. J'ai trouvé la solution. Quand tu rentres dans l'immeuble de la maîtresse, juste à côté de la porte d'entrée, il y a un petit cagibi fermé, mais sans cadenas. Il suffit de tirer la porte et elle s'ouvre. Avant de monter, ton mousqueton, tu le déposes là et tu le reprends quand tu sors.

– Et si on me le vole pendant les cours ? »

Maman s'esclaffa de nouveau.

« J'ai pensé à ça aussi. Comme dans ce cagibi il n'y a rien, il est complètement vide, pas de robinet, pas de compteur et qu'apparemment personne ne s'en sert, je t'ai trouvé un vieux cadenas, comme ça, on y verra que du feu et on se doutera jamais que t'as les clefs. Tu pourras le fermer et l'ouvrir quand t'en auras besoin, sans avoir rien à demander à personne. »

Papa, qui avait écouté en silence, lui lança un regard admiratif.

« Qu'est-ce que t'es futée, Ernesti' ! Je t'imaginais pas comme ça. Maintenant que je le sais, il faudra que je me méfie de toi ! »

Un jour, alors que la maîtresse Pancucci était allée dans sa chambre pour parler avec sa sœur Adilaida, alitée à cause d'un rhume, Prestipino donna un coup de coude à Michilino qui révisait sa leçon.

« Je vais te montrer quelque chose », fit-il à voix basse, d'un air de conspiration.

Il tira de la poche de sa veste un petit livre en couleur qui sentait bon et qui était rangé dans un sac en plastique transparent.

« C'est un calendrier, fit-il.

– Et c'est pour un calendrier que tu fais tout ce cirque ?

– Oui, mais c'est un calendrier spécial.

– Et tu l'as trouvé où ?

– Je l'ai chipé à mon père. C'est un calendrier qui est offert par les barbiers. »

Il l'ouvrit et commença à le regarder avec Michilino.

Sur la page de gauche étaient indiqués les mois et les jours, sur la page de droite il y avait la photo d'une femme nue. À chaque mois correspondait une femme différente. Toutes les femmes étaient des Abyssines noires, certaines montraient leurs nichons, d'autres leurs fesses, une par contre avait les cuisses écartées et, au milieu des poils, on voyait ce que Michilino avait cru être une blessure.

Prestipino s'attarda sur cette image.

« Moi, cette Abyssine-là, elle me rend fou, elle me fait bander », dit-il en se léchant la morve qui lui arrivait jusqu'aux lèvres.

Il posa un doigt entre les cuisses de la Noire.

« Tu sais comment ça s'appelle ça ?

– Non.

– Ça s'appelle une chatte. »

Michilino réfléchit au fait qu'entre la chatte de la négresse et celle de la veuve Sucato il n'y avait pas tellement de différence. Une pensée désagréable lui traversa l'esprit : est-ce que Maman aussi avait une chatte ? Bien sûr, autrement elle aurait fait comment pour faire pipi ?

« Maintenant, je vais me faire une branlette. J'ai la bite qui va exploser », dit Prestipino en la sortant de sa braguette.

Michilino remarqua que celle de Prestipino était beaucoup moins longue que la sienne. Prestipino la saisit dans son poing et, sans lâcher la négresse des yeux, commença à faire glisser son poing en avant et en arrière. Donc, ça, ça s'appelait une branlette, ce qui voulait dire que, puisque Gorgerino avait fait la même chose avec lui, les Spartiates se branlaient souvent.

Tout à coup, Toto', qui avait l'oreille fine, s'arrêta, jura, refourra sa bite dans son pantalon et rangea le calendrier dans le sac en papier. La maîtresse entra.

« Nous allons reprendre le cours. Vous avez été gentils, vous n'avez pas fait de chahut. C'est bien ! »

Le lundi matin, sa mère lui dit qu'il n'irait pas en cours de toute la semaine. Les Balilla et les petites Italiennes avaient reçu l'ordre de se présenter chaque jour, à seize heures, jusqu'au prochain rassemblement du samedi fasciste, sur le terrain de sport, où Altiero Scarpin leur expliquerait ce qu'ils devaient faire. À seize heures trente, les manipules et les centuries étaient formés, les hommes d'un côté et les femmes de l'autre ; ils étaient tous en rang, au garde-à-vous devant les deux estrades superposées où, les poings sur les hanches, se trouvaient Scarpin et, à ses côtés, une dame d'un certain âge, en saharienne. Derrière l'estrade se tenaient deux autres femmes, elles aussi en saharienne. La première serrait sous son bras une dizaine de grandes feuilles de papier à dessin, tandis que l'autre avait devant elle une grande boîte en carton.

Au milieu du terrain de sport se dressait une sorte de château en bois. Michilino se dit que c'était la réplique exacte d'un de ces fortins qu'il avait vus dans un illustré et qui servaient d'abri, dans le Far West, aux soldats du général Custer contre les attaques des Sioux. Mais ce fortin-ci n'avait pas de murs, c'était une sorte d'échafaudage formé de poutres et de tables. Altiero Scarpin le leur indiqua, tout fier.

« Ce que vous voyez-là, dit-il, c'est une synthèse de la forteresse construite par les Abyssins dans la ville de Makalé, que nous avons assiégée. Samedi prochain, nous représenterons la prise de Makalé, en présence de nos camarades et de nos concitoyens. Nous dédierons cette représentation au camarade chemise noire Cucurullo Ubaldo, héroïquement tombé dans cette bataille. Je choisirai parmi vous dix Balilla qui interpréteront nos valeureux combattants. Les autres Balilla et les petites Italiennes seront chargés des effets sonores. La camarade Colapresto Ersilia, à mes côtés, est professeur de dessin, mais je sais que beaucoup d'entre vous la connaissent déjà. »

Le professeur bomba la poitrine et fit le salut romain.

« La camarade Colapresto a dessiné, avec talent, les costumes que je vais vous montrer. »

Le professeur fit signe de s'avancer à l'une des deux femmes qui se tenait derrière l'estrade, laquelle lui tendit une feuille de dessin. Le professeur la montra à tous. Les rangs se rompirent aussitôt, car ceux qui étaient au fond, ne parvenant pas à voir le dessin, s'approchèrent de quelques pas. Scarpin souffla à plusieurs reprises dans son sifflet comme un enragé, les rangs se reformèrent.

« Ça, dit Mme Colaprestro, c'est le costume du ras abyssin. »

Elle avait dessiné un nègre nu-pieds avec un pantalon large à la taille et serré aux chevilles, en accordéon. Sur sa poitrine dénudée, il portait uniquement un collier de dents de léopards, comme le leur expliqua le professeur, et une sorte de petit boléro court et blanc.

« Et ceux-là, poursuivit-elle en leur montrant les dernières feuilles que lui tendait la dame, ce sont les costumes des soldats abyssins. »

C'était une sorte de race située à mi-chemin entre les sauvages et les Indiens. Tous allaient nu-pieds, avec une jupette de différentes couleurs et des colliers faits de coquillages ou de petites pierres colorées. Dans leurs mains, ils brandissaient des épieux ou bien des arcs avec des flèches.

« Que tous ceux qui seront choisis pour jouer le rôle des Abyssins, dit le professeur, viennent me voir après le rassemblement, afin que je prenne leurs mesures. »

Elle fit signe à l'autre femme, qui souleva la grosse boîte en carton et la lui apporta sur l'estrade. Le professeur se baissa, l'ouvrit et en sortit un casque colonial tout noir.

« Les Balilla qui joueront le rôle de nos combattants porteront ce casque. Surtout, vous devrez veiller à ce qu'il soit toujours impeccable. »

Scarpin reprit la parole : « Maintenant, je vais appeler les Balilla qui assiégeront la forteresse de Makalé. Que les Balilla désignés s'alignent devant l'estrade. Les chefs-manipules Palazzolo et Cachia sont nommés instructeurs du combat. » Palazzolo et Cachia arrivèrent au pas de course devant l'estrade, saluèrent et se mirent au garde-à-vous.

Scarpin commença à appeler les combattants italiens. Le quinzième nom fut celui de Michilino. Puis l'ensemble de la troupe fut emmené derrière l'estrade, où chacun choisit le casque colonial qui lui allait le mieux. Pendant ce temps, Scarpin avait nommé comme unique instructeur des Abyssins le vice-chef-manipule Rizzopinna Carmelo, et avait cité le nom des nègres qui défendraient Makalé. Michilino s'aperçut que Toto' Prestipino avait été sélectionné pour être le ras des Abyssins et que, parmi les autres Abyssins, il y avait Alfio Maraventano, le fils du tailleur communiste, celui qui lui avait lancé un pet en plein visage. Tandis que Mme Colapresto commençait à prendre les mesures des Abyssins, les autres chefs manipules, aidés par les vices-chefs-manipules choisissaient les voix.

Ceux avec les voix plus graves feraient le son des canons :

« Boum ! Boum ! Boum ! »

Ceux avec des voix comme ci comme ça, le son des rafales de mitraillettes :

« Tacata-cata-cata ! »

Les Balilla qui avaient des voix aiguës imiteraient les coups de mousqueton.

« Bang ! Bang ! Bang ! »

Les petites Italiennes furent divisées en deux groupes. Le premier groupe devait faire le sifflement des flèches qui fendaient l'air :

« Fsshh ! Fsshh ! Fsshh ! »

Le deuxième groupe celui des épieux :

« Pschitt ! Pschitt ! Pschitt ! »

C'est Scarpin en personne qui fut chargé de diriger le bruitage. Vers la fin du rassemblement, on apporta l'artillerie des Abyssins : des manches à balais, pour les épieux, et des arcs faits avec des roseaux courbés au moyen d'une corde. Les flèches aussi étaient fabriquées avec des roseaux taillés en pointe, au bout desquels on avait collé un bouchon de liège afin qu'ils ne puissent blesser personne.

Le lendemain, à seize heures pétantes, Scarpin venait tout juste de monter sur l'estrade quand débarqua un gros type baraqué, avec des cheveux taillés en brosse, on aurait dit un éléphant enragé.

« Hé, Scarpin ! Descends de l'estrade, faut que je te parle ! »

Un Balilla expliqua à Michilino que le type était prof de gym, lui aussi, et qu'il s'appelait Tortorici Gaspano. Son fils Roro' était un Balilla.

« Moi, je descends pas d'ici ! On discutera plus tard !

– Scarpin, t'as intérêt à descendre !

– Non !

– Alors c'est moi qui vais monter ! »

Et il bondit sur l'estrade. En le voyant sous son nez si

furieux, Scarpin eut peur et recula d'un pas. Tous braquèrent leurs yeux sur eux comme s'ils étaient au théâtre.

« Mais, bon Dieu, qu'est-ce que tu veux, à la fin ?

– Faut que t'enlèves de là mon fils Roro' !

– D'où ça ?

– Des Abyssins ! Je veux pas que Roro' soit abyssin !

– C'est un ordre !

– Tu peux te les mettre dans le cul, tes ordres ! Tu veux que je dise pourquoi t'as mis mon fils avec les Abyssins ? Parce que je suis meilleur prof de gym que toi et que t'es jaloux ! Tout le monde le sait ! T'es qu'un gros péteux. »

Scarpin donna un coup de sifflet assourdissant.

« Spallone ! » cria-t-il.

Un chef manipule presque aussi baraqué que Tortorici arriva au pas de course.

« Fous-moi ce mec dehors à coups de pied aux fesses ! »

Spallone bondit sur l'estrade et se retrouva aussitôt les quatre fers en l'air, à demi évanoui à cause de l'uppercut que Tortorici lui avait décoché sous le menton.

« Roro' », fit Tortorici.

Son fils se précipita vers lui en riant, tout fier de voir qu'il en fallait plus pour abattre son père.

« Viens, on se tire d'ici. Va d'abord saluer Scarpin. »

Roro' fit le salut romain.

« Maintenant, on va aller tous les deux chez le secrétaire politique pour lui raconter cette histoire. Je veux voir à qui il donne raison. Excusez-moi pour le dérangement. »

Il s'écoula une demi-heure avant que les entraînements puissent reprendre.

Le lendemain, le Balilla Roro' Tortorici ne se présenta pas à l'appel : il avait été dispensé des cours de gymnastique par une décision du secrétaire politique Sterlini, le père de Michilino, qui ne voulait donner raison ni à Scarpin ni à Tortorici. Palazzolo et Cachia prirent dix Balilla chacun, Michilino se retrouva dans le groupe commandé par Cachia, qui était un trentenaire moustachu, tout malingre. Cachia les fit crapahuter, grimper sur un poteau et une corde, se suspendre à la barre de la porte d'entrée du terrain de sport, pendant une bonne demi-heure, passer dans un grand cercle en bois enflammé, comme Michilino l'avait vu faire par des lions dans un cirque, franchir des haies, courir les cent mètres sur une surface plane et avec des obstacles, voltiger sur des barres parallèles, puis sauter en longueur et à la perche. C'est comme ça que les Ballila Armosino Corrado et Giannifero Lauretano finirent à l'hôpital avec des fractures multiples. Scarpin refusa qu'ils soient remplacés. Pour ceux qui étaient avec Palazzolo, ça se passait nettement mieux. Palazzolo était un type plus calme, qui enseignait à ses Balilla un tas de petits secrets interdits, du genre : « La ruse vaut mieux que la force. »

De fait, quand vint l'heure de s'entraîner au combat rapproché avec les Abyssins instruits par le vice-chef-manipule Rizzopinna – un type qui ne rigolait pas et qui, dans les exercices, avait toujours un poignard au tranchant dentelé, comme les pirates –, finalement ce fut la troupe de Cachia qui perdit. Elle se fit rétamer par les Abyssins déchaînés, et cela, bien que les combattants italiens leur aient cogné sur le crâne avec la crosse de leur mousqueton. En revanche, pour les Abyssins qui se battirent avec les Balilla de Palazzolo, avec force croche-pieds, doigts dans l'œil et coups de pieds dans les roupettes, ce fut un vrai massacre.

Durant l'épreuve du combat au corps à corps, Michilino s'aperçut que le Balilla Buttiglione Amedeo, qui appartenait à son équipe et était aussi le plus con de tous, s'était fait rétamer par l'Abyssin Alfio Maraventano. Le fils du tailleur lui était monté dessus, exactement comme le faisait Maman certaines nuits avec Papa, et lui avait bouché le nez avec les mains pour l'étouffer. Michilino l'empoigna par les cheveux et les lui tira de toutes ses forces. C'est alors que Maraventano laissa Buttiglione qui chialait, allongé par terre, et se leva d'un bond. Michilino s'arrêta net, impressionné par les yeux exorbités d'Alfio. L'autre en profita pour lui cracher au visage et lui flanquer une bourrade, qui le fit tomber sur les fesses. Maraventano se pencha sur lui. Michilino se protégea instinctivement en levant les bras.

« T'es encore plus con et plus salaud que ton père », lança Maraventano.

Puis il lui tourna le dos et reprit le combat.

Le vendredi, au début des exercices, dix Abyssins sortirent des vestiaires, la peau barbouillée de noir (c'est le professeur Colapresto qui s'était chargé personnellement de leur noircir le teint avec des bouchons de lièges brûlés) et habillés en indigènes. Ils s'avancèrent sur l'estrade en faisant des pitreries, une sorte de ballet avec des sauts et des cris, conçu par le vice-manipule Rizzopinna.

C'était impressionnant, ils ressemblaient vraiment à des sauvages. Avant de commencer, Scarpin fit un discours aux Balilla. Il leur dit qu'il appréciait l'élan dans les combats corps à corps, mais que, tout de même, il valait mieux qu'ils essayent de ne pas se faire mal, parce qu'après, sinon, c'est lui qui aurait des ennuis.

Tandis qu'ils passaient l'épreuve du corps à corps, Michilino et Alfio se retrouvèrent face à face. Mais cette fois, ils se contentèrent juste de se regarder de travers et s'évitèrent.

Le samedi suivant, tout le village se rendit sur le terrain de sport. Les Balilla et les petites Italiennes chargés du bruitage étaient déjà sur place. Les premiers à entrer en scène furent les dix-huit Balilla combattants, munis d'un casque et d'un mousqueton. Il y eut une salve d'applaudissements. Ensuite, ce fut le tour des Abyssins. Ils prirent place dans le fortin, que ne fermait aucune palissade, afin que les spectateurs puissent suivre les combats qui se déroulaient à l'intérieur. Impressionné par l'accoutrement des Abyssins, le public fit subitement silence, puis on entendit des voix déchaînées qui hurlèrent : « À mort ! », des pétarades et des éclats de rires. Scarpin, placé sur trois estrades (on en avait ajouté une), leva un bras, siffla et ordonna : « Manœuvre de rapprochement ! »

Les dix-huit Ballila commencèrent à crapahuter. Le ras Abyssin, perché sur une sorte de tourelle dominant la situation, lançait un regard circulaire, la main en visière. C'est alors que Scarpin souffla dans son sifflet et cria :

« Artillerie !

– Boum ! Bouroumboumboum ! Boum ! » tonnèrent les Balilla avec une voix profonde.

Le ras descendit, les Abyssins sortirent du fortin et se mirent en rang, les arcs et les épieux prêts à la défense.

« Mitraillettes ! » cria Scarpin, après un coup de sifflet, tandis que les Balilla continuaient à crapahuter.

« Tacata-cata-cata ! Tacata-cata-cata ! Bouroumboumboum ! Tacata !

– Boum ! Boum ! »

Le feu faisait rage.

« Fusillade ! Fusillade ! » hurla Scarpin, après trois coups de sifflets puissants.

Les Balilla qui crapahutaient se relevèrent, s'agenouillèrent, visèrent avec leur mousqueton et firent semblant de tirer. Les Abyssins, toujours devant le fortin, crièrent en agitant leur arme en l'air :

« Hua ! Hua ! Hua !

– Bang ! Bang ! Bang ! Tacat-cata-cata ! Bouroumboumboum !

– Bang ! Boum ! Tacatà. »

Puis un très long coup de sifflet de Scarpin :

« À l'attaque ! »

Les Balilla levèrent leurs baïonnettes et partirent à l'attaque, tandis que la fanfare municipale jouait la marche des bersagliers. Les Abyssins commencèrent à faire semblant de lancer des pieux et des flèches. Scarpin fit signe à l'artillerie de ne plus tirer.

« Bang ! Bang ! Bang ! Tacata-cata ! Bang !

– Fsshh ! Fsshh ! Pschitt ! Pschit ! » faisaient les flèches et les pieux.

Scarpin leva un bras et siffla en tremolo. Tous les

Balilla attaquants s'agenouillèrent, à droite, il ne resta que Gnazino Spano', le Balilla choisi pour jouer le rôle de Balduzzo Cucurullo. La fanfare attaqua en sourdine *Tu che a Dio Spiegasti, spiegasti l'ala*.

« Fsshh ! »

Frappé au cœur, Gnazino Spano' laissa échapper son mousqueton.

« Je meurs ! Je donne ma vie à Sa Majesté le Roi Victor Emmanuel, roi de Savoie ! »

Il n'eut pas le temps de finir sa phrase qu'il fut frappé à nouveau. Gnazino posa sa main sur son cœur.

« Pschitt !

– Je meurs ! Je donne ma vie à Son Excellence Benito Mussolini !

– Fsshh ! Fsshh !

– Je meurs ! Je donne ma vie à la patrie. »

Puis, finalement, il tomba à terre de tout son long. Tous les Balilla se levèrent et restèrent immobiles durant le « Présentez, armes ! ».

« Camarade Curcurullo Ubaldo ! cria Scarpin dans le haut-parleur.

– Présent ! répondit le public en se levant.

– Corps à corps ! » ordonna Scarpin, et il siffla.

Quand la fusillade prit fin commença une vraie bagarre entre les Balilla et les Abyssins, alors que la fanfare attaquait *Tutti mi chiamano, tutti mi vogliono, Figaro qui, Figaro là*.

Durant ce combat à mains nues, de temps en temps on entendait s'élever des voix :

« Tu m'as fait mal, espèce de con !

– Je vais te casser la gueule ! »

À la fin, de tous les Abyssins, seuls le ras et Alfio Maraventano, qui s'étaient abrités dans le fortin entouré de Balilla, restaient en vie. C'est alors que rentrèrent dans le fortin Michilino et Tano Pizzicato. Michilino se trouva aux prises avec Alfio, tandis que Pizzicato se battait avec le ras. Le public encourageait les deux Balilla :

« Tuez-les ! Faites-en des boulettes. »

Tandis qu'Alfio se colletait avec Michilino, il baissa la main droite, lui empoigna les roupettes et les serra de toutes ses forces. Michilino tomba à terre en se tordant de douleur, le souffle coupé. Mais les Balilla de renfort arrivèrent et les deux Abyssins se rendirent. Le Balilla Spampinato Benito grimpa sur la tourelle et y déploya la bannière tricolore. La fanfare attaqua *Salve o popolo d'eroi* et la représentation s'acheva sur un tonnerre d'applaudissements.

Le père du soldat tombé à la guerre, Balduzzo Cucurullo (sa mère, elle, n'avait pas voulu venir), fut conduit devant Scarpin, qui lui demanda tout fier :

« Alors, qu'est-ce que vous en pensez ?

– Une belle connerie ! » fit sèchement M. Cucurullo.

Pendant que tout le monde félicitait Scarpin, Maraventano, le tailleur communiste, s'avança :

« Dites donc, fit-il à Scarpin, est-ce qu'il n'aurait pas mieux valu qu'il y ait seulement quatre ou cinq Balilla ? Il me semble que, comme ça, dix-huit soldats avec des canons, des mitraillettes et des mousquetons contre dix pauvres diables armés de flèches et d'épieux, c'était pas une bataille mais une boucherie. »

Il fut arrêté le soir même.

Et ce fut justement ce soir-là que Michilino, repensant dans son lit à ce qui s'était passé, prit une décision claire, nette et précise : il tuerait Alfio Maraventano.

Quatre

Michilino resta éveillé toute la nuit. Sa mère alla se coucher après avoir écouté ses chansonnettes préférées à la radio. Environ deux heures plus tard, il entendit son père qui ouvrait la porte de la maison puis faisait couler de l'eau dans la salle de bains. Il rentrait d'une longue réunion fasciste. Il se mit au pieu en essayant de ne pas faire de bruit. Peu après, Maman chuchota d'une voix ensommeillée :

« Non, Giugiù, non. Laisse-moi dormir, j'ai mal au crâne. »

Apparemment, Maman n'avait pas envie de se battre. Cinq minutes plus tard, Papa commença à ronfler. Tant mieux, comme ça, au moins, il pourrait réfléchir tranquillement. Mine de rien, il avait un sacré problème à résoudre ! Puisque l'un des dix commandements disait clairement : « Tu ne tueras point », s'il tuait Alfio Maraventano, il commettrait un péché et il enfoncerait un peu plus les clous dans les chairs de Jésus. Alors c'était quoi le bon choix ? Faire souffrir Jésus ou tuer Maraventano ? Est-ce qu'il y avait pas une solution, une façon de liquider Maraventano sans faire pleurer Jésus ? Il devait sûrement y en avoir une, mais il était peut-être trop petit pour la trouver. Il aurait fallu quelqu'un d'expérimenté. Il se leva doucement, s'agenouilla au pied du lit et pria.

« Ô, mon gentil petit Jésus ! Ô, mon doux petit Jésus ! Trouve un moyen pour me faire comprendre comment je peux tuer Maraventano sans te faire de la peine ! Fais-moi cette grâce, mon petit Jésus adoré ! »

Et c'est ainsi que son petit Jésus adoré l'aida à trouver une solution. Depuis quelque temps, Papa n'était pas à prendre avec des pincettes. Le fait est que ça faisait un bail qu'il n'avait plus épinglé de petits drapeaux italiens sur la carte géographique de l'Éthiopie. Après la prise de Makalé, les glorieuses troupes italiennes n'avaient pas avancé d'un pas.

« Mais qu'est ce qu'il fout, ce De Bono ? lança-t-il. Qu'est-ce qui se passe ? Il a réussi à faire la marche sur Rome et il n'arrive pas à faire la marche sur Addis-Abeba contre quatre sales négros ? »

Sa mauvaise humeur se déchaîna le dimanche suivant, tandis qu'après manger, il lisait *Il popolo d'Italia* en sirotant son café.

« Bon Dieu de bon Dieu ! » blasphéma-t-il en roulant son journal en boule et en le balançant à l'autre bout de la pièce.

Assis à la table de la salle à manger à côté de son père, Michilino, qui le lendemain reprenait ses cours avec la maîtresse Pancucci, était en train de faire ses devoirs, quand, entendant ce terrible blasphème qui faisait gicler du sang frais des plaies de Jésus, il frémit d'horreur. Il se signa et récita en silence l'acte de contrition pour Papa. Maman, qui lavait la vaisselle, sortit affolée de la cuisine, en s'essuyant les mains sur un torchon.

« Qu'est-ce qui se passe, Giugiù ? »

Pendant ce temps, Papa s'était levé, avait repris le journal, l'avait ouvert sur la table et s'était mis à défroisser les pages d'abord du revers, puis du plat de la main. Il semblait regretter de l'avoir chiffonné.

« Il se passe que Mussolini est trop bon ! Tu sais, ce type, Antonio Gramsci, tu vois qui c'est ?

– Non. C'est qui ? fit Maman.

– Le chef des communistes, voilà qui c'est. Un grand salopard, que le *Duce* a commencé par foutre en prison puis, finalement, il a eu pitié de lui et il l'a expédié en résidence surveillée ! Et tu sais ce qu'ils racontent dans ce canard ? Comme ce grand salopard est malade, le *Duce* a demandé à Frugoni de lui rendre visite, rien que ça ! Frugoni, tu te rends compte ! Il lui envoie un toubib, au lieu de le faire crever comme un chien ! C'est ça qu'il mérite M. Gramsci ! Ils auraient dû le buter tout de suite. Quel procès ? Quelle prison ? Quelle résidence surveillée ? Une balle de revolver dans la tête et oust ! »

Maman s'en retourna à ses fourneaux. Michilino regarda Papa.

« Mais tuer un homme, c'est pas un péché ?

– Il y a homme et homme, Michili'. Un communiste, c'est pas un homme, c'est un animal, et tuer un animal c'est pas un péché. »

Après un petit moment, Michilino posa une autre question.

« Papa, un fils de communiste, il est communiste, lui aussi ? »

Avant de répondre, Papa réfléchit quelques secondes. Puis il se décida :

« Michili', toi t'es fasciste ?

– Oui, Papa.

– Et qui est-ce qui t'a enseigné à être fasciste ?

– Toi, Papa.

– Et si au lieu d'être fasciste j'avais été communiste, je t'aurais enseigné quoi ?

– À être communiste.

– Tu vois ? C'est l'éducation qui compte. Tu peux être sûr et certain qu'un fils de communiste, il devient communiste comme son père. Y'a rien à faire. La mauvaise graine se reproduit toujours et se multiplie. Mieux vaut arracher la mauvaise herbe avant qu'elle envahisse tout le terrain et qu'elle empêche la bonne herbe de pousser. C'est juste ou pas ?

– C'est juste », fit Michilino.

Voilà, il avait le champ libre.

Le lundi suivant, Michilino reprit ses leçons particulières. Il planqua son mousqueton dans le cagibi vide, ferma la porte, y mit le cadenas et glissa la clef dans sa poche. Toto' Prestipino, le ras des Abyssins, arriva quelques minutes plus tard, un œil au beurre noir, dû au coup de poing qu'il avait reçu dans la bataille pour la prise de Makalé.

« Qu'est-ce que tu t'es fait à l'œil ? lui demanda la maîtresse.

– C'est les Italiens, qui m'ont fait ça », lança Prestipino en rigolant.

La maîtresse commença une leçon d'arithmétique. Comme Toto' n'y entravait que dalle, elle devait rabâcher trois ou quatre fois les mêmes choses. À la fin, elle leur dit qu'elle ne ferait pas cours le lendemain, sa sœur Adilaida était à l'hôpital de Montelusa et elle devait lui rendre visite.

Prestipino descendit avec Michilino, qui n'avait pas envie de lui confier où il planquait son mousqueton. C'est ainsi qu'après un bout de trajet ensemble, quand ils se quittèrent, Michilino fit demi-tour et alla récupérer son arme. En chemin, il décida ne pas raconter à sa mère que Mlle Pancucci ne ferait pas cours le lendemain. Mentir était un péché, mais ne pas parler de quelque chose, ne pas rapporter une nouvelle qu'on venait d'apprendre, c'était pas un bobard, il ne ferait donc pas de mal à Jésus.

Le lendemain matin, vers midi, Michilino dit à sa mère qu'il devait sortir pour aller s'acheter un cahier à petits carreaux. Elle lui donna des sous et il sortit. Il alla d'abord prendre un cahier chez M. Ajena, le buraliste, puis il se rendit au bureau de tabac Aurora et se fit donner une plume Lanciera. Après quoi, il courut vers l'école élémentaire. Derrière la façade principale se trouvait un jardinet au milieu duquel se dressait un monument aux morts de la guerre 1914-1918. Il se cacha derrière le piédestal et attendit la sortie des cours. Finalement, il aperçut Alfio Maraventano.

Le cartable sur les épaules, Alfio avançait, solitaire, la tête basse et les yeux fichés en terre. Michilino le rejoignit. Heureusement, ce sale communiste marchait à grands pas, sinon Michilino aurait dû laisser tomber, il n'aurait pas su quoi raconter à sa mère pour lui expliquer son retard. Après l'école, Alfio commença à grimper dans les hauteurs du village, s'enfonçant dans les mêmes ruelles que celles que prenait Michilino lorsqu'il allait chez Mlle Pancucci. À un moment donné, Alfio tourna à gauche, alors que pour aller *via* Giovanni Berta, chez la maîtresse Pancucci, il fallait tourner à droite. Michilino réfléchit et décida de ne pas continuer, il se faisait tard.

« Tu en as mis du temps pour rentrer ! Je commençais à m'inquiéter, fit Maman.

– Je suis allé m'acheter une plume au tabac Aurora, puis je suis passé prendre un cahier chez M. Ajena. »

Il n'avait dit aucun mensonge, c'était la pure et stricte vérité.

Michilino avait commencé à comprendre que, dans la vie, il n'était pas nécessaire de dire des bobards pour cacher la vérité, il suffisait de trouver les mots justes, qui permettaient d'arranger les faits et de les présenter comme ça vous convenait le mieux.

Après le déjeuner, il prit son mousqueton et son cartable.

« Je vais chez Mlle Pancucci. »

Il se rendit jusque chez la maîtresse, laissa son mousqueton, retourna vers le carrefour et enfila la même venelle que celle qu'il avait vu prendre par Alfio, le matin. Il la parcourut entièrement, en comptant trois ruelles à droite et deux à gauche. Michilino croisa des passants, mais il ne voulut demander à personne où créchait le tailleur Maraventano : c'était trop risqué. Il commença par les deux ruelles à gauche, marchant lentement, à pas pesants, les yeux fichés sur chaque porte cochère, chaque balcon, chaque fenêtre. Rien. Le problème, c'est qu'il ne savait pas lui-même ce qu'il cherchait et, tomber par hasard sur Maraventano père ou fils, mieux valait pas trop y compter. Ce fut seulement quand il se trouva dans la dernière des trois rues à droite, que la chance lui sourit. C'était une petite rue toute sinueuse qui sentait le chou et la merde ; devant les baraques couraient deux rigoles d'eau fangeuse, une mixture de pisse et de mouscaille. Brusquement, un frisson lui parcourut l'échine comme une décharge électrique : au-dessus de la porte d'un réduit, une pièce au rez-de-chaussée, sombre, donnant sur des toilettes ouvertes, il aperçut une enseigne en bois de couleur verte, dont la peinture était tout écaillée et moisie, sur laquelle était écrit en noir : « Atelier de couture S. Maraventano. » Voilà, il avait trouvé ce qu'il cherchait. Le petit Jésus guidait ses pas. Il pénétra dans une sorte de cabane, sans porte, à moitié branlante, transformée en latrines publiques. L'odeur était telle que Michilino faillit rendre tripes et boyaux, mais il tint bon, en pressant un mouchoir sur son nez. Une fois dans la cabane, en avançant la tête, il pouvait regarder, sans être vu, à l'intérieur du réduit. De chaque côté de la porte de l'atelier, il y avait une petite vitrine sans vitre et sans marchandise. Le local était éclairé par une ampoule si pâle qu'elle vous flanquait le bourdon. Il y avait une sorte de comptoir, derrière lequel il distingua clairement Toto' Maraventano, qui était en train de repasser un pantalon. Mais où était Alfio ? Peut-être chez lui, en train de faire ses devoirs. Ça voulait dire que cette pièce n'était pas une habitation mais une boutique. Michilino se sentit perdu. Comment savoir où vivait la famille Maraventano ? Par où commencer ? Mais ce jour-là, il n'y avait plus grand-chose à faire, il fallait rentrer, il commençait à se faire tard. Il sortit, parcourut toute la ruelle à grands pas ; dès qu'il tourna au coin de la rue, il aperçut quelqu'un qui marchait en sens inverse. C'était justement Alfio. Ils se toisèrent.

« Qu'est-ce que tu fous là ? demanda Alfio.

– Et toi ? fit Michilino.

– Moi, je crèche ici, dit l'autre.

– Et moi je passais », conclut Michilino en poursuivant son chemin.

Il était si joyeux qu'il avait envie de chanter.

« Moi, je crèche ici », avait dit Alfio. Une chose était sûre : la boutique n'était pas seulement un atelier de couture, il devait y avoir une autre pièce, où la famille dormait et mangeait. Il n'avait plus besoin de chercher. C'était dans la poche. Il courut *via* Berta, reprit son mousqueton et rentra chez lui.

Il frappa à la porte, mais personne ne lui ouvrit. Se pouvait-il que Maman soit sortie ? Non, elle ne l'aurait pas laissé dehors alors qu'elle savait qu'il devait rentrer de ses cours. Il frappa à nouveau. Finalement sa mère vint lui ouvrir. Elle était décoiffée, le visage tout rouge, les yeux brillants.

« Vous avez déjà fini ? »

Michilino zyeuta l'horloge dans la salle à manger, il était six heures. D'habitude, il rentrait à six heures et demie. Il ne répondit pas pour ne pas dire de mensonges. Il entendit la porte de la salle de bains s'ouvrir.

« Papa est rentré ? » fit-il, à la fois surpris et content.

En fait, c'était le père Burruano.

« Chère Madame, je vous dis au revoir, il est temps que je parte. Merci pour cette longue et passionnante conversation, que j'ai beaucoup appréciée. »

Maman devint écarlate. Ça lui arrivait souvent quand elle était devant le père Burruano. Le prêtre fit une caresse à Michilino et sortit.

Cette nuit-là, Michilino eut un rêve.

Sans savoir ni comment ni pourquoi, il se trouvait en Enfer. Il était cerné de diables cornus, avec une queue, des pieds de chèvre et une fourche à la main ; ils riaient et empalaient des pauvres types tout nus, qui chialaient et braillaient tandis que s'élevaient des flammes immenses et qu'il faisait une chaleur torride.

« C'est une erreur ! criait Michilino. Je devrais pas être ici. »

Mais personne ne l'écoutait, personne ne faisait attention à lui. Alors il pleurait, désespéré. Mais il n'avait commis aucun péché, pourquoi est-ce qu'il se retrouvait en Enfer ? Tout à coup, au beau milieu des flammes et de la fumée, il aperçut un diable qui avait la tête d'Alfio Maraventano. Alfio se bidonnait et pendant qu'il empoignait sa fourche et la lui plantait dans le ventre, son rire perçait les oreilles de Michilino.

« Maintenant, je vais t'empaler ! »

À cet instant précis apparut Jésus, qui planait au-dessus du feu :

« Non ! Arrête, sale diable ! Michilino est à moi. Il est à moi !

– Je suis à toi ! » cria Michilino.

Pendant que le diable Alfio reculait, pétrifié, Jésus empoignait Michilino par les cheveux et le hissait hors des flammes.

« Merci, mon petit Jésus adoré », dit Michilino reconnaissant.

Mais tandis qu'il le tirait de là, le petiot sentit la peau de son crâne qui se décollait des os. Jésus resta avec la chevelure scalpée de Michilino dans une main et celui-ci retomba dans les flammes en hurlant de peur. Il tombait, tombait, tombait éternellement, comme dans un puits sans fond, et quand il toucha terre, il se retrouva dans les flammes devant Alfio, qui lui flanqua de toutes ses forces un coup de fourche dans le ventre.

Il sentit sa bedaine s'ouvrir ; ses boyaux, ses tripes commencèrent à sortir par les trous pratiqués par la fourche, se tortillant comme des vers démesurément longs. Michilino hurla, terrorisé. Il réveilla ses parents. Son père alluma la lumière. Il aperçut Michilino assis au milieu du lit, les yeux grands ouverts, qui tremblait comme s'il avait la malaria.

« Qu'est-ce qu'il y a ? demanda Maman, affolée.

– J'ai fait un cauchemar, dit Michilino.

– Donne-lui un peu d'eau », fit Papa en tendant à Maman le verre qu'elle gardait toujours sur sa table de nuit.

Elle se leva, se pencha sur son fils et le fit boire. Puis elle lui demanda en reniflant :

« C'est quoi, cette odeur ?

– Je crois que j'ai fait caca dans ma culotte », dit Michilino, tout honteux.

Au cours de la réunion du samedi fasciste qui suivit la représentation de la prise de Makalé, perché comme à son habitude sur deux estrades, Scarpin parla aux Balilla et aux petites Italiennes avant les exercices. Il expliqua qu'il avait envoyé un rapport sur la représentation mémorable donnée en l'honneur de Balduccio à Son Excellence Renato Ricci, le type qui commandait la jeunesse fasciste de toute l'Italie, et qu'il avait cité les noms de tous les participants, afin que son Excellence sache combien les Balilla et les petites Italiennes de Vigàta étaient gentils, courageux et animés d'une foi fasciste ardente. Il dit que les dix-huit Balilla qui s'étaient battus comme des lions à Makalé seraient nommés Balilla de première classe, ce qui signifiait que ces dix-huit-là étaient meilleurs que les autres. Il fit signe à un chef-manipule, qui monta sur l'estrade en brandissant un faisceau de rubans rouges. C'étaient les galons des Balilla de premier choix, deux rubans en forme de V, qu'il fallait se faire coudre chez soi, sur la manche gauche de l'uniforme. Ce n'est pas tout, Scarpin ajouta que les dix-huit Balilla en question se verraient accorder la permission de ramener chez eux le mousqueton qu'on leur avait confié, sans le laisser dans l'armurerie, comme devaient le faire tous les autres. Michilino rentra chez lui tout content, moins pour les galons que pour le mousqueton, qui avait une baïonnette sans fil et sans pointe ou, plus exactement, dont la pointe était recouverte d'une petite boule en plastique, afin que personne ne puisse être blessé pendant les exercices. Ça tombait bien, il avait vraiment besoin d'avoir deux mousquetons sous la main, un inoffensif et l'autre, le sien, qui pouvait faire mal, très mal même. À partir de cet instant, il décida qu'il amènerait toujours avec lui le mousqueton d'ordonnance. Le sien, il se débrouillerait pour qu'on l'oublie, en le planquant dans le cagibi cadenassé, dans le hall d'entrée de la maîtresse Pancucci.

Quelques minutes avant la fin du cours, on frappa à la porte. La maîtresse alla ouvrir. C'était la femme du docteur Cusimano, qui habitait avec son mari au premier étage. Ils avaient le téléphone.

« Madame, il y a quelqu'un qui a téléphoné de l'hôpital, il voudrait que vous le rappeliez.

– Merci, je descends tout de suite », dit la maîtresse Pancucci, qui était déjà verte de peur. Puis, s'adressant aux plus petits :

« Surtout, soyez sages, je reviens dans cinq minutes. »

Dès qu'elle eut tourné les talons, Toto' sortit de son petit sac le calendrier avec les Abyssines nues, l'ouvrit et commença à reluquer la fille avec les cuisses écartées.

« Elle me rend dingue ! » murmura-t-il en se touchant la pine.

Puis il demanda à Michilino :

« Et si on faisait des trucs malhonnêtes ?

– Tous les deux ?

– Oui. »

Michilino, sur le coup, eut envie de dire non. Les choses malhonnêtes étaient un péché, Jésus en souffrirait, c'est sûr. Mais Michilino voulait vraiment essayer de savoir ce que pouvaient bien être ces choses malhonnêtes, comment elles se faisaient, en quoi elles consistaient, car les gens aimaient faire ces choses-là, même si c'était un péché. Il pouvait toujours dire oui et puis faire marche arrière.

« D'accord, dit-il.

– Lève-toi et sors ta pine », ordonna Prestipino en riant et en essuyant sur le revers de la manche la morve qui lui coulait du nez.

Le palpitant qui battait la chamade, Michilino s'exécuta. Il allait finalement savoir ce qu'étaient les choses malhonnêtes.

« Sainte Vierge ! Non ! Non ! » s'exclama Prestipino en écarquillant les yeux.

Mais qu'est-ce qu'ils avaient tous, à la fin ! Grands ou petits, dès qu'ils voyaient sa quéquette c'était toujours le même cirque !

« Et pourquoi, non ?

– Tu parles, si elle est comme ça maintenant, j'imagine ce que ça donne quand elle est bandée ! Non, avec une pine comme la tienne, pas question. »

Michilino déçu, remit sa quéquette dans son froc. La maîtresse Pancucci revint. Ses lèvres tremblotaient.

« L'état d'Adilaida s'est aggravé, dit-elle, demain il n'y aura pas de cours, et maintenant retournez chez vous, j'ai pas le cœur à continuer. »

Michilino rentra chez lui avec au moins un quart d'heure d'avance. Il sonna. Cette fois non plus sa mère ne vint pas lui ouvrir tout de suite. Il sonna à nouveau.

« J'arrive, j'arrive. »

Mais il s'écoula encore quelques minutes avant qu'elle ne rapplique. Elle était décoiffée, le visage tout rouge, l'œil brillant.

« Le père Burruano est là ? demanda Michilino.

– Oui, dit-elle, d'un air gêné, comment tu le sais ?

– Bah ! » lança Michilino.

Maman semblait un peu préoccupée. N'empêche qu'à chaque fois qu'elle était avec le père Burruano, elle était plus belle, Michilino avait envie de l'embrasser et de la serrer contre lui.

« Le père Burruano veut te parler », dit-elle.

Ils entrèrent dans le salon. Le prêtre était en train de s'enfiler un petit verre de rossolis de mandarine fabriqué maison.

« Mon cher Michelino, dit-il, ta maman et moi, nous avons pensé qu'il est temps, maintenant, que tu sois confirmé. Tu sais ce que ça signifie être confirmé ? Ça veut dire qu'on devient le soldat de Jésus, qu'on appartient à la milice de Christ.

– Mais moi j'appartiens déjà à la milice du *Duce*, fit Michilino.

– L'un n'exclut pas l'autre. On peut être soldat de Jésus et militant de Mussolini. Quand tu auras appris notre catéchisme, toi qui connais déjà le catéchisme fasciste, tu verras qu'il n'y a pas beaucoup de différence. Tu seras doublement honoré, mais tu auras aussi deux fois plus de devoirs.

– Et c'est qui les ennemis de Jésus contre lesquels il faut combattre ?

– Ah ça ! mon cher Michilino, ils sont nombreux. Il y

a ceux qui ne croient pas en Dieu, bien sûr, on les appelle les athées ; ceux-là, vois-tu, il ne faut pas tant les combattre que les convertir ; mais les pires, ce sont ceux qui sont contre Dieu, contre la Madone et contre Jésus. Ceux qui détruisent les églises, qui brisent les images sacrées, qui leur crachent dessus et qui tuent des religieuses et des curés. Ils leur font subir des souffrances épouvantables. »

Michilino blêmit d'horreur.

« Et ce sont qui, ceux-là ?

– Les communistes, Michili', ce sont eux, les vrais ennemis de Jésus qu'il faut combattre et vaincre. C'est le premier devoir d'un soldat de Jésus. Souviens-t'en. »

Michilino sentit monter en lui une envie irrépressible de se battre.

« Je peux me confirmer demain ? »

Le père Burruano éclata de rire.

« C'est pas si simple. C'est l'évêque de Montelusa en personne qui confirme la milice du Christ. Mais il faut d'abord suivre une préparation. Chaque mercredi, à commencer par la dernière semaine du mois de novembre, c'est-à-dire à la fin de ce mois-ci, tu viendras à l'église à quatre heures de l'après-midi. C'est l'abbé Baldovino Micciché qui vous préparera, un aumônier militaire. Puis, vers le quinze décembre, l'évêque vous confirmera. »

Jésus voulait sûrement qu'il devienne son soldat pour tuer Alfio Maraventano. La mort d'Alfio serait son gage de fidélité à l'armée du Seigneur. Il fallait donc qu'il passe à l'action avant le jour de sa confirmation.

Le lendemain, il sortit avec le cartable et le mousqueton, celui avec la baïonnette pointue. Il se rendit jusque chez la maîtresse Pancucci et le planqua dans le cagibi. Puis il rebroussa chemin et prit la rue qui menait chez le tailleur Maraventano. Il se posta dans la cabane puante et sans porte, le mouchoir pressé sur le nez, et se mit à regarder. Il était quatre heures et demie et malgré un soleil radieux, la lumière était allumée dans la boutique sombre. Il aperçut le tailleur qui faisait essayer une veste à un vieux zig d'au moins soixante-dix ans. Il n'entendait pas ce qu'ils se disaient, mais d'après leurs gestes, il comprenait de quoi ils parlaient. L'homme n'était pas satisfait de la façon dont la veste lui allait. Michilino lança un regard circulaire et vit que, dans la ruelle, il n'y avait pas âme qui vive. Il sortit et se posta près de la porte de l'atelier, devant une petite vitrine. Mais, depuis cet endroit, il n'entendait plus ce qu'ils se disaient, juste quelques mots par-ci par-là.

« Les gaz asphyxiants... Mussolini... ces pauvres Abyssins, dit l'homme.

– Mussolini... maudit assassin, fit Maraventano.

– Ce sale porc », renchérit le vieillard.

En les entendant parler ainsi du *Duce*, Michilino fut tellement effrayé que, sans savoir comment, il se retrouva de nouveau dans la cabane. Si ça se trouve, le vieux était un communiste ! C'était sûrement ça : qui est-ce qui pouvait bien aller se faire couper un costume chez un tailleur communiste, sinon un communiste comme lui ? Mais ils étaient combien, ces communistes ? Tout à coup il s'aperçut que dans l'atelier, à présent, il y avait aussi Alfio. De l'endroit où il se tenait, il ne la voyait pas mais il devait sûrement y avoir une porte qui donnait dans la pièce où dormaient les Maraventano. Mais comment se faisait-il qu'il n'y ait pas de femmes ? C'était important de savoir combien de gens créchaient là-dedans, il ne voulait pas être surpris par quelqu'un qui rappliquerait à l'improviste. Il se rappela qu'Alfio était arrivé à l'école accompagné non par sa maman, comme tous ses autres petits camarades, mais par son papa. Peut-être qu'il était orphelin de mère et fils unique ?

Il resta plus d'une heure posté dans la cabane. Le vieillard sortit. Quelques minutes plus tard, le tailleur mit son chapeau et quitta l'atelier après avoir embrassé Alfio, qui disparut un moment dans l'autre pièce. Il revint avec un cahier et un syllabaire dans la main. Après avoir posé son encrier, sa plume et une feuille de papier sur le comptoir, Alfio ouvrit son livre et commença à faire ses devoirs. Il était assis sur une chaise paillée, sous le lustre, le dos tourné à la porte d'entrée. Il devait sûrement se mettre toujours là lorsqu'il faisait ses devoirs, donc, si quelqu'un, arrivant de la rue à pas de loup, se pointait derrière son dos, il ne s'apercevrait de rien.

Dommage qu'il soit si tard, pensa Michilino.

Il était temps de rentrer, il commençait à faire nuit. Il se consola en se disant que ce n'était que partie remise. Il n'alla pas reprendre son mousqueton. Il rentra chez lui sans son arme. Maman ne s'en aperçut même pas, elle ne lui posa aucune question. C'est exactement ce que souhaitait Michilino.

Papa rentra tout content.

« Allume la radio, dit-il à Maman.

– Pourquoi, qu'est ce qui se passe ?

– Il paraît que Mussolini a dégommé De Bono, à sa place, il a nommé Badoglio. Lui, c'est un général qui a des couilles carrées !

– Ne sois pas vulgaire, lui reprocha Maman. Tu sais bien que le petit répète tout ce que tu dis !

– Les couilles, ce sont pas les petites boules qui se trouvent sous le petit oiseau ? demanda Michilino.

– Tu vois ? Qu'est-ce que je te disais ? bondit Maman. Michilino, les gens bien élevés ne disent pas ces mots-là.

– Ça veut dire quoi ? que je suis mal élevé ? fit Papa.

– Ben oui, ça t'arrive. Parfois t'es pire qu'un charretier !

– N'empêche qu'y a des fois, ça a pas l'air de te déranger que je sois pire qu'un charretier », lança Papa en la regardant dans les yeux.

Maman rougit.

« Alors, vous me l'expliquez ou pas cette histoire ? insista Michilino.

– C'est une expression, fit Papa, c'est le genre de chose qu'on dit quand on parle d'un homme fort, courageux, un vrai mec, quoi !

– Et les miennes elles sont comment ? carrées ? »

Ses parents s'esclaffèrent.

« T'es encore trop petit, fit Papa, quand tu seras grand, tu les auras sûrement comme celles de Badoglio, carrées. »

Michilino aurait bien aimé lui demander s'il pouvait espérer tuer un communiste, bien que ses couilles soient toutes rondes. Mais il préféra se taire.

Ce jour-là, Michilino décida d'aller en cours avec le mousqueton d'ordonnance, celui qui avait une petite boule au bout de la baïonnette.

Quand il arriva chez la maîtresse, il ouvrit le cagibi et le rangea à côté de l'autre mousqueton. Mme Pancucci commença à faire un cours de science, mais elle avait la tête ailleurs, c'est clair, elle rabâchait sans arrêt les mêmes choses, elle bafouillait et se trompait de mots. Tout à coup, elle se mit à chialer comme une Madeleine et dut s'en aller dans la salle de bains. Dès qu'ils furent seuls, Prestipino lui demanda :

« Ça t'arrive d'aller au cinoche ?

– J'y suis allé deux fois avec mes parents.

– Et tout seul, t'as pas le droit ?

– J'sais pas, je leur ai jamais demandé.

– Essaye. S'ils te disent oui, on pourrait peut-être y aller ensemble, un de ces quatre. »

Après le cours, pendant qu'ils descendaient les escaliers, Michilino réfléchit à une façon d'ouvrir la porte du cagibi sans que Prestipino s'aperçoive qu'à l'intérieur il y avait planqué deux mousquetons. Il y réussit, il prit le mousqueton d'ordonnance et fit un bout de chemin avec son camarade.

Le vendredi suivant, alors que le cours venait à peine de commencer, la femme du docteur Cusimano se pointa chez la maîtresse pour lui dire qu'elle avait reçu un coup de fil de l'hosto. Mlle Pancucci, pâle comme la mort, dévala quatre à quatre les escaliers en criant : « Sainte Vierge ! »

« Adilaida a dû clamser », commenta Prestipino en dessinant un cercle en l'air avec l'index et le majeur.

Il tira le calendrier du sac et commença à lorgner la négresse nue. Après un petit moment, il lança : « Alors, t'as demandé à tes vieux si tu peux aller au cinéma tout seul ?

– Non, j'ai oublié.

– Fais-le. Comme ça, pendant que tu regardes le film, si ça se trouve, le comptable Galluzzo s'assoit à côté de toi.

– C'est qui, le comptable Galluzzo ? »

Prestipino commença à rigoler, du coup la morve lui coula des deux narines jusqu'au menton. Il agita la main droite en l'air, comme pour dire : « C'est trop bien ! cherche pas. »

« Fais d'abord sa connaissance, on en parlera après. »

La femme du docteur rappliqua à la place de Mlle Pancucci.

« La pauvre Adilaida est morte, fit-elle, la maîtresse n'a pas la force de remonter chez elle. Elle préfère que vous rentriez, les cours reprendront après l'enterrement.

– C'est quand cet enterrement ? fit Prestipino.

– Après-demain, je pense, dimanche. Si vous passez demain matin, la maîtresse ou moi, on vous le dira. »

Michilino récupéra son fusil d'ordonnance. Dans la rue, Prestipino commença à blasphémer et à bougonner.

« Qu'est-ce que t'as ?

– C'est vraiment pas de bol ! Quelle idée de claboter un vendredi après-midi !

– Et pourquoi c'est pas de bol ?

– Parce que demain on a Scarpin, c'est samedi, le jour du rassemblement fasciste et que dimanche, c'est férié.

Si Adilaida avait clamsé, disons, un mercredi, ça nous faisait deux jours de vacances ! »

Dès qu'il eut quitté Prestipino, Michilino alla faire le guet à l'atelier, se postant à l'endroit habituel. À part la boutique de Maraventano, dans cette rue-là, il n'y avait même pas un magasin. Le tailleur cousait, Alfio n'était pas là. Pendant l'heure où il resta caché, Michilino ne vit passer que deux personnes, une vioque et un sexagénaire tellement bourré qu'il devait s'appuyer aux murs pour ne pas rouler par terre. Alfio entra dans l'atelier alors que Michilino s'apprêtait à partir. Mais il décida de rester encore un peu. Alfio alla déposer les courses qu'il venait de faire dans l'autre pièce, et revint s'asseoir devant son père avec son cahier et son encrier. Il tournait le dos à la rue, comme à son habitude.

« Je peux aller au cinéma tout seul ? lança Michilino.

– C'est quoi, cette nouveauté ? fit Maman, affolée.

– Commence pas à t'énerver, dit Papa, le petit est juste en train de nous demander la permission d'aller au cinéma, pas au bordel.

– C'est quoi, un bordel ? » demanda aussitôt Michilino.

Maman, furieuse, lança sa serviette sur la table et se leva.

« Vous m'avez coupé l'appétit ! »

Et elle partit dans la cuisine.

« Arrête ton char, Ernesti ! Fais pas ça, reviens à table !

– Non, répondit Maman en claquant la porte derrière elle.

– C'est quoi, un bordel ?

– Michili', laisse tomber. Pour ce qui est du cinéma, tu peux y aller tout seul, je m'en occupe moi de ta mère, faudra juste que tu nous dises quel film tu veux voir et, nous, on te fera savoir si c'est possible ou pas. Quand est-ce que tu veux y aller ?

– Un de ces quatre. »

Il devait d'abord tuer Alfio Maraventano, il n'avait pas de temps à perdre avec le cinéma.

Maman revint de la cuisine en tirant la gueule, elle avait sûrement entendu ce que son mari et son fils s'étaient dit, même avec la porte fermée.

« On verra ce qu'en pense le père Burruano, c'est lui qui décidera. Maintenant, ça suffit. »

Vers midi, Michilino alla chez Mlle Pancucci, mais la porte était verrouillée et personne ne vint ouvrir. Le petiot remarqua que sur le battant de gauche, celui qui restait toujours fermé, il y avait un gros ruban d'étoffe noire, c'était un signe de deuil, ça voulait dire que quelqu'un était mort dans cet appartement. Il descendit et alla frapper chez le docteur Cusimano. La dame lui dit que les funérailles d'Adilaida auraient lieu dans la chapelle du cimetière, le lendemain après dix heures, et que la maîtresse reprendrait ses cours le mardi. Maman voulut aller au cimetière, disant qu'il était normal que Michilino présente ses condoléances à la maîtresse. Michilino aimait bien qu'on l'amène le deux novembre au cimetière, pour remercier les morts qui, dans la nuit, lui avaient apporté des cadeaux. Lui, il laissait ses parents devant le caveau de famille et pendant qu'ils dépoussiéraient les portraits et qu'ils jetaient les fleurs séchées pour en mettre des fraîches, il allait se promener dans les allées. Il s'arrêtait souvent devant la tombe de ceux qui étaient morts depuis peu, entourées par les parents qui pleuraient et récitaient des prières pour leur âme. Un jour, alors qu'il avait cinq ans, il vit une femme s'évanouir devant une plaque de marbre avec la photo d'un enfant qui venait tout juste de mourir. Ce dimanche matin-là, ils étaient en train de traverser une allée solitaire pour se rendre à la chapelle quand, tout à coup, Maman s'arrêta.

« Prenons l'autre allée », dit-elle.

Michilino remarqua que, devant une tombe, se tenait Mme Clementina Sucato, la dame qui s'était disputée avec Maman. La veuve chialait et se frappait la poitrine. Michilino, tout blême, marchait en retournant la tête, pour ne pas la perdre de vue.

« Arrête de regarder cette traînée ! dit Maman furibarde, elle joue les veuves éplorées, mais quand son mari était vivant, elle lui mettait tellement de cornes que le pauvre ressemblait à un cerf. »

L'espace d'un instant, le souvenir de la blessure chaude et moite entre les cuisses de la veuve, mêlé à la vue de ses larmes, le fit bander, exactement comme quand il entendait parler Mussolini.

En sortant du cimetière, Maman décida d'aller à l'église pour parler au père Burruano de l'histoire du cinéma. Le père Burruano était pressé, il avait un mariage et un baptême à célébrer. Il leur dit que, pour ce qui était du cinéma, il fallait qu'il y réfléchisse à tête reposée. Il demanda à Maman s'il pouvait passer, le lendemain, vers quatre heures et demie. Elle acquiesça.

Le lundi, Michilino sortit, comme d'habitude, avec son cartable et son mousqueton d'ordonnance. Il n'avait pas dit à sa mère que la maîtresse n'enseignait pas ce jour-là. Il arriva comme une flèche *via* Berta, échangea les mousquetons et alla se poster devant l'atelier, toujours au pas de course.

En rentrant dans la cabane, il aperçut un type accroupi, le froc baissé.

« Tire pas, Balilla ! dit-il en riant, c'est pas parce que je chie un coup, que je mérite la peine de mort ! »

Michilino sortit et revint quelques minutes plus tard. Il n'y avait plus personne, mais ça schlinguait sévère. C'est seulement alors qu'il s'aperçut que l'atelier était fermé.

Il paniqua. Pourquoi est-ce que l'atelier était fermé à cette heure-là ? Où est-ce qu'ils étaient passés, le père et le fils ? Il attendit deux heures pour rien. À un moment donné, il dut se mettre à pisser pour ne pas éveiller les soupçons d'un type qui était rentré dans la cabane en déboutonnant sa braguette. Il rentra chez lui furieux. C'était son seul jour de repos et il n'avait même pas réussi à faire ce qu'il voulait.

Lorsqu'il frappa à la porte, sa mère lui ouvrit tout de suite.

« Il est venu, le père Burruano ?

– Il est venu, répondit sèchement Maman, qui faisait sa tête des mauvais jours. Il est venu et il est parti.

– Vous avez parlé du cinéma ?

– Oui. Il a dit que tu pourras y aller tout seul, mais il faudra que tu le mérites. Pour ce qui est des films, tu pourras voir *Tarzan, Tom Mix, Laurel et Hardy* et *Mickey.* »

Dès que Papa rentra pour dîner, Maman retrouva sa bonne humeur. À peine eut-elle dressé la table que l'on frappa à la porte. Maman alla ouvrir et revint avec un bouquet de fleurs

« Qui est-ce qui te les envoie ? fit Papa.

– Je sais pas. C'est un enfant qui les a apportées et il s'est sauvé tout de suite. Il n'y a même pas un billet, rien.

– On a des soupirants anonymes, maintenant ? dit Papa, l'air contrarié. Jette-moi tout de suite ce bouquet à la poubelle.

– Non, dit-elle.

– Je vais manger dehors », fit Papa, qui mit son chapeau et sortit.

Elle ne lui demanda rien, elle avait l'air même plutôt contente.

Ils dînèrent. Michilino zieutait les fleurs que sa mère avait placées au milieu de la table. En les regardant, il se souvint que, ce bouquet avec des rubans jaunes et verts, il l'avait déjà vu la veille, au pied de la statue de la Madone, lorsqu'ils étaient allés à l'église pour parler avec le père Burruano.

Sainte Vierge, cette nuit-là, ses parents se battirent comme des chiffonniers !

Au moment de sortir pour aller chez Mlle Pancucci, Michilino raconta le premier mensonge de sa vie à Maman.

« La maîtresse a dit qu'elle nous garderait une heure supplémentaire pour rattraper le cours de l'autre jour. »

C'était un mensonge nécessaire, il n'aurait jamais réussi à faire son devoir, autrement. Si pour tuer un communiste, il fallait dire un bobard, tant pis ! C'était un péché, c'est sûr, mais un péché véniel. Son petit Jésus souffrirait un peu, mais il serait sacrément récompensé par la mort de son ennemi. Il décida qu'il confesserait son péché le dimanche suivant. La maîtresse était habillée de noir des pieds à la tête, elle était en grand deuil et, de temps à autres, ses yeux devenaient tout rouges. Depuis qu'il suivait des cours chez Mlle Pancucci, il n'avait jamais été réprimandé, c'était toujours Toto' qui se faisait engueuler.

« Comment ça se fait que tu es si distrait aujourd'hui Michili' ? Qu'est-ce que tu as ? »

Michilino ne tenait plus en place. Le cours lui parut interminable. Finalement, la maîtresse leur dit qu'ils pouvaient rentrer et qu'ils se reverraient le lendemain. Michilino partit comme une flèche, avant même que Prestipino eût rangé ses cahiers dans son cartable. Il descendit l'escalier deux par deux, ouvrit le cagibi, prit son mousqueton, referma la porte et, en un éclair, arriva devant l'atelier de couture et se mit aux aguets.

Alfio faisait ses devoirs à la place habituelle, son père était en train d'enfiler sa veste. Puis il mit son chapeau, embrassa son fils sur la tête et sortit. Michilino attendit de le voir tourner au coin de la rue. Il leva la baïonnette, mit le cran d'arrêt et se signa. Mais il se sentait épuisé et, de temps à autre, de violents frissons lui parcouraient l'échine, comme quand on a la fièvre à cause de la malaria. Tout à coup, il se dit qu'il n'arriverait jamais à traverser la rue, d'ailleurs, il ne la voyait même plus comme une rue mais comme un mur de pavés. Tu dois le faire, se dit-il, autrement tu n'es pas digne d'être un soldat du Christ et de Mussolini. Il y avait peut-être une solution. Les yeux fermés, afin que même le bruit de la pluie, qui tombait de plus en plus fort, ne puisse le distraire, il récita un *Notre Père*, un *Credo* et un *Je vous salue Marie*. Puis il se répéta à voix haute le huitième commandement du décalogue du Balilla : « Mussolini a toujours raison ! » Voilà, il était prêt, mais avant de sortir en courant de la cabane, il passa la tête dehors pour s'assurer qu'il n'y avait personne dans la rue. Il recula brusquement : un homme qui boitait apparut au fond de la ruelle. Michilino n'avait pas pris de parapluie, mais il se moquait bien de la pluie, de toute façon, il marchait lentement. L'angoisse au cœur, Michilino aperçut Alfio qui se levait et qui allait dans l'autre pièce. Est-ce qu'il voulait sortir, lui aussi ? Il pourrait toujours le tuer dès qu'il franchirait le seuil de l'atelier, au moment où il fermerait la porte, par exemple. Mais s'il le tuait dans la rue, il y avait le risque que quelqu'un le voie. Le boiteux passa, mais Alfio ne montrait toujours pas le bout de son nez. Il ne lui restait plus beaucoup de temps, à peine quelques minutes. Puis, tout à coup, Alfio revint, s'assit, se pencha à nouveau sur son cahier. Michilino était trempé de sueur.

« Sale communiste ! Connard », qu'il m'a dit ce salopard de communiste ! Il m'a traité de connard, à moi et à mon père ! Il m'a traité de connard, le jour de la prise de Makalé ! Et ce qu'il a dit de mon père et de moi, il le dit sûrement aussi de Mussolini ! Maintenant je vais lui montrer qui c'est le connard, à ce grand connard et enfoiré de communiste !

Il traversa la rue comme une flèche, sans se soucier de faire du bruit. La porte de l'atelier était située à deux pas de la chaise d'Alfio, mais Michilino n'en fit qu'un seul, il bondit, le mousqueton se confondit avec sa main, la pointe de la baïonnette se ficha dans la nuque d'Alfio, la lame entra presque aux deux tiers, un bout de la pointe de la baïonnette sortit par la pomme d'Adam. Ce salopard de communiste resta immobile un moment, puis après s'être penché lentement en avant, comme s'il s'était assoupi, il frappa brusquement la tête sur le comptoir. Michilino leva la jambe et posa son pied sur le dos d'Alfio et, tandis qu'il le poussait en avant, il tirait en même temps le mousqueton de ses deux mains. Mais la baïonnette ne voulait pas sortir, on aurait dit qu'elle était clouée. Puis, tout à coup, il parvint à l'extraire. Michilino fit deux pas en arrière et trébucha, le sang commença à gicler comme une fontaine par la blessure, souillant le cahier et le syllabaire.

Sur le comptoir, Michilino aperçut un rouleau de tissu, il y frotta la baïonnette ensanglantée. Puis il la débloqua, la replia, mit le mousqueton sous son bras, le chargea en faisant aller la culasse en avant et en arrière, comme on le lui avait enseigné au rassemblement du samedi fasciste, il visa et tira dans la tête du communiste, lui donnant le coup de grâce, comme on dit.

« Boum ! » fit-il de tout son souffle.

Il regarda Alfio, dont le dos, à présent, était tout imprégné de sang. Dans la ruelle, il ne croisa personne. Il arriva chez la maîtresse, laissa son arme et prit le mousqueton d'ordonnance. Il sortit et s'en alla chez lui, sans s'abriter de la pluie, en fait, il trouvait plutôt agréable la sensation de l'eau qui coulait sur son visage. Voilà, c'était fait. Maintenant, il pouvait entrer dans la milice de Jésus. Il avait accompli son devoir mieux qu'un adulte.

Le soir, tandis qu'ils étaient en train de dîner, Michilino dit que le lendemain matin, il voulait aller à confesse.

« Qu'est-ce que t'as fait comme péché ? » fit Papa en riant.

Sa mère, au contraire, l'approuva. Elle se leva, lui donna un gros baiser et le serra très fort contre sa poitrine.

« Mon gentil et beau petit garçon ! Tu sais, en me promenant devant le cinéma, j'ai vu que, demain, ils passent un film qui s'appelle *le Retour de Tom Mix*. Quand tu sortiras pour aller chez la maîtresse, je te donnerai des sous, comme ça, après tes cours, tu pourra aller directement au cinéma. Mais surtout, il faudra que tu sois de retour ici à huit heures et demie. »

Michilino se coucha tôt, il avait sommeil. Et il dormit comme un loir, en effet. Maman le réveilla à sept heures et demie.

« Michili', ton lait est prêt, mais si tu veux communier, tu mangeras après.

– Oui, je vais communier », dit Michilino.

C'était le père Jacolino qui était dans le confessionnal.

« Tu as été désobéissant ?

– Non, mon père. »

Exactement les mêmes questions que l'autre fois. Quand le prêtre lui demanda s'il avait dit des mensonges, Michilino répondit :

« Un seul.

– Grand ou petit ?

– Petit.

– Tu as fait des choses malhonnêtes ?

– Non, mon père.

– Cinq *Je vous salue Marie* et cinq *Notre Père.* »

Il écouta la messe, le père Burruano lui donna la communion et avant de passer entre les rangs pour distribuer une deuxième hostie aux fidèles, il lui fit une caresse sur le visage. Puis Michilino s'agenouilla devant le crucifix et se mit à parler au Seigneur.

« Toi, Tu le sais déjà, dit-il, ce que j'ai fait pour Toi, hier. »

C'est alors que se produisit le miracle. Le visage tourmenté de Jésus se détendit, le sang qui coulait sur son front disparut, ses yeux tournés vers le ciel se baissèrent lentement vers lui, son visage s'épanouit en un léger sourire.

« Tu es à moi », fit Jésus.

Puis, tel un fauve, la souffrance fondit à nouveau sur ce visage, elle l'assaillit, le mordit, encore et encore, le recouvrant de larmes, de sang et de douleur.

« Hier après-midi, il s'est passé quelque chose de grave au village », dit Papa à table. Puis, s'adressant à Michilino :

« Tu le connaissais Alfio Maraventano ?

– Le fils du communiste ? Oui, il était dans la même classe que moi, quand j'étais en C.P. Après, je l'ai croisé quelquefois à la réunion du samedi fasciste. Il jouait un Abyssin, pendant la prise de Makalé.

– Et qu'est-ce qui s'est passé ? demanda Maman.

– Boh !, fit Papa.

– Il est mort ? demanda Michilino.

– Non, mais c'est grave. Selon les médecins de l'hôpital de Montelusa, il va peut-être s'en tirer. »

Michilino s'affola. Si jamais Alfio ne mourait pas, il devrait recommencer tout à zéro. Un sacré bordel.

« Est-ce qu'on a compris ce qui s'est passé ? fit Maman.

– Non, mais le commissaire Zammuto, avec qui j'ai parlé ce matin, m'a fait comprendre qu'il a sa petite idée.

– C'est-à-dire ?

– Eh ! Ma petite Ernestina, tout d'abord, faut que tu comprennes que ces communistes ce ne sont pas des gens civilisés comme nous, mais des sauvages.

– Ça veut dire quoi ?

– Ça veut dire que le commissaire Zammuto est presque sûr que c'est son propre père, le tailleur, qui aurait agressé Alfio.

– Par la Madone ! s'exclama horrifiée Maman, Et qu'est-ce qui lui fait penser ça ?

– Selon le médecin, Alfio a été blessé par un

aiguillon. Le commissaire en a trouvé un gros dans un tiroir de l'atelier de Maraventano. Il n'a pas cherché à comprendre, il lui a mis les menottes.

– Mais pour quelle raison est-ce qu'un père peut vouloir tuer son fils ? demanda Maman déconcertée.

– Ernestini', tu peux pas comprendre, parce tu raisonnes pas comme un communiste ! La cervelle d'un communiste est plus tordue que la queue d'un cochon.

– C'est bien vrai, dit-elle.

– J'espère seulement que si c'est vraiment le tailleur, ils le conduiront au peloton d'exécution.

– Je voudrais encore un peu de poulet », fit Michilino, qui avait une faim de loup.

Peut-être que Jésus parviendrait à faire en sorte qu'au lieu d'un seul communiste, il en meure deux, le père et le fils !

Cinq

« On fait un échange ? » lança Toto' Prestipino, tandis qu'ils montaient l'escalier pour aller en cours.

« On échange quoi ? demanda Michilino.

– Moi j'échange ça », fit Toto en tirant de sa poche un canif qui, vu sa longueur, ressemblait plutôt à un couteau.

« Fais voir. »

Toto' le lui tendit. Il était pointu et très affilé, avec un manche en os. Il plut beaucoup à Michilino. Le couteau de chasse de son père, il n'avait réussi à le toucher qu'une seule fois, la lame était si froide, un vrai glaçon, qu'il en avait eu des frissons dans le dos. S'il avait continué à y promener son doigt dessus, à force de claquer des dents, il serait sûrement tombé dans les pommes. Le canif de Toto' ne lui fit pas du tout le même effet. Il aurait bien aimé l'avoir tout le temps dans sa poche.

« Et tu veux quoi en échange ?

– Ta toupie à musique et un sou. »

Toto' Prestipino était mordu de toupies, il en avait six, toutes de bois, et il était très doué pour les lancer, les attraper en plein élan, continuer à les faire tournoyer dans la paume de sa main et les lancer à nouveau à terre, en les regardant tourbillonner encore et encore. Alors un jour, Michilino lui avait montré la toupie que Papa lui avait achetée à la fête de saint Calogero, l'année précédente, une toupie de celles dont on disait que l'artisan qui les fabriquait y mettait une mouche dedans, pour la rendre plus légère, aérienne. Ce qui est sûr, c'est que la toupie de Michilino, quand elle tourbillonnait, ressemblait à une ballerine qui dansait sur la pointe des pieds ; elle se penchait d'un côté, de l'autre, puis elle se redressait et dessinait une sorte de courbe large, puis une courbe plus étroite… Une merveille, mais le canif aussi était une merveille.

« Et pourquoi est-ce que tu veux un sou ?

– Parce qu'un couteau tu dois ni le donner ni l'échanger, faut toujours le payer, sinon celui qui te le donne, il meurt égorgé par son propre couteau.

– D'ac. Demain je t'apporte la toupie et un sou. Mais à une condition.

– Laquelle ?

– Le canif, tu me le files maintenant. »

Prestipino le lorgna d'un air méfiant.

« Tu me prends pour un con ? Toi, tu te mets mon canif dans la poche et demain tu m'apportes que dalle.

– Je te jure que non », fit Michilino en portant à ses lèvres l'index et le majeur de la main droite.

Le cinéma Mezzano projetait trois fois par jour le même film. Les retraités et les vieux allaient à la séance de quatre heures et demie, les ados et les mioches à celle de six heures et demie et les familles au grand complet ou seulement les grandes personnes à celle de huit heures et demie. Ce jour-là, comme le film de Tom Mix, était déjà passé la semaine précédente, dans la salle, il y avait une dizaine de spectateurs à tout casser. Michilino alla s'installer dans une des dernières rangées, où il n'y avait personne. Il ne pouvait pas s'asseoir près de l'écran, il s'en était aperçu le jour où il y était allé avec ses parents. Pendant qu'il regardait le film, après un petit moment, ses yeux avaient commencé à clignoter. Plus il s'asseyait au fond, mieux c'était. Avant le film, ils projetèrent le *cinegiornale* Luce, où l'on voyait la guerre en Abyssinie, des soldats italiens qui saluaient les avions Caprin, qui planaient au-dessus de leur tête pour les protéger, des Abyssins en fuite et une centaine de nègres fait prisonniers. À la fin des actualités, la lumière s'alluma. Un type, qui vendait des boissons gazeuses, des chocolats, des bonbons ainsi que des *calia* et *simenza*, graines de melon et pois chiches grillés, passa entre les rangées.

Michilino ne s'acheta rien. Il avait deux pièces d'une lire dans la poche, mais il préférait les économiser et les mettre avec les autres dans sa tire-lire où, au minimum, il y avait déjà cinq lires. La lumière s'éteignit et le film commença. Au premier rang, deux gamins se mirent aussitôt à se chamailler, ils commencèrent par s'insulter, puis ils s'empoignèrent et échangèrent des coups de poings. Pas moyen de comprendre le début du film. Finalement, M. Mezzano arriva en courant, sépara les deux gosses et les fit sortir de la salle à coups de pompes dans le train. Quelques minutes plus tard, un type vint s'asseoir à côté de Michilino. Pendant toute la première partie du film, il ne fit que fumer cigarette sur cigarette. Au moment de l'entracte, l'homme regarda Michilino et Michilino le regarda.

« Je m'appelle Galluzzo. »

C'était le type dont lui avait parlé Toto' Prestipino, un quadragénaire gras, la face glabre et la peau moite de sueur.

« Vous êtes le comptable ?

– Oui. On t'a parlé de moi, à ce que je vois ! Tu veux quelque chose ? lui demanda l'homme, en faisant signe au vendeur.

– Non, merci », fit Michilino.

Le comptable s'acheta une limonade, fit basculer la petite boule qui servait de bouchon, s'enfila la bouteille et, lorsque le film reprit, la posa par terre. Il s'alluma aussitôt une cigarette. Peu après, il se pencha vers Michilino et lui chuchota dans l'oreille :

« Tu veux me faire plaisir ?

– Oui.

– Tu peux poser ton fusil sur le fauteuil à côté de toi ?

– Oui », dit Michilino, même s'il ne comprenait pas en quoi son mousqueton pouvait bien déranger le comptable, vu qu'il le tenait la crosse par terre et le canon serré entre les cuisses.

Dès qu'il eut placé son fusil sur le fauteuil à ses côtés, Galluzzo avança tout doucement la main droite et la posa sur le petit oiseau du petiot. Il la retira aussitôt, comme s'il s'était brûlé.

« Qu'est-ce que t'as dans la poche ?

– Rien », dit Michilino, agacé.

C'était pas croyable, à la fin ! Qu'est-ce qu'ils avaient tous à lui poser toujours la même question !

Le comptable le regarda surpris.

« T'es sérieux ?

– Ben oui ! Si je vous ai dit que j'ai rien dans la poche, c'est que j'ai rien dans la poche ! » fit Michilino excédé.

Le comptable posa de nouveau sa paluche sur le petit oiseau du mouflet, le caressa d'abord sur toute sa longueur, puis tout doucement, en avant et en arrière. De temps en temps, il s'arrêtait, serrait fort, puis il recommençait à le caresser de plus belle. Tiens, tiens, se dit Michilino, je parie que le comptable veut faire ce que Toto' m'avait proposé avant de se dégonfler.

« Mais, vous voulez que je fasse des choses malhonnêtes avec vous ? » lança Michilino.

Le comptable le fixa éberlué, tandis que sa main s'arrêtait. En attendant, dans la prairie, Tom Mix poursuivait à cheval un bandit qui avait enlevé une jolie fille, qui chialait et braillait pendant que le bandit riait et tirait avec son revolver sur Tom Mix.

« Bien sûr, fit le comptable. T'avais pas encore pigé ? Ouvre ta braguette. »

Il leva la pogne et la posa sur le bras du fauteuil.

Michilino rougit, il était tellement furieux que ses mains tremblaient. Alors comme ça, un enfant n'avait même pas le droit de regarder un film en paix, sans qu'un type débarque et lui propose de faire des choses malhonnêtes ? Et dire que ce minable s'imaginait qu'il allait lui obéir au doigt et à l'œil. Il ne savait donc pas qu'il était un Balilla, un soldat du *Duce* et que, d'ici quelques jours, il deviendrait même un soldat du Christ ?

« Alors ? Tu te décides ? Qu'est-ce qui se passe, t'as honte ? Quoi, c'est la première fois ? Tu veux que je te donne une demi-lire ? Tiens, prends, tu t'achèteras ce que tu veux avec. Alors, tu te déboutonnes ? Allez, s'il te plaît, déboutonne-toi. Qu'est-ce que t'attends pour la sortir ? Hein ? »

Galuzzo parlait et fumait en même temps, on aurait dit qu'il était comme possédé, pris d'une sorte de frénésie qui ne lui laissait pas de répit. Au moment où Michilino s'apprêtait à empoigner son fusil et à l'attaquer à la baïonnette, il se souvint qu'il avait pris le mousqueton d'ordonnance, qui n'avait ni pointe ni lame. La seule solution était de changer de place. Il était sur le point de se lever, mais il se dit que le comptable pouvait très bien le suivre et s'asseoir à ses côtés. Non, il valait mieux sortir du cinéma, rentrer chez lui et tout raconter à son père, qui se chargerait de régler son compte à ce grand salopard. Il allongea la main, saisit son mousqueton et se leva. Galuzzo lui serra le bras.

« Qu'est-ce que tu fais ? Tu veux t'en aller ? Mais, non, s'il te plaît, assieds-toi. »

Galuzzo le débectait, il parlait d'une voix mielleuse, comme un péquenot qui demande l'aumône. Michilino tenta de dégager son bras, mais le type le lui tenait serré. En bougeant, Michilino sentit dans la poche droite de son pantalon le poids du canif que lui avait donné Toto' Prestipino. Il l'avait complètement oublié, mais maintenant qu'il s'en souvenait, ça changeait tout. Il se rassit, suspendit la courroie de son mousqueton sur le dossier du siège devant lui.

« Mon gentil petit ange ! fit Galuzzo. Ça y est, tu t'es

décidé, hein ? Tu ne feras plus d'histoire, n'est-ce pas, mon petit ange ? Alors, tu déboutonnes ton froc ? Hein ? Allez, déboutonne-le. Tu veux pas me sortir ta grosse pine, mon petit ange ? »

Encore un peu, il allait se mettre à chialer, ce salopard ! Michilino commença à déboutonner son pantalon de la main gauche, tandis qu'il sortait le canif de sa poche de la main droite. Avant de défaire le dernier bouton, il s'aida de la main gauche pour tirer la lame du canif. Le comptable ne s'aperçut de rien.

« Ça y est, je me suis déboutonné, M'sieur », lança Michilino.

Galuzzo le regarda.

« Sors-la ! Sors-la toute dehors cette grande pine, mon petit ange ! Je veux la caresser toute, je veux l'embrasser ! »

Michilino glissa la main gauche dans son froc et sortit sa bite.

En la voyant, Galuzzo se figea brusquement.

« Nom de Dieu ! » s'exclama-t-il, comme terrorisé.

En entendant prononcer le nom de Dieu en vain, la fureur de Michilino se changea en une sorte de colère froide, qui lui suggéra de voir ce que l'autre allait faire et de réagir aussitôt. Le bras le long du corps, il serra très fort son canif contre sa cuisse droite, prêt à l'attaque. Pendant ce temps, l'homme se ressaisit ; sa main droite ouverte se leva du bras du fauteuil pour s'avancer doucement vers cette manne, cette richesse, ce trésor insoupçonné. Mais sa pogne s'arrêta à mi-chemin, car le comptable s'en servit pour ôter sa cigarette de la bouche et la jeter à terre. Lorsque sa paluche se dirigea de nouveau, cette fois rapidement, vers les cuisses du mouflet, Michilino leva brusquement le bras et, avec une rage qui le rendait encore plus fort, il enfonça le canif dans la paume de la main baladeuse de Galuzzo. La lame entra à moitié, un peu plus elle lui transperçait les chairs.

« Aïïïe ! » fit le comptable, braillant comme un cochon qu'on égorge.

« Qu'est-ce qu'il y a ? Qu'est-ce qui se passe ? lancèrent quelques spectateurs dans l'obscurité.

– C'est rien, c'est rien », fit Galuzzo en essayant de prendre une voix normale.

« T'as trouvé une pine trop grosse ? Elle t'a fait mal au cul ? » demanda d'un ton ironique un mouflet.

« Silence ! Ça suffit ! » crièrent les gens dans la salle.

Pendant ce temps, s'aidant de la main gauche, Michilino extirpa le canif de la paluche du comptable.

« Aïïïïe ! Aïïïïe ! » braillait et gémissait le comptable, mais à voix basse, tandis qu'il tirait un mouchoir de la poche de son pantalon et l'enroulait autour de sa paluche. Puis, il se leva et se précipita en courant vers les toilettes. Il n'avait rien dit contre Michilino. Il ne l'avait même pas regardé. Michilino prit son mouchoir, nettoya la lame, le laissa tomber par terre. Il dirait à sa mère qu'il l'avait perdu. Un petit mensonge, sans importance. Il aperçut le comptable Galuzzo sortir des toilettes, le mouchoir autour de la main, et se diriger vers la sortie. Le comptable ne raconterait sûrement à personne ce qui s'était passé et, pendant un petit moment, il ne pourrait plus se servir de sa main pour commettre un péché et pour le faire commettre aux autres, ce qui épargnerait bien des souffrances à Jésus. Finalement, il allait pouvoir regarder le film en paix.

Le dernier mercredi du mois de novembre, à quatre heures pile, Michilino se présenta à l'église. L'aumônier militaire, l'abbé Baldovino Micciché, allait préparer une vingtaine de mouflets à la confirmation. L'abbé Micciché était un homme bâti comme une armoire à glace, avec une tignasse rousse et une voix puissante. Autour des manches de sa soutane étaient cousus des galons dorés de lieutenant et, sur sa poitrine, le faisceau des licteurs. Il traînait la jambe gauche. C'est la première chose dont il leur parla.

« J'ai fait la Grande Guerre, mais je n'ai pas été blessé. Pourtant, comme vous le voyez, je boîte. Et vous savez pourquoi ? Parce que, récemment, j'ai été blessé. Et par quoi ai-je été blessé ? Par un coup de sagaie. Et qui est-ce qui m'a lancé un coup de sagaie ? Un Abyssin. Et où est-ce que ça s'est passé ? Ça s'est passé durant la bataille pour la prise de Makalé, à laquelle j'ai eu l'honneur de participer comme aumônier enrôlé dans les rangs de la Milice Volontaire pour la Sécurité Nationale ! »

Michilino bondit de sa chaise, se dressa sur ses pieds et applaudit. Les autres suivirent son exemple. Sainte Vierge, ils étaient en présence d'un héros ! Un héros qui avait combattu pour la prise de Makalé et qui avait même été blessé par un sauvage Abyssin ! Il était tellement ému, qu'il en avait les larmes aux yeux.

L'abbé Micciché fit une révérence en guise de remerciements et leva le bras en leur demandant de faire silence. Brusquement, alors qu'il s'apprêtait à reprendre la parole, Michilino intervint :

« Et l'Abyssin, vous l'avez tué ? »

L'aumonier toussota d'un air embarrassé.

« Je ne sais pas, je crois, oui. Je n'ai pas fait attention, j'avais perdu connaissance.

– Est-ce que vous avez connu la chemise noire Balduzzo Cucurullo, qui est tombé durant la prise de Makalé ?

– Bien sûr. Il est mort en chrétien dans mes bras.

– Et maintenant, qu'est-ce que vous allez faire ? vous allez retourner en Abyssinie ? »

Michilino ne parvenait plus à s'arrêter. Il le bombardait de questions. L'abbé Micciché semblait un peu embêté.

« Bon maintenant, assieds-toi, petit. Comment t'appelles-tu ?

– Sterlini Michelino.

– Au fait, reprit l'aumonier, savez-vous pourquoi nous sommes allés combattre en Abyssinie ? Tout d'abord parce que, grâce à Benito Mussolini, nous sommes une nation forte, armée, capable de conquérir un empire. Et savez-vous ce que nous ferons de cet empire ? Nous en ferons une terre où pourront travailler nos paysans, des usines pour nos ouvriers, des chantiers pour nos maçons. Mais surtout, nous convertirons des âmes, car tous doivent croire en notre Sainte Mère l'Église ! Et vous, mes petits enfants, mes Balilla, vous devez être les futurs soldats du Christ et du *Duce*, purs de corps et d'esprit, courageux et intrépides, afin que le règne de Sa Majesté Victor Emmanuel III et celui de

Dieu Tout-Puissant s'étende de plus en plus loin sur cette terre, jusqu'à la conquérir entièrement ! »

Il leur tint donc ce discours sous forme de questions et réponses pendant une heure d'affilée. Puis il s'arrêta.

« Il était prévu que nous restions ensemble jusqu'à six heures. Mais j'ai un rendez-vous à Montelusa avec l'évêque. Priez Dieu pour le *Duce* et pour le Roi ! »

Fasciné, Michilino écouta jusqu'au bout les paroles de l'abbé Miccichè. En sortant de l'église, il était tellement excité qu'il avait l'impression d'avoir de la fièvre. Lorsqu'il arriva devant la porte de sa maison, il leva le bras pour frapper, mais il s'aperçut que le pêne n'était pas bien retombé dans la gâche, il suffisait de pousser un peu et la porte s'ouvrirait. Il décida de faire une surprise à sa mère. Il pesa de ses deux mains, la porte s'ouvrit, il entra et la referma doucement. La radio était éteinte. À pas de loup, Michilino alla regarder dans la cuisine. Elle n'y était pas. Peut-être qu'elle était sortie, en pensant qu'il ne rentrerait que dans une heure. Finalement, la surprise n'en serait que plus grande. Voilà : elle trouverait la table dressée. Comme il avait envie de faire pipi, il se dirigea vers les toilettes. Il fut arrêté par une sorte de gémissement qui provenait du salon. La porte était entrebâillée, il passa la tête et regarda. Maman semblait à demi évanouie, elle avait la nuque renversée sur l'épaule du père Burruano, qui était assis à ses côtés sur le canapé. La poitrine totalement dénudée, sans chemisier ni soutien-gorge, elle gémissait à voix basse, la bouche ouverte. Le père Burruano lui enlaçait la taille du bras gauche et lui caressait les nénés de la main droite.

« Qu'est-ce qui se passe ? demanda Michilino affolé en ouvrant la porte.

– Par la Madone ! » s'exclama Maman en se levant, puis en retombant aussitôt sur le canapé, comme si elle avait les jambes en coton.

« Ta mère a eu un malaise. Elle n'arrivait plus à respirer, dit le père Burruano.

– Je n'arrivais plus à respirer », confirma Maman.

Elle était rouge comme un piment, sa poitrine se soulevait et se baissait rapidement, elle haletait.

« Tu veux boire un peu d'eau ? fit Michilino inquiet.

– Oui », répondit Maman.

Lorsqu'il revint de la cuisine, sa mère avait remis son soutien-gorge et tenait son chemisier dans une main. Elle le but le verre d'un trait.

« Vous vous sentez mieux, Madame ? demanda le prêtre.

– Oui, merci, ça va mieux. Je ne sais pas ce qui m'a pris, je n'arrivais plus à respirer. Heureusement que vous étiez là, mon père, et que vous m'avez donné un peu d'air en ôtant mes habits, sinon je crois que je serais morte asphyxiée. Je suis vraiment désolée de vous avoir fait si peur. Maintenant, si vous le permettez, je vais aller dans la salle de bains pour me rafraîchir un peu. »

Elle se leva et sortit de la pièce.

« Ça s'est passé comment avec l'abbé Micciché ? » demanda le prêtre.

Michilino, exalté, lui raconta toute l'histoire. Le prêtre l'écouta sans piper mot, avec un petit sourire narquois.

« Avec des longues-vues, dit-il à la fin.

– Ça veut dire quoi, avec des longues-vues ?

– Ça veut dire que l'Abyssinie, l'abbé Miccichè, il l'a vue avec les longues-vues. »

Maman revint et se rassit. Le père Burruano se leva.

« Quand pourrons-nous reprendre notre conversation pour l'approfondir ? Nous avons été obligés de l'interrompre à cause de votre malaise.

– Eh bien, disons demain, en début d'après-midi, si vous êtes disponible bien sûr, et si vous en avez toujours envie.

– Je me rendrai disponible. Quant à l'envie de vous voir, chère Madame, comme vous le savez, ça, ce n'est pas un problème. »

Sa mère raccompagna le prêtre à la porte. Puis, pendant que Michilino faisait pipi, elle entra dans les toilettes.

« Écoute, Michilino…

– Pardon, M'man, mais je veux d'abord te demander quelque chose. Qu'est-ce que ça veut dire que l'abbé Miccichè a vu l'Abyssinie avec des longues-vues ?

– Qui t'a dit ça ?

– Le père Burruano, pendant que tu te lavais la figure.

– Ça veut dire que Monsieur l'abbé a tendance à se vanter un peu trop de ce qu'il fait.

– Il dit des mensonges ? » demanda Michilino, les yeux écarquillés.

Un prêtre, un héros, un combattant de Makalé, un chef des soldats du *Duce* et du Christ qui contait des mensonges ! Impossible ! Le père Burruano avait l'esprit mal tourné.

« Des vrais mensonges, non, parce que ce serait un

péché, et un prêtre ne commet pas de péchés, lui expliqua sa mère, mais disons qu'il a tendance à exagérer, ce qui n'est pas un péché. Maintenant, écoute-moi, Michili'. Tu dois me promettre une chose, tu dois me la jurer et t'y tenir.

– Bien sûr, M'man.

– Tu ne dois pas parler à Papa de ce qui m'est arrivé, tu ne dois pas lui dire que je me suis sentie mal. Sinon, le pauvre, il va beaucoup s'inquiéter, et avec tous les soucis qu'il a, je ne veux pas en rajouter.

– Je te le jure », dit Michilino d'un ton solennel.

Quelques jours plus tard, un dimanche, alors qu'ils étaient en train de manger un plat de pâtes, Papa lança :

« Hier soir, Alfio Maraventano, le fils du communiste, est mort. »

Michilino avala de travers. Il commença à tousser mais ce qu'il entendait résonner dans sa poitrine, ce n'était pas sa toux mais le bruit des cloches. Ding, ding, dong ! Ding, ding, dong ! Elles sonnaient le *Gloria* ! Elles sonnaient à toutes volées comme le jour de Pâques !

« Comme c'est triste ! fit Maman.

– Il a attrapé le tétanos, précisa Papa.

– C'est quoi, le tétanos ? demanda Michilino.

– Le tétanos est une infection mortelle qui s'attrape quand on se blesse avec un fer rouillé. L'aiguillon qui l'a blessé était sûrement couvert de rouille », fit Papa.

Michilino pensa que sa baïonnette s'était effectivement rouillée depuis qu'il la planquait dans le cagibi, qui était froid et humide. Finalement, comme il n'avait pas réussi à tuer ce grand salopard du premier coup,

Jésus lui avait donné un coup de main en le faisant mourir d'infection.

« Son père, le tailleur, a été accusé d'homicide volontaire, reprit Papa. Il est bon pour le peloton d'exécution. »

Et de deux ! Il avait réussi ! Deux communistes d'un seul coup ! Quel autre soldat de Jésus et du *Duce* aurait été capable d'un tel exploit ?

« Sainte Vierge, comme c'est atroce ! s'exclama Maman. Mais pourquoi est-ce que son père l'a tué ?

– Je te l'ai dit, Ernesti', ces communistes, ils sont tous givrés. Selon le commissaire Zammuto, le tailleur l'a tué parce qu'il ne voulait pas que son fils aille au rassemblement fasciste du samedi. Il ne supportait pas de le voir en uniforme de Balilla. Alors que le pauvre Alfio, il aimait beaucoup y aller, c'était un vrai fasciste. Du moins, c'est comme ça que le commissaire Zammuto explique cette histoire.

– N'importe quoi ! » fit Michilino.

C'est ça, maintenant on allait dire qu'il avait tué un Balilla ! Le commissaire Zammuto était un abruti qui ne comprenait rien à rien.

« Pourquoi est-ce que tu dis ça ? lança Papa.

– T'as qu'à demander au commandant Scarpin. Alfio, il venait un samedi sur deux et il voulait jamais faire les exercices. Vas-y, demande-le-lui. Le commandant Scarpin l'engueulait parce qu'il était fainéant et qu'il ne faisait jamais le salut romain. Lui, un fasciste ? Tu parles ! Il était en train de devenir communiste comme son paternel, oui ! »

Son père le regarda admiratif.

« Bravo, mon fils ! Tu sais qu'on avait commencé à lui préparer des funérailles fascistes ? On allait commettre une grave erreur. Aujourd'hui même, j'en parle à Scarpin. Je suis convaincu que t'as raison. Bravo !

– Mais alors pourquoi est-ce qu'il l'a tué ? fit Maman pensive. Est-ce qu'Alfio a réussi à dire quelque chose avant de mourir ?

– Oui. Il a dit qu'il était seul à l'atelier, qu'il était en train d'étudier et qu'il tournait le dos à la porte, il n'a vu entrer personne. Il ne se souvenait même pas qu'il avait reçu un coup dans la nuque. Ah ! j'oubliais. Vous savez quoi ? Alfio est mort en riant.

– Comment ça, en riant ? demanda Maman, l'air à la fois étonné et gêné.

– Oui, Madame. On m'a expliqué que, comme le tétanos contracte les muscles du visage, pendant qu'on est en train de mourir, il paraît qu'on rigole. »

C'est ça, rigole, Alfio Maraventano. De toute façon, maintenant, t'es plus qu'un cadavre puant.

Le jeudi suivant, Maman fêta ses vingt-six ans. Elle en avait dix de moins que Papa. La nuit précédente, Michilino avait entendu ses parents chuchoter, mais ils parlaient si bas qu'il n'avait rien compris. N'empêche qu'ils se réveillèrent tout contents et que Maman ne fit que chantonner dans la salle de bains. À dix heures, pépé Aitano arriva dans sa Lancia Asturia pour les emmener à la campagne, où mémé Maddalena avait préparé une grande fête. Une quarantaine de personnes les attendait : ses grands-parents paternels, ses oncles, ses cousins, toute la famille était là. L'agneau rôti, garni de pomme de terre, le plat de résistance habituel dans ces occasions, était accompagné, cette fois-ci, de deux soles par personne ; elles étaient si grosses qu'elles débordaient presque de l'assiette. Quand la *cassata* arriva, Papa se leva et dit qu'il devait leur annoncer une grande nouvelle. Michilino le regarda d'un air interloqué. Personne, ni son père ni sa mère, ne lui avait parlé de quoi que ce soit. Michilino se sentit un peu délaissé, et en fut vexé.

« Chers parents, je dois vous annoncer une nouvelle, qui va sûrement vous réjouir. Cette nuit, ma femme, Ernestina, m'a fait une révélation que j'attendais depuis cinq ans. »

Tous braquèrent leurs yeux sur Maman, qui devint encore plus rouge que lorsqu'elle était avec le père Burruano, et qui se couvrit le visage d'une main.

« Attends, Ernestina. »

On entendit fuser des applaudissements et des rires. Quelqu'un fit mine de se lever pour aller embrasser Maman, mais Papa l'arrêta.

« S'il vous plaît, les baisers et les embrassades après. Pour être tout à fait sûre, Ernestina s'est fait ausculter par la sage-femme, qui a confirmé la nouvelle. Ma femme est enceinte. C'est sûr. Et, puisque cet enfant a été conçu durant la prise de Makalé… »

Maman rougit de plus belle, un parent hurla :

« Vive l'Abyssinie italienne ! »

Un autre renchérit :

« Vive le *Duce* !

– Vive ! s'exclamèrent-ils tous en chœur.

– Que ce soit un garçon ou une fille, Ernestina et moi avons décidé que son deuxième prénom sera Makalé. »

Pendant que mémé Maddalena arrivait avec une bouteille de mousseux, Michilino se leva de table et se dirigea vers l'arrière de la maison. Il était vraiment vexé qu'on ait pu le traiter ainsi. Ses parents auraient dû lui annoncer la nouvelle en premier mais, surtout, ils auraient dû commencer par lui demander s'il avait envie d'avoir un frère ou une sœur.

Maintenant que c'était fait, il ne lui restait plus qu'à l'accepter, à quoi bon discuter ou s'expliquer ? Qui plus est, il éprouvait une sorte de tristesse à l'idée que, quand l'enfant naîtrait, sa vie changerait forcément.

« Michilino ! » lança à voix basse quelqu'un à ses côtés.

Qui est-ce qui l'appelait ? Quelle barbe ! Et lui qui avait envie d'être seul. Mais son agacement fut de courte durée. Il reconnut la voix de sa cousine qu'il n'avait pas vue depuis un bail. Marietta était adossée à un arbre, elle avait quelques brins d'oseille dans la main.

Comme elle était devenue belle ! Elle était plus grande, plus mince et, à présent, elle laissait ses cheveux flotter sur ses épaules. Dès qu'il arriva près d'elle, la jeune fille l'embrassa très fort.

« Pourquoi t'es pas avec les autres ? lui demanda Michilino

– Et toi ?

– Parce que j'ai le cafard.

– Moi aussi. »

Ils s'assirent par terre et s'embrassèrent de nouveau.

« T'es triste parce que ta mère est enceinte ? demanda sa cousine.

– Oui. Je veux rester fils unique. S'il y avait pas eu la prise de Makalé, si ça se trouve, je restais fils unique.

– La prise de Makalé m'a détruite, moi aussi », fit Marietta.

Elle fondit en larmes. Michilino la serra dans ses bras encore plus fort.

« Pourquoi ? Qu'est-ce qu'ils t'ont fait les Abyssins ?

– Michili', je vais te confier un secret. Les Abyssins m'ont tué mon amoureux dans la prise de Makalé. »

Michilino s'écarta d'elle et lui lança un regard admiratif.

« Tu veux dire que tu étais fiancée avec la chemise noire Balduzzo Cucurullo ?

– Oui. Mais personne ne le savait. »

Elle commença à sangloter, désespérée. Michilino s'inquiéta, il ne l'avait jamais vue comme ça. Il l'embrassa à nouveau, la couvrant de petits bisous sur les cheveux.

« Tu veux bien me raconter comment vous vous êtes fiancés ? »

Marietta, incapable d'aligner un mot, opina du chef. Michilino l'embrassa en la serrant contre sa poitrine. Comme elle sentait bon ! Dès qu'elle se ressaisit, sa cousine commença :

« Tu dois savoir que… »

Au même instant, ils aperçurent oncle Gesurardo qui arrivait avec son fils Birtino, un grand dadais de quinze ans, niais et antipathique. Ils devaient aller aux toilettes.

« Je te raconterai ça une autre fois, fit Marietta en se levant. C'est pas le moment. »

La fête dura toute la journée. Pépé Aitano les raccompagna à neuf heures du soir. Fatigués et le ventre lourd, ses parents prirent un peu de bicarbonate pour digérer et décidèrent d'écouter la radio une demi-heure avant d'aller au lit.

« Je vais aller me pieuter, lança Michilino.

– T'es fatigué ? demanda Maman.

– Non.

– T'as l'air fâché, fit Papa.

– Mais non.

– Mais oui, t'es fâché, reprit Maman. Et je crois même savoir pourquoi.

– Ah oui ? Et pourquoi ?

– T'es vexé parce que nous ne t'avons pas dit, à toi d'abord et à toi tout seul, que j'attendais un enfant, que j'étais enceinte. C'est pas ça ?

– Oui, c'est ça. »

Ses parents se regardèrent. Cette fois, c'est Papa qui parla.

« C'est moi qui ai dit à ta mère de ne pas t'en parler tout de suite. Je voulais voir comment tu réagirais si tu l'apprenais en même temps que les autres. Et toi, tu es tombé dans le panneau, tu t'es vexé. Je voulais te faire comprendre, en voyant le bonheur de la famille à l'annonce de cette nouvelle, à quel point, aujourd'hui, avec le fascisme, une naissance est importante. T'as pas vu comme ils étaient tous contents ? Avoir un fils, de nos jours, ce n'est plus une affaire privée, ça concerne tout le monde, la patrie, Mussolini, le roi, parce qu'avant même d'être ton frère, cet enfant sera d'abord un Balilla d'Italie.

– Et si c'est une fille ?

– J'espère que ce sera un garçon comme toi. Si c'est une fille, tant pis ! ça veut dire que ce sera une petite Italienne. »

Il fallut beaucoup de temps à Michilino pour trouver le sommeil. Il pensait et repensait aux paroles de son père, puis il se rappela que Gorgerino lui avait dit qu'à Sparte, les enfants appartenaient à tout le monde. Alors, il s'apaisa.

Cette nuit-là, ce ne fut pas une bataille que se livrèrent ses parents, mais une vraie guerre, au point qu'à un moment donné Maman commença à se plaindre :

« Non, non, pas comme ça, tu me fais mal ! Oh, Vierge Marie, comme tu me fais mal ! »

Au début du mois de décembre, la maîtresse Pancucci dit à Michilino qu'elle souhaitait rencontrer sa mère et qu'elle les attendrait chez elle, le lendemain, tous les deux, une demi-heure avant le cours.

Quand Michilino en informa sa mère, elle s'inquiéta.

« Pourquoi est-ce qu'elle veut me parler ?

– Je sais pas. Elle m'a rien dit.

– Tu lui as répondu ?

– Moi, je fais pas de choses malhonnêtes.

– Écoute-moi bien, Michili', si la maîtresse n'est pas contente de toi, le cinéma, tu peux t'asseoir dessus. Compris ? »

Depuis l'histoire du comptable, Michilino était retourné au cinéma pour voir un film de Laurel et Hardy. Le comptable l'avait vu entrer dans la salle, mais il n'avait pas bougé de son fauteuil. Sur sa main droite, à la place du bandage, il avait un sparadrap.

Le lendemain, la maîtresse Pancucci expliqua clairement à Maman pourquoi elle avait souhaité la rencontrer.

« Chère Mme Sterlini, pardon de vous avoir dérangée, mais je sens que je dois vous parler d'un problème qui me pose un véritable cas de conscience. »

Maman s'affola.

« Sainte Vierge ! Qu'est-ce qui se passe ? »

Michilino aussi s'inquiéta. Et s'ils avaient découvert le mousqueton planqué dans le cagibi, avec la pointe de la baïonnette effilée ?

« Voilà, fit la maîtresse, Michilino est doué, sérieux, discipliné, intelligent. Il comprend les choses avant les autres.

– Alors, pourquoi est-ce que vous avez un cas de conscience ?

– Vous vous souvenez que, quand vous m'avez demandé de donner des leçons particulières à votre fils, je vous ai dit que Michilino aurait un camarade, Toto' Prestipino.

– Bien sûr que je m'en souviens.

– Le problème, c'est que Prestipino est très lent, la plupart des fois, il faut lui expliquer et lui répéter sans cesse les mêmes choses pour qu'il les comprenne.

– Et quel rapport avec mon fils ?

– J'y viens. En fait, à cause de Prestipino, votre fils est en retard sur le programme. Alors que Michilino pourrait aller très vite, il est obligé d'avancer au ralenti.

– Et alors ?

– Il n'y a que deux solutions. Soit vous amenez Michilino chez une autre maîtresse, soit vous m'autorisez à lui donner des cours particuliers.

– Et pourquoi est-ce que vous voulez ma permission ?

– Parce que les cours privés coûtent plus cher.

– Ah ! » fit Maman.

Michilino se sentit perdu. S'il changeait de maîtresse, où est-ce qu'il allait pouvoir planquer son mousqueton ?

« Moi, je préfère la maîtresse Pancucci », dit-il.

Maman sourit, la maîtresse aussi.

« D'accord », fit-elle.

Le mercredi suivant, l'abbé Miccichè leur expliqua qu'au lieu de leur parler des devoirs et des obligations d'un soldat du Christ et du *Duce*, ce jour-là, il voulait qu'ils se confessent tous avec lui.

« Comme ça, je vous connaîtrai mieux, je pourrai mieux juger de votre vocation. »

Il entra dans l'église et s'installa dans le confessionnal.

« Par ordre alphabétique », ordonna-t-il.

En attendant son tour, Michilino s'agenouilla devant le crucifix. Cette fois, il n'avait rien à lui raconter pour le faire sourire ou pour soulager un peu cette immense souffrance que Jésus portait toujours marquée sur son visage. Il ne lui restait plus qu'à prier. Ce qu'il fit, en se jetant dans la prière comme dans un puits rempli d'eau trouble. Tout à coup, un petit camarade lui posa la main sur l'épaule : « À toi ! »

« Tu connais les dix commandements ? fit l'aumonier.

– Bien sûr.

– Allez, soldat, droit au but. Tu en as transgressé combien ?

– Même pas un seul. »

Derrière la grille du confessionnal, l'abbé Micciché émit un petit ricanement, semblable au ricanement de cette hyène abyssine qui, leur avait-il expliqué un jour, avait réussi à tendre un terrible traquenard aux chemises noires, qui montaient la garde, la nuit.

« Tu en es sûr ?

– Certain.

– Voyons un peu. Est-ce que tu as porté de faux témoignages ?

– Jamais.

– Est-ce que tu as commis des actes impurs avec quelqu'un ou bien tout seul ?

– Non, M'sieur.

– Fais attention, Balilla, parce qu'un mensonge, un bobard, en confession, c'est un péché mortel. Les actes impurs, ce sont des actions malhonnêtes. Tu ne te touches jamais la nuit, quand tu es dans ton lit ou bien dans les toilettes ?

– Non.

– Tu as volé ? Tu sais, s'approprier le bien d'autrui, ne ce serait-ce qu'un centime, c'est un péché.

– Je n'ai jamais rien volé.

– Bon, ça va ! À ton âge, je ne vais tout de même pas te demander si tu as désiré la femme d'un autre ou si tu as tué quelqu'un. Récite-moi d'abord l'acte de contrition et puis…

– Pour ce qui est de tuer, j'ai tué. Mais c'était pas un péché… »

L'abbé Miccichè poussa son petit ricanement d'hyène.

« Ah bon ! Et tu aurais tué qui ?

– Un communiste.

– Et tu l'as tué comment ?

– Avec un coup de baïonnette.

– Et pourquoi est-ce que ce ne serait pas un péché ?

– Parce que tuer un communiste, c'est pas un péché.

– Bravo, bravo ! fit l'abbé Micchichè. Il me semble reconnaître ta voix. Tu es Michelino Sterlino, n'est-ce pas ?

– Oui, mon père.

– Très bien. *Ego te absolvo*, etc. Récite-moi l'acte de contrition, cinq *Je vous salue Marie* et cinq *Notre Père.* »

Michilino s'agenouilla devant le crucifix pour faire pénitence. Il se sentait soulagé, car l'idée que tuer un communiste puisse être un péché mortel lui avait tout de même traversé l'esprit, un jour. Mais si l'abbé Miccichè lui avait dit : « Bravo ! », ça voulait dire que tuer un communiste n'était même pas un péché véniel.

Quand Maman avait fêté son anniversaire, Papa lui avait offert un collier de perles et un coffret de disques de La Voix de son maître, où étaient enregistrés quelques discours du *Duce*. Le lendemain du jour où il s'était confessé, alors que sa mère était sortie pour faire des courses, Michilino alluma la radio, monta sur un tabouret et mit un disque de Mussolini. Puis il descendit du siège et leva le son au maximum. La voix puissante du *Duce* qui sortait du haut-parleur l'étourdit, lui perça les oreilles, lui entra dans le cerveau et lui donna des frissons dans le dos. Il ne comprenait pas les paroles, le son était trop fort, mais c'était comme si, au milieu d'une tempête et des grondements du tonnerre, il était emporté par un vent furieux qui le soulevait de terre et le projetait très haut dans le ciel. Poussé par le tonnerre et par le vent, il commença à aller d'une pièce à l'autre, abasourdi, comme ivre, titubant, les jambes flageolantes, se cognant la tête contre les portes et les murs, tombant, se relevant. Son petit oiseau était devenu si dur et si gros, et depuis si longtemps, qu'il dut déboutonner son pantalon et le sortir à l'air libre, tant il lui faisait mal, comprimé ainsi dans sa culotte. Lorsque le disque s'arrêta, il se retrouva assis par terre, trempé de sueur, le souffle court, comme après une grande course. Il dut aller dans la salle de bains et mettre son petit oiseau sous l'eau froide ; s'il voulait le glisser à nouveau dans son pantalon, il fallait absolument qu'il redevienne petit et mou.

Heureusement qu'ils habitaient dans une maison, autrement les voisins se seraient sûrement plaints en entendant ce raffut.

N'empêche que cette petite expérience lui avait bien plu. À la première occasion, il la répéterait.

Ce soir-là, lorsque Michilino rentra de son cours, il trouva sa mère toute pimpante et joyeuse.

« Papa a reçu un télégramme. Il a dû partir pour Palerme, à cause de son travail. Il rentrera demain. Ce soir, on reçoit à dîner le père Burruano. »

Le prêtre arriva avec un bouquet de fleurs et un plateau de dix *cannoli*. Maman avait préparé un potage et des filets d'espadon grillés. Au milieu de la table, il y avait une assiette avec des tranches de saucisson et de mortadelle, des petites olives noires séchées et du fromage piquant. Pendant le repas, le père Burruano et Maman s'enfilèrent presque deux bouteilles de vin. À la fin du repas, ils étaient tous les deux éméchés.

« Bois une goutte de vin, dit le père Burruano à Michilino.

– Mais qu'est-ce qui vous passe par la tête ? protesta Maman, il est trop petit, il n'a jamais bu. Ça risque de lui faire mal.

– Voyons, depuis quand deux doigts de vin ont fait du mal à quelqu'un ? » fit le père Burruano en riant.

Et il remplit le verre de Michilino. Maman ouvrit la bouche pour protester, mais le père Burruano l'arrêta d'un clin d'œil.

« Comme ça, cette nuit il dormira comme une souche, sans se réveiller », dit-il.

Maman ne broncha pas.

« Mange un *cannolo* en même temps, ça descendra mieux », lui conseilla le père Burruano.

Michilino commença à boire, alternant une bouchée de *cannolo* et une gorgée de vin. Le prêtre alluma une cigarette pour Maman, puis s'en prit une lui aussi.

« C'est quoi cette histoire, il paraît que tu as tué un communiste ? » dit-il brusquement. Maman le regarda comme s'il parlait chinois.

« Michilino, tuer un communiste ? fit-elle éberluée.

– Qui vous a raconté ça ? demanda Michilino, sentant la colère monter en lui.

– L'abbé Miccichè. C'est toi qui le lui as dit en confession.

– Et l'abbé Miccichè répète ce qu'on lui dit en confession ? explosa Maman, heureusement que je ne me suis jamais confessée à lui !

– Mais, justement, il n'a pas pris la chose très au sérieux, il a pensé que c'était une invention d'enfant, ce qui, bien sûr, est le cas. C'est pour ça qu'il m'en a parlé. N'empêche que ce ne sont pas des choses à dire, mon petit Michilino ! Et surtout, je t'en prie, quand ce genre de bizarrerie te passe par la tête, ne t'amuse pas à aller les raconter à tout le monde. D'accord ?

– D'accord. »

Si ça leur faisait plaisir de croire qu'il avait inventé cette histoire, pourquoi pas ? De toute façon, Jésus, lui, savait bien que c'était la vérité.

Une demi-heure après s'être enfilé son verre de vin, Michilino commença à avoir les paupières lourdes.

« Je tombe de sommeil.

– Va te coucher », fit Maman.

Michilino se leva, se fit donner un baiser sur le front par sa mère, puis s'approcha du père Burruano, qui lui tendit la main. Le petiot la lui baisa en esquissant une génuflexion.

« Sois béni, mon enfant. »

Le prêtre, cependant, avait commis une erreur. Il avait dit que si Michilino buvait un peu de vin, il dormirait toute la nuit, mais le mouflet se réveilla vers trois heures du matin, il avait envie de faire pipi. Tout étourdi, il alla dans les toilettes. Ce ne fut qu'en rentrant dans sa chambre qu'il s'aperçut que sa mère ne s'était pas encore couchée, les draps n'étaient même pas défaits. Il traversa le couloir à pas feutrés : le chapeau du prêtre était encore suspendu au portemanteau. Il alluma la lumière de la salle à manger : personne. Sur la table, en revanche, il y avait encore les assiettes sales et les bouteilles vides. Puis il s'aperçut que, sous la porte du salon, filtrait un rai de lumière, le père Burruano et Maman étaient sûrement dans cette pièce. Immobile derrière la porte, le petiot les entendit qui parlaient à voix basse puis, de temps à autre, le bruit d'un baiser. Maman était certainement en train de se confesser et baisait la main du prêtre, en pénitence de ses péchés. Il préféra ne pas les déranger et retourna se coucher.

La veille de sa confirmation, au cours de sa dernière rencontre avec l'abbé Micciché, l'aumonier leur parla d'un péché que Michilino ne connaissait pas du tout et qui ne se trouvait même pas dans les dix commandements.

« Que signifie le mot omission ? L'omission, c'est quand quelqu'un ne dit pas quelque chose qu'il a l'obligation de dire. Est-ce que c'est clair ? Ce n'est pas comme un mensonge, un bobard, où l'on dit une chose pour une autre ou bien on invente des histoires. Une omission, c'est quand on ne dit pas une chose que l'on aurait dû dire. C'est un gros péché pour un soldat du Christ et du *Duce*, car un soldat a le devoir de dire toujours les choses comme elles sont, sans avoir peur de plaire ou de déplaire à quiconque. Et pourquoi est-ce qu'il a le devoir de dire toujours les choses comme elles sont ? Parce que l'omission est un manque de loyauté envers ses camarades et, en définitive, envers Jésus et le *Duce*. »

Michilino ne l'écoutait plus. Sainte Vierge ! Il n'avait pas confessé à l'abbé Micciché le péché d'omission qu'il avait commis le jour où il était sorti sans dire à sa mère que la maîtresse Pancucci ne ferait pas cours ! Sans compter la fois où il avait commis un sacrilège en prenant la communion sans s'être totalement libéré l'âme qui, avant d'arriver jusqu'à Jésus, doit être plus blanche qu'un drap fraîchement lavé !

Après s'être fait peur, Michilino commença à se sentir irrité. Mais comment l'abbé Micciché pouvait-il parler de loyauté, alors qu'il avait été déloyal en racontant au père Burruano ce qu'il lui avait dit en confession ? Un chef, un commandant tel que l'abbé Micciché aurait dû être le premier à donner l'exemple de la loyauté. Or c'était loin d'être le cas, vu combien il aimait parler et parler dans le vide ! Oui, Monsieur, dans le vide ! Car, quand quelqu'un dit une chose et puis en fait une autre, ça veut dire qu'il parle dans le vide ! Michilino ne put se retenir, il leva le bras. L'abbé Micciché et ses camarades le regardèrent d'un air embarrassé.

« Je n'aime pas être interrompu. Que veux-tu ?

– Je veux me mettre en contact.

– Avec moi ? Attends que je termine.

– Non, je veux me mettre en contact avec votre supérieur. »

L'abbé Micciché poussa son petit ricanement d'hyène.

« Mais mes supérieurs ne sont pas là.

– Si, l'un d'eux est ici.

– L'évêque est à Montelusa, voyons !

– Non, votre supérieur est ici.

– Et c'est qui ?

– Jésus. »

L'abbé Miccichè le regarda, complètement ahuri.

« Tu veux te mettre en contact avec Jésus ? Et tu vas faire comment ?

– Je vais prier. »

L'abbé Miccichè eut l'air déconcerté.

« Tu as raison. Vas-y, vas-y. »

Michilino entra dans l'église et s'agenouilla devant le crucifix. Il lui raconta l'histoire de l'omission. Est-ce que c'est un péché quand on fait une chose en ne sachant pas que c'est un péché ? L'espace d'un instant, Jésus baissa ses yeux vers lui et Michilino, en tremblant, entendit résonner une voix dans son cerveau.

« Non. »

La veille de sa confirmation, le soir, il y eut une confession générale. Quand ce fut son tour, au lieu d'aller vers le confessionnal où l'attendait l'abbé Miccichè, Michilino resta assis.

« À toi, lui dit un petit camarade.

– Moi, je me confesse pas avec lui. »

Le gamin qui l'avait appelé alla rapporter l'affaire à l'abbé Miccichè, lequel se leva, sortit du confessionnal et s'approcha de Michilino. Tous ses petits camarades avaient les yeux braqués sur eux.

« Debout, quand tu parles avec un supérieur ! »

Michilino se leva de mauvais gré, lentement.

« C'est vrai que tu ne veux pas te confesser ?

– Je veux me confesser, mais pas avec vous.

– Et pourquoi, pas avec moi ?

– Vous le savez très bien. »

L'abbé Miccichè parut d'abord surpris, puis se changea en hyène, en une hyène qui riait.

« Pour cette histoire sans queue ni tête du communiste que tu aurais tué ?

– Oui, mon père.

– Comme tu voudras ! »

En retournant vers le confessionnal, l'abbé Miccichè dit à un Balilla :

« Va dans la sacristie appeler le père Burruano. »

Le prêtre arriva peu après.

« Michilino, qu'est-ce qui se passe ? Pourquoi est-ce que tu ne veux pas te confesser avec l'aumonier ?

– Vous savez très bien pourquoi. C'est vous-même qui m'avez raconté que l'abbé Micchichè vous avait dit… »

Le père Burruano l'interrompit, il s'était brusquement rappelé de l'affaire.

« Très bien, laissons tomber l'aumonier, et confesse-toi avec moi.

– Non, je ne veux pas non plus me confesser avec vous.

– Écoute, petit, tu sais, moi je ne vais pas raconter à droite et à gauche ce qu'on me dit en confession, fit le prêtre éberlué.

– Je sais, mais vous venez si souvent chez nous, que c'est comme si vous étiez de la famille, maintenant. »

Le père Burruano s'empressa de l'interrompre à nouveau.

« Si je t'appelle père Jacolino, ça te va ?

– Le père Jacolino, ça me va. »

Pendant qu'il attendait le père Jacolino, Michilino pesa le pour et le contre. Non, cette histoire de confirmation le laissait perplexe. Il voulait devenir un soldat du Christ et du *Duce* de tout son cœur, de toute son âme, mais quand on vous donnait un commandant comme l'abbé Miccichè, que faire ? Comment s'en sortir ? C'est à cet instant qu'il se souvint de l'histoire de la colonne de Maletti qu'il avait entendue à la radio et que son père lui avait racontée. Le capitaine Maletti avait formé en Abyssinie une troupe de soldats abyssins qui n'obéissaient pas aux ordres du Négus parce que c'étaient des Abyssins fascistes. Comme ils n'acceptaient d'obéir qu'au capitaine Maletti qui, à son tour, n'acceptait de recevoir des ordres de personne, on les appelait des « irréguliers ». Ils agissaient par surprise, s'infiltraient chez l'ennemi, derrière l'ennemi, et ils l'assaillaient quand il s'y attendait le moins. Ils surgissaient de toutes parts, personne ne savait où ils se trouvaient et ce qu'ils auraient fait. Voilà, une fois qu'il aurait reçu sa confirmation, il deviendrait soldat du Christ et du *Duce*, mais un soldat irrégulier, qui n'en faisait qu'à sa tête.

Le discours que fit l'évêque de Vaccaluzzo, venu exprès de Motelusa pour confirmer les enfants de Vigata, impressionna beaucoup Michilino, tout d'abord à cause de la voix du bonhomme, qui était presque identique à celle de Mussolini, et puis en raison de ce qu'il dit. Au point que, quand dans la nef retentit la phrase : « Gardez votre pureté ! Gardez-la de toute tentation ! Elle est comme le roc sur lequel doit solidement s'appuyer votre foi de soldat de Jésus », Michilino ne put se retenir et fondit en larmes.

Six

Quelques jours après la confirmation de Michilino, son père rentra à l'heure du déjeuner d'une humeur si sombre et si taciturne qu'il ne salua ni sa femme ni son fils. Maman écarquilla les calots.

« Qu'est-ce que t'as ?

– Rien. Qu'est-ce que tu veux que j'aie ?

– Me raconte pas d'histoires. Qu'est-ce qui s'est passé ?

– Rien ! Dans quelle putain de langue faut que je te le dise ? En arabe, en chinois ?

– Ne parle pas comme ça devant le petit !

– Je parle comme je veux. Si quelqu'un n'est pas content, la porte est grande ouverte. »

Dès qu'ils commencèrent à manger les pâtes, Papa repoussa son assiette, d'un air dégoûté.

« Ces pâtes sont dures comme du béton, on peut même pas les avaler ! »

Il fit de même avec le plat principal, des truites frites.

« Ce poisson pue. »

Maman se leva brusquement et alla s'enfermer dans les toilettes.

Peu après, Papa se leva à son tour et alla frapper à la porte des W.-C.

« Ouvre, Ernesti'.

– Non !

– Ouvre, Ernesti', je dois pisser.

– T'as qu'à pisser dans ton froc ! »

Sans faire ni une ni deux, Papa alla dans la cuisine et pissa dans la marmite dans laquelle Maman avait cuit les pâtes. Puis il mit son chapeau, son imperméable et dit avant de sortir :

« Je rentrerai pas dîner ce soir, je dois partir à Palerme vers sept heures. Je serai de retour demain, après minuit. Tu feras la commission à ta mère. »

Il était tellement enragé qu'il ne l'embrassa même pas. Dès qu'elle entendit la porte claquer, Maman sortit de la salle de bains. Elle avait les yeux rougis par les larmes.

« Regarde, M'man, Papa a pissé dans la marmite », la prévint aussitôt Michilino en se pinçant les lèvres pour ne pas rire.

Maman, furieuse, se mit à hurler :

« Quel porc ! Quel goujat ! Porc, goujat, fumier, enfoiré ! Il vient se frotter chez lui les cornes que lui font les autres. Ah ! mais, avec moi, ça se passera pas comme ça ! Pour commencer, moi, je cuisine plus dans cette marmite. Tiens, Michili', balance-moi ça dans les toilettes, je la filerai aux éboueurs quand ils passeront. Quel fumier ! Je me demande comment j'ai pu l'épouser ! »

Le lendemain matin, pendant que Michilino faisait ses devoirs, Maman alla acheter une nouvelle marmite.

Elle resta dehors un bon moment. À son retour, elle n'avait plus du tout l'air de mauvais poil, ses yeux brillaient, comme quand elle était heureuse.

« T'en as mis du temps pour rentrer, M'mam !

– Michili', pour me calmer les nerfs, je suis allée à l'église parler avec le père Burruano. Tu sais quoi ? J'ai vu qu'ils passaient un film de *Tarzan*, au cinéma. Tu veux y aller après ton cours ?

– Oui. »

Pendant qu'elle préparait le repas dans la cuisine, Maman ne fit que chantonner.

Après le cours, alors qu'il descendait l'escalier, Michilino croisa Prestipino qui montait. Désormais, la maîtresse donnait des leçons particulières à Michilino de quatre heures à six heures et à Prestipino de six à huit.

« Attends, je veux te montrer quelque chose, fit Toto en fouillant dans sa poche.

– Non, pas aujourd'hui, je vais au ciné, j'ai pas le temps. Tu me montreras ça demain.

– T'as fait la connaissance du comptable ? lança Prestipino en riant au milieu de la morve qui dégoulinait sur ses lèvres.

– Oui, oui.

– Alors, t'as eu droit à une belle petite enculade ?

– Non. »

Pendant qu'il achetait son billet, Michilino aperçut justement le comptable qui arrivait. Ils entrèrent ensemble, mais l'homme alla s'asseoir loin de lui, à côté d'un gamin d'une quinzaine d'années. Le hic, c'est que pendant le *cinegiornale Luce*, ils montrèrent le *Duce* qui parlait avec des types en uniforme fasciste. Dès qu'il entendit la voix de Mussolini, Michilino se mit à bander. Heureusement, l'affaire dura à peine trois minutes. Puis, le film commença. La guenon Chita amusa beaucoup Michilino, il la préféra de loin à Tarzan et à Jane. À la fin du film, alors qu'il s'apprêtait à rentrer chez lui, il aperçut tonton Stefano, le père de Marietta, une petite valise à la main.

« Bonjour, tonton Stè. Tu veux aller voir *Tarzan* ?

– Non, je t'attendais.

– Ah bon ! Et pourquoi ?

– Parce que ce soir, tu viens dormir chez nous. Dans cette valise, il y a tes affaires.

– Et Maman ?

– Ta Maman est allée passer quelques jours chez pépé Aitano et mémé Maddalena.

– Et elle ne m'a rien dit ? fit Michilino vexé.

– Le problème, c'est que ta mère a commencé à se sentir mal juste au moment où tu venais de sortir pour aller en cours. Rien de grave, rassure-toi. Mais comme elle attend un bébé, elle a eu peur. Ton père est à Palerme, elle était toute seule, elle n'avait personne pour l'aider. Elle a envoyé quelqu'un chercher ses parents, qui l'ont amenée chez eux. C'est juste ça. Dès qu'elle ira mieux, elle reviendra.

– Mais quand Papa va rentrer cette nuit de Palerme, s'il ne trouve personne, il va s'inquiéter.

– Nous l'avons prévenu, te fais pas de souci. »

Après dîner, tout le monde eut l'air de trouver normal que Michilino aille dormir dans le même lit que

Marietta. Tandis que sa cousine se déshabillait, Michilino la lorgnait. Il ne s'était pas trompé le jour où il l'avait revue à l'anniversaire de sa mère : Marietta était vraiment plus belle, ses jambes s'étaient allongées et sa taille était toute fine. Mais surtout, son regard avait changé : ses yeux étaient devenus semblables à des puits sans fond. Ses lèvres étaient plus charnues et plus colorées, elle n'avait même pas besoin de rouge. Ses cheveux étaient ondulés comme la mer. Quand Michilino fut tout nu, Marietta resta un petit moment à le regarder, elle lui passa les mains sur les hanches.

« T'as grandi », fit-elle en soupirant.

Elle avait un petit air sérieux, triste même.

« Tu penses à Balduzzo ?

– À Balduzzo et à beaucoup d'autres choses », répondit Marietta en continuant à lui caresser les hanches.

Ils allèrent se coucher. Comme d'habitude, lorsque Michilino et Marietta se glissèrent entre les draps, leurs chemises de nuit se retroussèrent jusqu'au nombril. Michilino s'appuya de tout son corps contre le dos de sa cousine et Marietta fit un mouvement comme pour mieux faire coller la peau de Michilino à la sienne.

« On peut se parler ? demanda le mouflet.

– Non, je suis crevée, bonne nuit ! »

Michilino fouilla dans sa petite valise, mais ne trouva ni son cartable ni ses affaires d'école. La *via* Berta, où habitait la maîtresse Pancucci, était située à égale distance entre sa maison et celle de tonton Stefano.

« Maman a oublié de mettre mes affaires d'école dans ma valise.

– Nous le dirons à tonton Stefano quand il rentrera des courses, et il ira te les chercher. De toute façon, c'est lui qui a les clefs, fit tata Ciccina.

– Je peux aller avec lui chez moi ? »

Tata Ciccina parut embarrassée.

« Pour quoi faire ? T'as besoin de quelque chose ? Si c'est ça, tu le diras à tonton Stefano et il ira te chercher ce que tu veux. De toute façon, ton mousqueton et ton uniforme, tu les as ici, c'est le principal, non ? T'as besoin d'autre chose ? »

La vérité, c'est que Michilino avait le bourdon. Entre quitter sa maison petit à petit, en sachant qu'il fallait la laisser, et être obligé de déguerpir brusquement, sans avoir le temps de se préparer, il y a un monde ! Mais rien n'y fit, tonton Stefano fut du même avis que sa femme, il n'était pas nécessaire que Michilino l'accompagne.

« Est-ce que vous savez si Papa est rentré de Palerme ? demanda Michilino le soir, tandis qu'ils étaient à table.

– Bien sûr qu'il est rentré, dit tonton Stefano.

– Et pourquoi est-ce qu'il n'est pas venu me voir ? »

Tonton Stefano, tata Cicinna et Marietta échangèrent un regard qui n'échappa pas à Michilino. Y'avait un truc qui ne collait pas dans cette histoire. Finalement, tonton Stefano lança :

« Ton père a eu beaucoup de choses à faire, aujourd'hui. Il sera très occupé demain aussi. Il viendra te voir dès que possible.

– Vous avez des nouvelles de Maman ? »

Encore un échange de regards.

« Ce matin, dit tonton Stefano, j'ai rencontré pépé Aitano. Il m'a dit qu'Ernestina, ta mère, va mieux et qu'elle t'envoie plein de bisous. Elle espère revenir bientôt parmi vous.

– Dieu le veuille ! » s'exclama tata Ciccina, les lèvres tremblantes

Michilino blêmit. Pourquoi est-ce que tata Ciccina s'était mise à pleurer ? Et si Maman était très malade et qu'on le lui cachait ?

Pendant que Marietta se déshabillait, elle lui demanda :

« Tu peux me dire pourquoi tu te promènes toujours avec ton mousqueton ?

– Parce que ça me plaît. Tu sais quoi ? J'en ai même deux.

– Non, fit sa cousine en rigolant, tu en as trois.

– Trois ? Et où est-ce qu'il est, le troisième ?

– Ici », fit Marietta en prenant son petit oiseau dans la main et en le secouant à droite et à gauche.

Ce fut au tour de Michilino de rigoler.

« Mais celui-ci, il ne tire pas de balles.

– Mais si, mais si », lança sa cousine.

Cette nuit-là non plus, Marietta ne voulut pas parler avec Michilino.

« Excuse-moi, mais j'ai très mal à la tête, dit la maîtresse Pancucci, j'ai même un peu de fièvre. Rentre chez toi, on rattrapera le cours demain. »

Par la Madone, quelle chance ! Michilino dévala l'escalier quatre à quatre, prit son mousqueton et partit au galop chez lui. La porte était fermée. Il frappa et refrappa, mais personne ne vint lui ouvrir. Tant pis ! Il devait absolument faire ce qu'il avait pensé dans la matinée. Il fonça à l'église. Le père Burruano lui dirait sûrement la vérité sur la maladie de Maman. Il entra dans la sacristie : personne. Devant le confessionnal, deux vieilles commères attendaient leur tour, une troisième était en train de se confesser. Il s'approcha de l'une d'elles :

« Excusez-moi, qui est-ce qui confesse ?

– Le père Jacolino.

– Le père Burruano n'est pas là ?

– Non, ils l'ont emmené à l'hôpital.

– À l'hôpital ? Et quand ça ?

– Avant-hier soir.

– Et pourquoi ? Qu'est-ce qu'il a comme maladie ?

– Non, c'est pas une maladie. Il est tombé en marchant dans la rue et il s'est cassé la tête, le bras droit et quelques côtes.

– Ils l'ont bien amoché, commenta l'autre. Fallait que ça arrive, un jour ou l'autre.

– Qu'est-ce que vous voulez dire ? fit la première ulcérée. Expliquez-vous, soyez claire !

– Très bien, ma chère, je vais vous mettre les points sur les *i*. Le père Burruano a pris une dégelée parce qu'il a pissé à côté de son pot de chambre. »

La première parut mordue par une tarentule.

« Le père Burruano est un saint homme ! Tout ça, c'est des calomnies inventées par des gens infâmes qui lui veulent du mal. »

Michilino s'éloigna tout penaud, il n'avait rien compris au discours des deux femmes.

Le soir, après que Marietta l'eut déshabillé, il se coucha et se tourna vers le mur. À la place de son ventre, il avait l'impression d'avoir un grand trou vide et, sur sa poitrine, il ressentait un poids, comme une pierre, qui l'empêchait de respirer. Il se retrouva les yeux remplis de larmes puis, le poids sur sa poitrine se transforma en de violents et douloureux sanglots. Marietta bondit sur le lit, le prit par l'épaule et l'obligea à se tourner vers elle.

« Pourquoi tu pleures, hein ? Qu'est ce qui t'arrive ? »

Elle était en petite culotte et venait d'enlever son soutien-gorge, elle n'avait pas eu le temps d'enfiler sa chemise de nuit.

« Dis-moi, Michili', qu'est-ce qu'il y a ? »

Comment est-ce qu'il pouvait lui expliquer que, tout à coup, il avait la certitude qu'il s'était passé quelque chose de grave dans sa famille et que, désormais, rien ne serait plus comme avant ?

« Je veux plus rester ici ! Je veux ma Maman ! Je veux mon Papa. Demain, je me sauve et je retourne chez moi.

– Allons, allons, mon petit Michili', c'est rien, mon petit cœur. »

Michilino pleura de plus en plus fort. Sa cousine l'embrassa, l'allongea sur son corps et étouffa ses sanglots en lui pressant la tête contre ses seins.

Peu à peu, Michilino se calma.

À trois heures et demie, pendant qu'il se préparait pour aller à son cours, on frappa à la porte. Marietta alla ouvrir, c'était Giugiu'. En voyant son père, Michilino fut si ému qu'au lieu de courir l'embrasser, il voulut s'enfuir dans la chambre de Marietta. Mais son père le rattrapa, l'empoigna, le serra très fort contre lui et l'embrassa. « C'est quoi cette histoire, tu as peur de moi, maintenant ? »

Michilino ne broncha pas, tout honteux.

« Je t'ai acheté un cadeau à Palerme, j'ai pas pu te l'apporter plus tôt, j'ai eu un tas de choses à faire. »

Son père lui offrit *le Livre Cœur*[1]. Il en avait entendu parler si souvent qu'il avait vraiment envie de le lire ! En le voyant embrasser tata Ciccina et Marietta, il comprit aussitôt que la gaieté qu'ils affichaient était feinte et qu'ils lui cachaient quelque chose. Ce fut alors qu'il s'aperçut que son père avait la main droite bandée.

« Papa, qu'est-ce que tu t'es fait à la main ?

– Rien, une connerie. Je me suis fait mal en tombant. C'est pas grave ! »

Tiens, Papa était tombé, comme le père Burruano.

« Je vais pas en cours aujourd'hui ! lança Michilino.

– Il n'en est pas question ! De toute façon, demain ou après-demain, tu rentres à la maison. J'en parle à Stefano et à Ciccina et c'est réglé », fit Papa.

Michilino bondit de joie.

« Vraiment ? Et maman aussi ? »

Personne ne pipa, tous se tournèrent vers Papa.

« Michili', Maman ne se sent pas encore très bien, elle préfère rester à la campagne avec pépé Aitano et mémé Maddalena. Dès qu'elle ira mieux, elle reviendra à la maison. Et nous, on sera là, à l'attendre. »

En allant chez la maîtresse Pancucci, Michilino repensa à toute l'affaire. Ça ne collait pas. Maman devait

1. Chef-d'œuvre de la littérature enfantine italienne, écrit par Edmondo de Amicis et publié en 1886.

être très malade, sinon, pourquoi est-ce qu'ils ne prenaient pas la Lancia Asturia de pépé Aitano pour lui rendre visite à l'hôpital, ne serait-ce qu'une demi-heure ? S'il était vrai que, le lendemain, il retournerait habiter avec son père, il finirait bien par lui tirer les vers du nez.

Le soir, à table, tandis que Michilino faisait de son mieux pour ne pas laisser paraître qu'il n'avait pas faim, tonton Stefano lança :

« Michili', ton père, tata Ciccina et moi, nous avons pris une décision. Puisque Ernestina, ta mère, a besoin d'encore un peu de temps pour se remettre d'aplomb, tu vas rentrer chez toi, mais Marietta viendra habiter avec vous jusqu'à ce que les choses s'arrangent. Comme ça, elle pourra t'aider. Elle est d'accord, elle est même très contente de pouvoir rester avec toi. Qu'est-ce que t'en dis ?

– Moi aussi, je suis content. »

Pendant que Marietta se déshabillait, Michilino remarqua que sa cousine faisait la tête, elle avait l'air nerveuse et grave.

« Tu peux quand même mettre ta chemise de nuit tout seul ! » fit-elle en la lui lançant sur le lit.

Michilino essaya, mais il se trompa de manche, Marietta la lui enleva brusquement et la lui remit comme il faut. Dès qu'ils furent au lit, Michilino l'embrassa dans le dos.

« Qu'est-ce que t'as ? »

Marietta l'éloigna en poussant ses fesses en arrière. Michilino l'embrassa de nouveau mais plus fort, cette fois sa cousine ne se fâcha pas.

« Alors tu m'expliques ce que t'as ? T'es pas contente d'habiter chez nous ?

– Bien sûr que si. Mais oncle Giugi' n'aurait pas dû dire à mon père qu'il me paierait pour le dérangement. Moi, je voulais venir gratis. Alors que mon paternel, qui a toujours besoin de thunes, a accepté et ils se sont même mis d'accord sur le prix.

– Et pourquoi est-ce que ça t'ennuie ?

– Parce que, comme ça, j'ai l'impression d'être une bonniche, une servante.

– N'importe quoi ! t'es toujours ma cousine, de toute façon ! »

À cet instant, il pensa que, si son père et tonton Stefano s'étaient mis d'accord au sujet de Marietta, ça voulait sûrement dire que sa mère ne reviendrait pas avant plusieurs mois.

Quand Michilino rentra chez lui, il s'aperçut qu'il y avait eu des changements. Dans la salle à manger, le buffet n'avait plus de vitre, elle s'était sûrement brisée et ils n'avaient pas eu le temps de la remplacer. La radio était à sa place, mais il manquait tous les disques avec les chansons qui plaisaient à maman, des discours de Mussolini, il ne restait plus que trois disques et, sur les trois, un était cassé. Dans le salon, le canapé et les deux fauteuils avaient été remplacés par des meubles de couleur vert foncé, flambant neuf. Dans la chambre à coucher, en revanche, rien à signaler.

« Comme ton père rentre tard, à cause de son travail, et qu'il a peur de te réveiller, il préfère que nous dormions ensemble dans l'ancienne chambre de la bonne. »

Elle fit une pause, prit un air sérieux, puis dit :

« Tu vois que j'avais raison ? Ton père me prend pour une bonniche.

– Puisque je dors avec toi, alors, moi aussi je suis un larbin. »

Marietta éclata de rire, retrouva sa bonne humeur et s'en alla dans la cuisine pour préparer le repas.

« Toi, en attendant, mets le couvert. Pour nous deux seulement, ton père ne rentre pas déjeuner, il ne revient que ce soir. »

À ces mots, Michilino se sentit à la fois content et déçu. Content de pouvoir manger tout seul avec sa cousine mais déçu, car si Papa était rentré, il aurait peut-être réussi à lui faire dire quelque chose sur Maman.

Tandis qu'ils étaient en train de manger le plat principal, Michilino lança :

« Quand je suis là, comme ça, avec toi, j'ai l'impression qu'on est comme mari et femme. »

Il s'attendait à ce que sa cousine éclate de rire, mais Marietta repoussa son assiette, posa ses bras sur la table, y appuya son front et commença à pleurer.

« T'es fâchée ? Qu'est-ce que j'ai dit ? » demanda, inquiet, Michilino en se levant pour aller caresser les cheveux de sa cousine.

« Qu'est-ce que t'as, Mariè ?

– Je pensais à Balduzzo et à moi, fit Marietta en sanglotant. Je me disais que, si on avait pu se marier, je lui aurais mitonné des petits plats, comme je le fais pour toi, et puis on se serait couchés ensemble, serrés l'un contre l'autre... Quel salopard, ce Mussolini ! Il m'a tué mon fiancé ! »

La première impulsion de Michilino fut de prendre une assiette et de la lui briser sur le crâne, mais il se dit que c'était sûrement le chagrin qui la faisait divaguer ainsi, alors il continua à la caresser, tout en la persuadant de terminer son repas. Marietta retrouva très vite sa bonne humeur, au point qu'elle finit par dire :

« Tu sais faire marcher la radio ?

– Bien sûr.

– Alors, vas-y. J'aimerais tellement avoir un poste, moi aussi, mais mon paternel dit qu'il n'a pas de sous pour en acheter un. »

Michilino l'alluma et ils se mirent à écouter des chansons.

Le soir, son père rentra pour dîner. Il semblait si fatigué et nerveux que Michilino n'osa rien lui demander. Il ne termina même pas son assiette.

« C'était pas bon ? demanda Marietta.

– Si, si, c'était bon. Excuse-moi, Mariè, mais j'ai tellement de soucis, tellement de problèmes, que je ne sais même pas par où commencer. »

Sans dire un mot, Marietta posa sa main droite sur la main gauche de Papa et la laissa ainsi un petit moment. Il la regarda dans les yeux.

« Merci. »

Puis il dit qu'il devait sortir de nouveau, qu'il rentrerait tard et qu'ils pouvaient aller se coucher sans l'attendre. Il embrassa Michilino et partit. Marietta se fit allumer la radio. Michilino prit le livre que lui avait donné Papa. Quand on lui offrait un nouveau livre, il procédait à une sorte de rituel : il commençait par le feuilleter, lisait quelques lignes au hasard, sautait des pages et revenait au début. C'est comme ça que ses yeux tombèrent sur les premières lignes d'un conte qui s'appelait *Des Apennins aux Andes* : « Il y a de cela de nombreuses années, un petit garçon génois de treize ans, fils d'ouvrier, partit tout seul de Gênes jusqu'en Amérique, pour aller chercher sa maman. » Il continua à lire, fasciné, l'histoire de ce gamin qui s'appelait Marco. Il lisait à toute vitesse, de peur que Mariette ne lui dise que c'était l'heure d'aller dormir. Heureusement, sa cousine, postée derrière la radio, tournait sans cesse la manivelle et était capable d'écouter pendant une demi-heure un gars qui parlait dans une langue inconnue, d'un pays au nom incompréhensible.

« Qu'est-ce qu'il baragouine, ce type ? » se demandait-elle, tout en continuant à l'écouter.

Mais lorsque Michilino arriva au moment où le capitaine d'un bateau à vapeur offrait au père de Marco un billet gratuit pour son fils, Marietta éteignit le poste.

« Il est tard. Va faire ta toilette.

– Je peux rester ici pour lire encore un peu ?

– Non.

– Je peux amener mon livre au lit ?

– Pour continuer à lire ?

– Ben oui.

– Non, pas question, c'est mauvais pour les yeux. »

Michilino obéit et ferma son livre.

Ils se couchèrent en prenant la position qui, désormais leur était habituelle, Michilino blotti contre le dos nu de sa cousine. Cette fois, il eut envie de faire quelque chose que sa mère, parfois, lui permettait. Il leva la main droite et la posa sur les seins de sa cousine. La jeune fille lui donna une claque.

« Enlève-moi cette paluche de là ! »

Michilino retira sa main.

« Pourquoi ? Ma maman…

– Je ne suis pas ta mère. Ces choses-là ce font entre mari et femme, ou bien entre une mère et son fils, mais seulement quand il est petit comme toi.

– Et entre deux fiancés, elles se font ? »

Marietta ne répondit pas.

« Dis, Mariè ? Elles se font entre un fiancé et une fiancée ?

– Qu'est-ce que t'es chiant ! Tu peux pas me ficher un peu la paix ?

– Réponds-moi d'abord, et après je te ficherai la paix.

– Bon. Alors disons que, parfois, entre un fiancé et une fiancée, elles se font, mais qu'on ne devrait pas les faire.

– Pourquoi ?

– Parce que c'est un péché.

– Mortel ? »

Cette fois non plus, Marietta ne répondit pas.

« Hé, Mariè ! Tu te décides ? Tu les as faites, toi, avec Balduzzo ? Si tu les as faites, si tu t'es fait toucher les seins, tu dois bien savoir si c'est un péché mortel ou pas.

– Quand deux fiancés font ça et autre chose, parce qu'ils s'aiment vraiment, et qu'ils veulent vraiment se marier, c'est quand même un péché, mais véniel, pas mortel. Ça va ? t'es content ? »

Michilino se serra encore plus contre Marietta et se

mit à lui baiser le dos, que recouvrait sa chemise de nuit.

« Moi, je t'aime vraiment, dit-il d'une voix étouffée.

– Moi aussi, fit sa cousine.

– Alors pourquoi on se fiance pas ? Comme ça, quand je serai grand je t'épouserai. »

Michilino ne comprit pas si Marietta était en train de pleurer ou de rire, mais elle poussa son corps contre celui de Michilino, si bien qu'il se retrouva le dos collé au mur.

Puis sa cousine lui prit la main et la posa sur ses seins qu'elle avait sortis de sa chemise de nuit.

« D'accord, dit-elle, fiançons-nous, mais il faudra le dire à personne ».

La pointe de ses seins devint si dure que Michilino eut l'impression qu'elle était aussi effilée que sa baïonnette.

L'enfant répondit par un cri de désespoir : « Ma mère est morte ! »

Le médecin parut sur le seuil de la porte et dit : « Ta mère est vivante. »

L'enfant le regarda, puis se jeta à ses pieds en sanglotant : « Merci, docteur ! »

Mais le médecin l'aida à se relever et dit : « Lève-toi ! C'est toi, mon petit héros, qui as sauvé ta mère. »

C'est sur ces mots que s'achevait le récit du *Livre Cœur,* et Michilino arrosa cette dernière page de ses larmes. Heureusement que Marietta était sortie pour faire les courses ! Autrement, il aurait eu honte de pleurer comme ça devant elle. Il se leva, alla dans la chambre à coucher, ouvrit le tiroir de la commode, prit deux culottes, deux paires de chaussettes, un pull-over, deux mouchoirs et les fourra dans une taie d'oreiller, qu'il porterait sur l'épaule, comme un sac. Il y ajouta une demi-miche de pain et un peu de fromage. Il mit son manteau et son béret. Le mousqueton d'ordonnance, il le laissa à la maison, il ne lui servirait à rien, quant à celui avec la baïonnette pointue, il n'avait pas le temps d'aller le chercher chez la maîtresse Pancucci. Le canif qu'il avait échangé avec Toto' et qu'il avait toujours dans sa poche lui suffirait amplement. Avant de sortir, il regarda le réveil dans la salle à manger, il était dix heures du matin. Il calcula qu'en marchant d'un bon pas, et en faisant une pause d'une heure pour manger et se reposer un peu, il arriverait à la campagne, chez pépé Aitano, vers sept heures du soir. Sainte Vierge, comme Maman serait contente quand elle le verrait surgir ainsi devant elle ! Et, si elle était malade, il se chargerait de la faire guérir, par sa présence et par ses prières à Jésus, qui consentirait certainement à satisfaire la requête d'un des meilleurs soldats des environs. Le chemin, il le connaissait bien, il l'avait fait tant de fois avec la Lancia Asturia de pépé, il ne risquait pas de se perdre. L'essentiel était qu'en traversant le village, il ne croise pas quelqu'un qui lui poserait des questions, pour aller ensuite tout rapporter à son père. Il mit plus d'une demi-heure pour sortir du village, mais par chance, il ne rencontra personne de sa connaissance. Quand il s'achemina vers Montelusa, il commença à s'inquiéter : il n'avait pas pris de parapluie, si jamais il pleuvait, il devrait s'abriter quelque part en attendant que ça passe.

C'est sûr qu'alors, il perdrait du temps et, dans l'obscurité, il était incapable de s'orienter. Il ne lui restait plus qu'à marcher d'un bon pas. Désormais, rien ne pourrait l'arrêter, il n'est ni homme ni pluie qui l'empêcherait de retrouver Maman.

« Hé, toi ! Où vas-tu ? »

Il fut surpris par une voix. Comme il marchait la tête basse, il n'avait pas vu les deux mouflets d'une douzaine d'années, assis sur une grosse pierre, à côté de la route. Ils portaient des vêtements troués et crasseux et allaient nu-pieds. L'un avait une écharpe en laine autour du cou, l'autre un vieux bonnet noir et large qui lui couvrait les oreilles.

Michilino aurait préféré ne pas leur répondre et poursuivre son chemin, mais ils l'auraient probablement suivi, il était clair qu'ils cherchaient la bagarre. Courir était sans doute inutile, ils le rattraperaient sûrement. Il s'arrêta, les toisa et comprit qu'il n'avait pas peur du tout, bien au contraire.

« Qu'est-ce que ça peut faire ? Mêlez-vous de vos affaires.

– On veut pas s'occuper de nos affaires. »

Celui avec l'écharpe se mit à rire, l'autre l'imita.

« T'as combien dans ta poche ? » fit le gamin à l'écharpe dès qu'il cessa de rigoler.

Michilino blêmit, non pas de peur, mais parce qu'à cet instant, il se souvint qu'il n'avait pas pris d'argent, alors qu'il en aurait eu peut-être besoin en route.

« Même pas un centime.

– Je te crois pas, fais voir. »

Michilino posa la taie d'oreiller par terre, fourra une main dans la poche de son manteau, prit son canif et le planqua derrière son dos où, peu après, il replia également son bras gauche.

« Ah non ! fit le gamin à l'écharpe, tu nous prends pour des cons ! Qu'est-ce que t'as sorti de ta poche ? »

Il se leva et s'approcha lentement, un petit sourire menaçant et narquois au coin des lèvres, sûr que Michilino, mort de trouille, ne bougerait pas. Dès qu'il fut dans son angle de tir, le bras de Michilino bondit comme un serpent vénéneux. Il avait visé la bouche, ce sourire et, en effet, la lame du canif se ficha entre les lèvres et les dents du gamin, puis, guidée par la main de Michilino, elle se déplaça vers la droite. En un clin d'œil, le gamin se retrouva la bouche déchirée par une balafre en travers du visage. Il ne dut pas comprendre ce qui lui arrivait, parce qu'il recula de deux pas, ahuri. Puis il s'aperçut que sa chemise était trempée de sang. Incrédule, il porta la main vers sa bouche lacérée.

« Par la Madone ! » cria-t-il en tombant sur les fesses tout en cherchant à étancher le sang qui giclait de sa blessure. « Tu m'as massacré ! » fit-il, et il se mit à brailler. Il avait parlé d'une voix pâteuse, comme celle de quelqu'un qui vient de se réveiller. L'autre, celui qui portait le bonnet, descendit de la pierre et s'enfuit sans demander son reste. Il courait comme un lièvre qu'un furet a fait sortir de son gîte. Michilino se pencha sur le mouflet à terre et, profitant de ce que le gamin regardait sa main maculée par le sang qui coulait de sa lèvre écharpée, d'un geste calme et précis, il lui flanqua un coup de canif sur l'autre joue. Le gamin tomba sur le dos et commença à lancer des coups de pied en l'air, comme un cycliste en pleine crise de folie. Il gémissait et braillait :

« Ne me tue pas, ne me tue pas !

– Si tu déguerpis tout de suite, je te tue pas. Je vais compter jusqu'à trois. Un… »

Il n'était pas encore arrivé au chiffre deux que le gamin, d'abord à quatre pattes puis debout, s'enfuit en hurlant comme un forcené. Le problème avec le canif et la baïonnette, c'est qu'une fois utilisés, ils sont sales et qu'il faut les nettoyer tout de suite, sinon le sang durcit, forme une croûte et abîme la lame. Michilino aperçut une touffe d'herbe, sur le bord de la route, en arracha une poignée et s'en servit pour nettoyer la lame et sa main souillée de sang.

Quand il reprit son chemin, avec la taie d'oreiller sur l'épaule, il commençait à pleuvoir. Il pleuviotait, quelques gouttes discontinues, semblables à des bulles d'air, n'empêche que, si l'on marchait longtemps sous ce genre de pluie, on se retrouvait trempé comme après une averse. Mais Michilino ne sentait pas la pluie : il était fier, orgueilleux de ce qu'il venait de faire au mouflet, à ce petit voleur qui voulait lui piquer ses sous. Que disait clairement le huitième commandement ? Tu ne voleras point. Le gamin devait lui être reconnaissant, il lui avait évité de commettre un péché mortel. Jésus avait sûrement été à ses côtés, en guidant sa main avec fermeté et précision. Après avoir marché une dizaine de minutes sous la pluie, Michilino entendit derrière son dos le bruit d'une petite charrette qui s'approchait. Il se retourna.

« Eihhhh ! » fit l'homme en tirant sur les rênes.

Le charretier lui parlait sous une toile cirée qui l'abritait de la pluie.

« Tu vas loin ?

– À Cannateddru.

– T'as encore un sacré bout de chemin à faire ! Je peux t'emmener jusqu'à Spinasanta, c'est mieux que rien. »

Michilino monta sur la charrette, l'homme l'abrita sous la toile cirée, assez grande pour accueillir au moins quatre personnes. Le charretier, un quadragénaire moustachu, avait la tête du type jovial de nature et porté sur la bouteille. De fait, il se mit presque aussitôt à chanter. Il chantait faux, mais plus il chantait faux plus il rigolait.

Penche-toi au balcon, ma belle, et pisse-moi dans un œil
Quand je vois ta chagatte…

Michilino aussi eut envie de rire. Il n'avait jamais entendu une chanson où un type demandait à une fille de lui pisser dans l'œil.

« C'est quoi une chagatte ? demanda-t-il.

– Tu sais pas ce que c'est ? La chagatte, c'est la foufoune.

– Et c'est quoi, la foufoune ?

– Sainte Vierge ! mais tu es aussi innocent que le petit Jésus ! La foufoune, c'est ce que les femmes ont entre les cuisses, une sorte de gros cédrat tout chaud.

– Je sais. »

Le charretier le regarda d'un air embarrassé.

« Tu en as vu ? On t'en a montré, à ton âge ?

– J'y ai même enfoncé ma main. Ça se fait pas, mais on me l'avait pas dit.
– Et qui est-ce qui t'a permis d'y enfoncer la main ?
– Une veuve.
– Quelle salope ! s'émerveilla le charretier. Débaucher un môme, faut le faire ! »

La veuve qui est sous les draps
Se console toute seule avec sa main…

Lorsqu'ils arrivèrent à Spinasanta, le ciel commençait à s'éclaircir. Le charretier prit la route de Montelusa, Michilino marcha vers Cannateddru. Il calcula que, pour arriver chez son grand-père, il lui faudrait encore deux heures. Il avait froid et il était mort de faim. Mais s'il s'arrêtait pour manger, il perdrait trop de temps. Il sortit le pain et le fromage de la taie d'oreiller et, avec le canif, se fit une sorte de sandwich, comme ça, il pourrait manger et marcher en même temps. Sauf qu'en portant le pain à sa bouche, il s'aperçut qu'il était tâché de sang, il avait dû mal nettoyer son canif. Il s'arrêta, étendit la taie par terre, y posa son sandwich, prit son canif, l'ouvrit et le frotta avec une grande feuille arrachée d'un arbre. Puis, quand il fut certain de l'avoir bien nettoyé, il remit le canif dans sa poche et, la taie sur l'épaule, commença à manger.

Il marchait depuis une petite demi-heure lorsqu'il aperçut une voiture qui venait vers lui. Il la reconnut aussitôt, c'était la Lancia Asturia de pépé Aitano. Dès que son grand-père le reconnut, il freina brusquement, ahuri. Il sortit la tête de la vitre baissée.

« Michilino ! »

Le mouflet courut vers lui et monta dans la voiture, après que son grand-père lui eut ouvert la portière.

« Où est-ce que tu vas, Michilino ?

– Chez vous, je veux voir Maman.

– Est-ce que ton père le sait ?

– Non, je me suis sauvé ce matin.

– Bon Dieu, à cette heure, Papa est sûrement en train de se faire un sang d'encre ! Il faut absolument le prévenir ! Alors, écoute, on va retourner au village et…

– Non, dit fermement Michilino, je veux d'abord voir Maman.

– Mais Maman n'est plus avec nous !

– Et où est-ce qu'elle est ?

– Elle… elle est allée se reposer à Palerme.

– J'y crois pas.

– Très bien, alors voilà ce que je te propose. Je t'emmène chez nous, tu vois qu'Ernestina n'est pas là, je vais même te montrer une carte postale qui est arrivée pas plus tard qu'hier, puis je te raccompagne chez Papa, comme ça on le rassure. »

Il fit demi-tour en reprenant la route en sens inverse. Il fonçait comme un bolide ; Michilino, qui adorait la vitesse, garda la vitre baissée, pour que l'air lui fouette le visage. Dès que son grand-père freina dans la cour de la maison, Michilino sortit de la voiture et se précipita vers la porte :

« Maman ! Maman ! C'est moi, Michilino ! »

Maman ne répondit pas. En revanche, on entendit la voix de mémé Maddalena dans la cuisine et un bruit de casseroles qui tombaient par terre.

« Michilino ! »

Mémé sortit de la cuisine et pendant que pépé entrait, Michilino monta à toute allure l'escalier qui menait à l'étage où se trouvaient les chambres.

« Maman ! Maman ! »

Ses grands-parents se regardèrent, peinés, puis pépé écarta les bras en signe d'impuissance.

Sur le palier de l'escalier, le petiot dit d'une voix si faible que ses grands-parents l'entendirent à peine :

« Maman est morte ?

– Non ! Qu'est-ce que tu racontes, mon petit ! » fit mémé.

Les jambes flageolantes, Michilino, qui commençait à ressentir la fatigue du trajet, s'assit sur la dernière marche et commença à pleurer.

Pépé, qui était sorti de la pièce, revint avec une carte postale dans la main et l'agita sous les yeux de Michilino.

« Regarde ! Cette carte postale est arrivée hier. Descends, viens la lire. »

Michilino essaya de se lever, mais n'y parvint pas. Pépé se baissa à sa hauteur. Mémé Maddalena s'était assise sur une chaise, le visage entre les mains.

Michilino lut la carte : « Je vais mieux. Baisers. Ernestina. Si vous voyez Michilino, donnez-lui un gros bisou de ma part. »

La carte postale venait de Palerme. Pépé Aitano lui avait dit la vérité.

« Et quand est-ce qu'elle revient ?

– Dès qu'elle se sentira mieux », fit pépé, qui ajouta :

« Maddalè, je vais au village pour dire à Giugiu' que son fils est chez nous. En attendant, occupe-toi du petit, son manteau est tout trempé. »

Mémé Maddalena persuada Michilino de la suivre dans la cuisine, elle lui enleva son manteau mouillé, le fit s'asseoir devant le four bien chaud et lui réchauffa un plat de soupe. Après manger, Michilino demanda :

« Mémé, dis-moi la vérité : c'est grave ce qu'elle a, Maman ?

– Non, je te le jure devant le Christ. Tu veux savoir quel est le problème ? Le médecin a eu peur qu'à cause de... sa maladie, ta mère perde son bébé. C'est pour ça qu'elle est allée à Palerme, dans un hôpital où ils pourront s'occuper d'elle. Dès qu'ils verront qu'il n'y a plus de danger, ils la feront sortir. Mais dis-toi bien qu'il faudra du temps. »

Brusquement, il se sentit épuisé, comme s'il avait reçu un coup derrière la nuque.

Michilino s'endormit, la tête sur la table de la cuisine. Sa grand-mère aurait voulu le mettre au lit, mais elle n'avait pas suffisamment de force dans les bras pour le soulever.

« Michilino, réveille-toi ! »

Le mouflet eut l'impression qu'il venait à peine de s'assoupir, alors qu'il avait dormi une bonne heure. C'est pépé Aitano qui l'avait réveillé.

« Dis au revoir à mémé, je te ramène chez toi. »

Michilino, qui se sentait sonné, ne demanda pas tout de suite à pépé pourquoi il était si pressé, c'est lui-même qui lui expliqua, pendant qu'ils roulaient en voiture.

« J'ai trouvé Marietta désespérée, elle ne savait plus quoi faire. Elle était allée chercher Giugiu' au bureau et au *fascio*, mais ils lui avaient dit que ton père avait dû partir pour Castello Nisetta et qu'il ne reviendrait qu'en soirée.

– Et alors, pépé ?

– Et alors j'ai pensé que, si on se dépêchait, quand Giugiu' rentrera, il te trouvera à la maison et on n'aura pas besoin de lui dire que tu t'es sauvé. S'il l'apprenait, il se ferait sûrement du souci, mieux vaut qu'il ne sache rien.

– Oui, mais moi, je raconte pas de mensonges.

– Bon, ça veut dire que c'est moi qui en dirai un, fit pépé Aitano agacé, il suffit que tu n'ouvres pas la bouche et que tu ne me fasses pas perdre la face. Marietta est d'accord.

– Mais après, tu confesseras ton péché, hein ?

– Mais quel péché, Michili' ? Bon, c'est entendu, de toute façon, je me confesserai.

– C'est que je voudrais pas que tu commettes un péché à cause de moi.

– Hou, quel casse-couilles ! Je t'ai déjà dit que je me confesserai.

– Et tu devras aussi confesser que tu viens de dire un gros mot. »

La voiture fit une embardée, pépé Aitano grommela une phrase que le petiot ne comprit pas.

Quand ils arrivèrent, Marietta le serra dans ses bras, et se mit à le couvrir de baiser.

« Sainte Vierge, qu'est-ce que tu m'as fait peur ! J'ai cru que j'allais devenir folle !

– Mariè, fit pépé Aitano, arrange-toi un peu, va te laver la figure. T'as les yeux rouges comme des poivrons. Si Giugiu' te voit comme ça, il comprend tout de suite qu'il s'est passé quelque chose.

– Ah ! fit Marietta, mais tonton Giugiu' ne rentre pas ce soir, il reste coucher à Castello Nisetta. Il y a dix minutes, y a un type du *fascio* qui est venu me prévenir.

– Tant mieux, fit pépé Aitano. Bon, je retourne chez moi. Michili', surtout ne recommence plus ce genre de prouesse. »

Tandis qu'il l'embrassait, son grand-père lui demanda à voix basse, l'air sérieux :

« Michili', est-ce qu'il faut aussi que je confesse que j'ai eu l'intention de dire un mensonge à ton père ?

– Oui ! l'intention doit se confesser.

– Merde alors ! Et moi qui croyais pouvoir y échapper ! »

Il donna un baiser à Marietta, mit son manteau et, tandis qu'il était sur le seuil de la porte, il se retourna et dit :

« Michili', rends-moi un service, dès que Papa rentre, demande-lui s'il peut me procurer l'essence dont je lui ai parlé. Elle s'appelle Shell Dynamin, ce sont des bidons de dix litres avec un coquillage peint dessus.

– Je peux pas te rendre ce service, pépé.

– Et pourquoi ?

– Comment je fais pour dire à Papa qu'on s'est vu, tous les deux ?

– Tu lui diras que je suis venu ici parce que j'avais envie de te voir.

– Ce serait un mensonge. »

Pépé Aitano commença à hurler comme si, tout à coup, il était pris d'un accès de folie :

« Mais, ma parole t'es complètement obsédé par ces bondieuseries ! Tu veux devenir curé ou quoi ? Putain ! J'ai dit putain, ça va ? Et je dis même merde ! Bordel de merde, on peut même plus ouvrir la bouche devant toi ! Qu'est-ce que tu veux devenir ? cardinal ? pape ? saint ? Mariè, l'histoire de l'essence, dis-la-lui, toi, à Giugiu' ! »

Il partit en claquant la porte, furieux.

« Mariè, si tu racontes un mensonge à Papa, après faudra pas oublier de te confesser.

– D'accord, d'accord ! De toute façon, si tu savais combien de choses faudrait que je confesse ! » lança Marietta d'un ton brusque.

Elle ouvrit le buffet, prit une bouteille de vin et en remplit un verre.

Michilino s'aperçut que la bouteille était à moitié vide. Marietta surprit son regard.

« C'est moi qui l'ai débouchée, quand j'ai compris que tu t'étais sauvé. Je l'ai bue pour ne pas m'écrouler, j'ai eu tellement peur que j'avais les jambes en coton, j'ai failli m'étaler de tout mon long ! Qu'est-ce que j'ai eu peur, je préfère plus y penser ! »

Elle avala son verre d'un trait. Alors Michilino comprit que sa cousine était complètement pompette et que si elle avait réussi à se tenir comme il faut devant son grand-père, maintenant elle commençait à délirer.

« Ne bois plus, Mariè !

– Je boirai autant que je veux ! »

Elle se remplit un autre verre et se l'enfila d'un trait.

« Je vais préparer le dîner », fit-elle en se dirigeant

vers la cuisine. Mais pour marcher droit elle avait besoin de se tenir au mur.

Michilino prit son cahier et son livre d'école pour faire ses devoirs. Marietta revint de la cuisine.

« Finalement, je vais rien préparer du tout, dit-elle d'un ton irrité. Je commence à avoir sommeil et j'ai pas faim. Tu m'as fait trop peur, Michili' ! »

Elle se remplit un dernier verre et l'avala d'un trait.

« Si tu continues comme ça, tu vas être saoule.

– Je m'en balance complètement ! »

Voilà que, maintenant, elle commençait à dire des gros mots. Michilino décida qu'il valait mieux faire comme si de rien n'était et la laisser parler.

« J'ai chaud », fit Marietta.

Elle se leva en titubant, baissa sa jupe, ôta son chemiser, déplaça les bretelles de sa combinaison et la laissa glisser par terre. Puis, d'un coup de pied qui faillit la faire tomber à la renverse, elle lança sa jupe, son chemisier et sa combinaison dans un coin de la pièce. Elle s'assit à nouveau, croisa les jambes, retira ses chaussures et, d'un mouvement du pied, en fit voler une en l'air. Elle fit la même chose avec l'autre chaussure. Elle se releva et, d'un seul geste, enleva la jarretière et le bas de la jambe gauche, puis la jarretière et le bas de la jambe droite.

« Ouf ! Je me sens mieux ! De toute façon, j'ai pas honte avec toi, on est fiancés, non ? »

Elle éclata de rire. Dans la bouteille, il restait à peu près encore un verre. Elle la vida. Qu'est-ce qu'elle était belle en culotte et en soutien-gorge, avec ses cheveux lâchés et ses yeux qui brillaient, comme s'il y avait une petite ampoule allumée dedans !

« Est-ce que tes grands-parents t'ont dit que ta mère est à Palerme ?

– Oui, ils m'ont même montré une carte postale. Elle est à l'hôpital parce que sa maladie… »

Tout à coup, le rire de Marietta devint si strident qu'on aurait dit le bruit d'une perceuse.

« Maladie ! Quelle maladie !

– Pourquoi ? Elle est pas malade ? demanda Michilino en écarquillant les yeux.

– Ta mère souffre de la même maladie que le père Burruano. »

Mais qu'est-ce qu'elle racontait ? Elle devait vraiment être saoule, sa cousine.

« Le père Burruano n'est pas malade, il s'est fait mal en tombant par terre.

– Ta maman et le père Burruano sont tombés ensemble. »

Michili' n'y comprenait plus rien, mais il se dit que s'il voulait en savoir plus sur la maladie de Maman, c'était l'occasion ou jamais, autant profiter du fait que Marietta avait un coup dans le nez.

« Et comment ça se fait qu'ils sont tombés ensemble ?

– Parce qu'ils étaient ensemble et que ton père les a fait tomber à force de beignes, de marrons et de coups de pieds. »

Non, impossible, Papa n'avait pas pu battre Maman. Et puis, pour quelle raison ? Peut-être parce que Maman était en train de se confesser avec père Burruano ? Et qu'est-ce qu'il y avait de mal à ça ?

« Écoute, Mariè…

– Non, ça suffit. J'en ai marre de parler. Je vais me coucher. Si t'as faim, il y a du saucisson, de la mortadelle, des olives et du pain dans le buffet. Quand t'auras sommeil tu viendras te coucher. »

Lorsqu'il eut terminé ses devoirs, Michilino sentit qu'il commençait à avoir faim. Il se coupa une tranche de pain de froment qu'il accompagna d'une dizaine de *passuluna*, des petites olives noires séchées, il les préférait aux olives vertes. Il mangea avec *le Livre cœur* ouvert à ses côtés. Tout à coup, il dressa l'oreille, il lui sembla entendre une plainte provenir de la chambre. Si ça se trouve, Marietta se sentait mal à cause du vin qu'elle avait bu. Il l'entendit gémir à nouveau.

« Mariè, ça va ? »

Marietta ne répondit pas.

« Mariè ! cria-t-il affolé.

– Michilino, viens ici », l'appela sa cousine d'une voix étrange.

Marietta était allongée sur le lit toute nue, elle avait la main droite entre ses cuisses et la main gauche sur ses seins.

« Déshabille-toi. »

Michilino obéit.

« Non, ne mets pas ta chemise de nuit. Couche-toi tout nu.

– Je dois d'abord aller aux toilettes.

– Viens, t'iras après. »

Tandis que Michilino l'enjambait pour aller à sa place, sa cousine l'empoigna au passage et l'allongea sur elle. Elle écarta un peu les jambes pour que son petit oiseau se place entre ses cuisses et puis elle les serra de nouveau.

« Reste comme ça, n'aie pas peur », dit-elle en le serrant très fort entre ses bras.

Michilino sentit le ventre de Marietta qui commençait à bouger sous le sien.

« Aahhhhh ahhh ! commença à gémir sa cousine.

– Mariè, qu'est-ce que t'as ? » demanda Michilino, effrayé.

Son ventre bougea encore plus fort, ses cuisses le serraient comme des tenailles.

JésusJésusJésusJésusJésus... », fit Marietta.

Tout à coup, Michilino comprit : sa cousine était en train de prier pour demander d'avance pardon à Jésus des mensonges que pépé Aitano voulait qu'elle dise à Papa.

Puis Marietta émit un long soupir et parut s'endormir brusquement.

Michilino resta immobile. Après un petit moment, il sentit que la jeune fille lui disait :

« Tu peux aller aux toilettes, maintenant. »

Sept

Marietta décida de passer la nuit de Noël chez ses parents, Michilino et son père, en revanche, allèrent chez pépé Filippo et mémé Agatina. Comme tous les ans, pépé Filippo consacra une pièce entière à l'installation de la crèche. C'était un vrai spectacle : il y avait des fleuves qui couraient, des cascades, des fontaines, des montagnes, des petites maisons, des ânes, des chèvres, des moutons et une infinité de santons qui s'affairaient du matin au soir. Chaque année, son grand-père plaçait dans la crèche de nouvelles figurines. Cette fois-ci, à côté de la grotte, il y avait cinq Abyssins qui faisaient les pitres. Dans le ciel étaient suspendus deux trimoteurs Caproni et, au milieu de la grande étoile brillait le visage de Benito Mussolini. Après avoir mangé du poisson au four et de la *cassata*, les voisins commencèrent à débarquer pour admirer la crèche. Pépé Filippo offrit à tous des *connoli* et un verre de marsala et se rengorgeait comme un paon devant les compliments qu'on lui décernait.

Dès qu'une dizaine de personnes furent dans la pièce, mémé Agatina, qui avait une belle voix, attaqua :

Tu scendi dalle stelle,
O Re del Cielo,
E vieni in una grotta
Al freddo e al geeeeeelo[1]...

Tout à coup, une main saisit Michilino à la gorge. Ce n'était pas une vraie main, mais elle serrait tout comme une main d'homme.

Le petiot sortit en courant de la pièce et s'enferma dans les toilettes pour donner libre cours à son chagrin. Ô mon petit Jésus ! Ô mon petit Jésus adoré ! Pendant que tu es là, dans ta grotte, entre le bœuf et l'âne, comment peux-tu imaginer à quel point les péchés des hommes te feront souffrir ? Mais si, en fait, tu le sais, puisque tu es le fils de Dieu ! Dans ta grotte, tu connais déjà ton destin, tu sens le poids de la croix que tu porteras, tu sens le fer des clous qui pénètrent et s'enfoncent dans tes chairs, tu sens les piquants des épines de la couronne, et pourtant tu veux naître, grandir, vivre et mourir comme tu es mort, pour que moi, Sterlini Michilino, je puisse être sauvé des péchés qui t'ont blessé et torturé. Ô mon petit Jésus ! Ô mon petit Jésus adoré ! Toi qui, dans ta grotte, es entouré par saint Joseph et la Vierge Marie, ta mère... Et ma Maman ? Elle était où, Maman, à cette heure ? Elle était sûrement toute seule, dans une chambre d'hôpital, et elle se déses-

1. « Tu descends des étoiles/ Ô Roi du ciel/ Pour venir dans une grotte/ En bravant le froid et le gel. » La chanson *Tu scendi dalle stelle*, composée par saint Alphonse de Liguori (1696-1787), est le plus célèbre chant de Noël italien.

pérait en pensant à son petit garçon, au loin, en train de pleurer dans des chiottes qui puaient la pisse…

« Michili', tu te décides à sortir, non ? Je peux plus me retenir !

– Une seconde. »

C'était la voix de Papa. Michilino se passa en vitesse le visage sous l'eau. Mais dès qu'il ouvrit la porte, son père s'aperçut tout de suite qu'il avait pleuré. Sans dire un mot, il le regarda longuement, puis lui caressa la tête.

Vers minuit, ils allèrent tous à l'église pour entendre la messe. Durant l'office, cependant, Michilino ne regarda pas l'autel central, il avait les yeux fixés sur le crucifix et lui parlait en silence, dans sa tête. Est-ce que Jésus avait vu quel soldat courageux il avait été, lorsque les deux mioches avaient voulu lui piquer ses sous ? Il ne s'était pas sauvé, au contraire, il les avait affrontés en les faisant fuir. Voilà, mon petit Jésus, en cette nuit solennelle, moi, Sterlini Michilino, je te promets que je me comporterai toujours ainsi contre tes ennemis.

Cette nuit-là, Michilino dormit chez ses grands-parents, dans leur chambre, puisqu'ils allaient aussi passer le jour de Noël ensemble.

Mais comment se faisait-il qu'à table, pendant qu'ils réveillonnaient, personne, ni pépé Filippo, ni mémé Agatina, ni Papa, n'ait dit le moindre mot sur Maman ? Rien, c'est comme si elle n'avait jamais existé.

Marietta revint le jour de la Saint-Sylvestre.

L'après-midi, Michilino ne savait trop quoi faire, il errait d'une pièce à l'autre, tel une âme en peine. La maîtresse Pancucci ne reprenait ses cours que le sept janvier.

« Je veux faire une œuvre de miséricorde.

– Tu veux faire l'aumône ? demanda sa cousine qui était loin d'être une grenouille de bénitier.

– Tu ne sais pas ce que c'est qu'une œuvre de miséricorde ?

– Non.

– Vêtir ceux qui sont nus, donner à boire à ceux qui ont soif, visiter les malades... Ce sont ça, les œuvres de miséricorde, mais il y en a d'autres.

– Et toi, tu veux faire quoi ?

– Je veux aller voir le père Burruano à l'hôpital. Le pauvre ! Il n'y a sûrement personne qui est allé lui rendre visite ces jours-ci. Tu sais où il est ?

– Non. Mais ce matin, pendant que je faisais les courses, j'ai entendu deux femmes qui papotaient. La première disait à l'autre que le père Burruano était sorti de l'hôpital et qu'il ne reviendrait plus au village.

– Et pourquoi ?

– Parce que Son Excellence Montichino, l'évêque de Montelusa, l'a muté à Ribera.

– Et pourquoi ?

– Ah ! Michili, toi et tes pourquoi ! J'en sais rien pourquoi, le fait est que, Dieu merci, le père Burruano on ne le verra plus par ici.

– Pourquoi... excuse-moi, Mariè, te fâche pas, mais pourquoi tu dis : "Dieu merci" ? Qu'est-ce qu'il t'a fait, le père Burruano ?

– À moi ? rien ! C'est juste que j'aime pas les curés. Il y a des femmes, par contre, qui les aiment un peu trop. Et après, elles s'étonnent d'avoir des problèmes !

– Tu parles de Maman ?

– De ta mère et d'autres.

– Et qu'est-ce qu'elle a eu comme problème ?

– Michili', si tu veux vraiment le savoir, demande-le à ton père. »

À Papa ? C'était même pas la peine d'y penser ! Durant cette période, il n'était vraiment pas à prendre avec des pincettes, il était toujours nerveux, taciturne. Il n'avait même pas envie d'épingler les petits drapeaux italiens sur les pays que les chemises noires avaient conquis en Abyssinie. Après cette fameuse dispute entre Papa, Maman et le père Burruano, peut-être que Maman lui manquait. Car à ce stade, il était clair qu'il y avait eu une dispute. Il ne lui restait plus qu'à espérer qu'ils se réconcilient bientôt. Michilino se promit de prier Jésus chaque jour, pour qu'il lui accorde la grâce de faire rentrer sa mère à la maison.

Le soir, lorsqu'ils furent au lit, Michilino demanda à sa cousine :

« Tu veux que je me mette sur toi, comme l'autre fois ?

– Non, pas ce soir. » Michilino l'embrassa dans le dos en se collant contre elle. Mais, peu après, il lui demanda à nouveau :

« On est toujours fiancés ?

– Bien sûr ! s'exclama Marietta en riant.

– Alors…

– J'ai compris ce que tu veux », fit Marietta, et elle sortit un sein de sa chemise de nuit.

Michilino y posa la main dessus et s'endormit.

Le lendemain, il se réveilla à sept heures du matin, une lumière pâle filtrait des persiennes. Il comprit qu'il s'était réveillé parce qu'il y avait quelque chose qui le gênait dans le lit. Il se détacha de sa cousine et regarda entre les draps. Il aperçut des taches sombres. Il y porta les doigts : c'étaient des taches de sang. Il regarda mieux. Le sang sortait de l'entrecuisse de Marietta. Sainte Vierge ! Elle avait dû se blesser et, maintenant, elle était en train de mourir en se vidant de son sang ! Effrayé, il la secoua par l'épaule. Marietta ne réagit pas. Michilino, trempé de sueur, enjamba brusquement le corps de sa cousine et se précipita dans la chambre de son père. Il n'était pas rentré, le lit était encore intact, il lui arrivait de passer la nuit à son club et de jouer aux cartes jusqu'au petit matin. Que faire ? À qui pouvait-il demander de l'aide ? Lorsqu'il retourna en courant dans la chambre, il s'aperçut que Marietta bougeait, elle était en train de glisser une main sous l'oreiller. Elle était vivante !

« Mariè ! » cria-t-il de toutes ses forces.

Marietta se redressa brusquement au milieu du lit, les yeux écarquillés.

« Qu'est-ce qu'il y a ? Qu'est-ce qui se passe ?

– Mariè, tu saignes ! » fit Michilino d'une petite voix tremblante.

Marietta souleva le drap et regarda entre ses cuisses.

« C'est rien, Michili', c'est rien. C'est des trucs de femmes. »

Elle se leva et alla s'enfermer dans la salle de bains. Michilino avala un grand verre d'eau fraîche dans la cuisine, mais son cœur continuait à battre la chamade.

Quelques minutes plus tard, Marietta sortit, habillée de pied en cap.

« T'as eu les jetons, hein ?

– Bien sûr !

– Faut pas avoir peur, Michili', j'ai mes Anglais. »

Quel rapport avaient les Anglais et les Français avec le sang de Marietta ? Sa cousine comprit la confusion du petit.

« Chez nous, on les appelle comme ça, mais je crois qu'on dit des menstruations. Toutes les femmes en ont. C'est une chose naturelle. Quand une femme n'en a pas, ça veut dire qu'elle attend un bébé et quand elle n'en a plus du tout, ça signifie qu'elle est trop vieille pour avoir des enfants.

– J'ai rien compris. Mais quand est-ce que ça va passer ?

– Dans quelques jours.

– Et tu fais quoi pour arrêter de saigner ?

– On peut rien faire. Ça s'arrête tout seul.

– Et comment tu fais pour pas te salir ?

– Je mets un linge.

– Sur ta chagatte ? »

Marietta éclata de rire.

« Oui, sur ma chagatte. Mais qui est-ce qui t'a appris ce mot ?

– Un charretier.

– C'est bien un mot de charretier. Tu ne dois pas le dire. »

Marietta sortit pour faire les courses.

« Quand on va au marché de bon matin, on trouve du poisson frais. »

Michilino rentra dans la chambre. Marietta avait enlevé les draps souillés et les avait jetés par terre, dans un coin de la pièce. Michilino les souleva et y plongea le nez. Ce sang était parfumé ! on aurait dit de l'origan, avec une odeur d'œillets et de fruits pourris. Pendant qu'il continuait à renifler, il sentit monter une bouffée de chaleur entre ses cuisses.

Le trente décembre, à midi, Papa annonça qu'il n'avait pas envie de passer la nuit du réveillon en famille. Marietta était libre d'emmener Michilino où bon lui semblait, quant à lui, il resterait à la maison jusqu'à minuit, puis il irait jouer aux cartes à son club. Il rentrerait au petit matin. Michilino, alors, dit que sans Papa, il n'irait nulle part, il resterait à la maison lui aussi, et il irait se coucher quand son père sortirait pour aller au club.

« Et tu vas rester dormir tout seul à la maison ? » fit Papa.

Michilino ne sut pas trop quoi répondre. Il n'y avait pas pensé mais, à présent, à cette seule idée, il en avait des sueurs froides.

« Je resterai avec Michilino », lança Marietta.

Papa eut l'air un peu embêté.

« Oui, mais tes parents aimeraient sûrement t'avoir avec eux, je fais comment pour leur dire que tu restes ici ?

– C'est moi qui le leur dirai.

– Merci », fit-il en regardant sa nièce dans les yeux.

Il posa sa main sur celle de Marietta et la laissa ainsi un petit moment. Puis, il soupira, la retira et la porta à ses yeux. Il poussa à nouveau un profond soupir, remit sa main sur la table et dit :

« Merci Mariè. Toi, tu me comprends. »

Cette fois, ce fut la main de Marietta qui se posa longuement sur celle de Papa.

Le soir du réveillon, Marietta n'eut pas besoin de cuisiner, Papa avait commandé le repas au restaurant. À neuf heures pile, on sonna à la porte. Sur le seuil parut un serveur accompagné d'un garçon, les mains chargées d'un plateau.

Douze petites oranges, six soles frites, si grosses qu'elles débordaient de l'assiette, des pommes de terre au four, de la salade, des *cannoli* et deux bouteilles de mousseux, qu'ils placèrent dans la glacière pour les garder au froid. Pendant le repas, Papa et Marietta s'enfilèrent une demi-bouteille de vin. Quand l'horloge de la mairie sonna les douze coups de minuit, ils débouchèrent les deux bouteilles de mousseux et remplirent les coupes. Ils s'embrassèrent tous les trois et burent, après avoir choqué leur verre.

« Santé ! »

Quand sa coupe fut à moitié vide, Michilino la leva de nouveau.

« À sa santé », répéta-t-il.

Son père et Marietta l'imitèrent.

« À la santé de qui ? demanda Papa en riant.

– De Maman ».

Papa cessa brusquement de rire et reposa son verre sur la table, sans rien dire. Il avait l'air contrarié. Marietta garda sa coupe levée quelques instants, puis la reposa lentement sur la table. Michilino resta debout, but son verre de mousseux et ne s'assit qu'après l'avoir vidé. Marietta mit sa main sur celle de Papa.

« Tonton Giugiu'… »

Mais, après s'être enfilé presque une bouteille entière à lui tout seul, Papa retrouva sa bonne humeur.

« Souhaitez-moi bonne chance, ce soir, au club, on joue gros ! »

Pendant que Marietta, qui n'y était pas non plus allée de main morte avec le mousseux, lui tendait tant bien que mal son manteau, Papa lança :

« Ah ! Michili', j'oubliais. Tu te souviens de Maraventano, le tailleur communiste ?

– Oui.

– Le tribunal l'a condamné à mort pour avoir tué son fils. Ils le fusillent après-demain, à l'aube. »

Il mit son chapeau, embrassa de nouveau Marietta et sortit. Pendant que sa cousine refermait la porte, Michilino en profita pour aller s'asseoir en vitesse. Ce que Papa venait de dire lui avait fait l'effet d'une décharge électrique. Des fourmillements couraient le long de son échine, c'est comme si tout son corps était parcouru par les flammes.

Son petit oiseau était raide, il était devenu aussi dur qu'un bout de bois ; il ne voulait pas que Marietta le voie dans cet état. Il essaya de penser à sa mère, mais ce fut peine perdue ! Certes, les fourmillements et la chaleur avaient cessé, mais son petit oiseau ne voulait rien savoir, il était même encore plus gros et plus dur, sa tête faisait pression sur sa culotte, on aurait dit qu'elle allait passer au travers pour sortir à l'air libre. Marietta était dans ses pensées, de temps en temps, elle riait et portait son verre à sa bouche.

Michilino comprit qu'elle ne bougerait pas avant d'avoir vidé la bouteille. Finalement, Marietta se leva en titubant et alla s'enfermer dans la salle de bains. Dès qu'il fut seul, Michilino déboutonna sa braguette, sortit sa quéquette, ouvrit la fenêtre et se précipita sur le balcon, espérant que l'air frais de la nuit l'aiderait à redevenir comme avant. Rien. Il rentra, referma la fenêtre et s'assit.

« T'as ouvert ?

– Oui, pour aérer. Papa et toi, vous vous êtes fumé une dizaine de cigarettes.

– Moi, je n'en ai fumé qu'une seule. J'aime pas ça. Qu'est-ce que tu fais ? tu viens te coucher ?

– J'arrive. »

Après s'être déshabillé dans la salle de bains, il mit son petit oiseau sous l'eau froide. Et si ça ne lui passait qu'après qu'ils auraient fusillé Maraventano ? Quelle horreur ! il allait faire comment pour tenir jusqu'au surlendemain ? Il commençait déjà à avoir mal ! Il eut quelque difficulté à renfiler sa culotte. Il essaya de gagner du temps, dans l'espoir que sa cousine s'endormirait, sous l'effet du mousseux. Alors qu'il se lavait les dents pour la troisième fois, il l'entendit qui l'appelait :

« Michilino ! T'es tombé dans les chiottes ou quoi ?

– J'arrive. »

Il laissa passer encore quelques minutes, puis il se décida à sortir de la salle de bains, de peur que sa cousine ne se doute de quelque chose.

Il s'approcha à pas feutrés de la chambre et s'aperçut

aussitôt que Marietta avait éteint la lumière. Il entra, enleva sa culotte, enfila sa chemise de nuit et se glissa dans le lit. À l'instant où il s'apprêtait à enjamber le corps de sa cousine à moitié endormie, elle leva les mains pour l'aider. Marietta voulait le saisir par les hanches, mais sa main droite manqua sa cible et se posa sur le petit oiseau tendu du mouflet. Ils restèrent ainsi un petit moment. Michilino presque à califourchon sur elle, et elle qui le palpait pour s'assurer de ce qu'elle était en train de toucher.

« Ne bouge pas », fit Marietta.

Elle se redressa à demi et alluma la lumière. Michilino n'avait pas bougé d'un poil. Marietta saisit l'ourlet de la chemise de nuit du petiot et la souleva tout doucement. Ce qu'elle découvrit lui fit écarquiller les yeux d'étonnement.

« Sainte Vierge ! » s'exclama-t-elle.

Tous pareils ! Toujours la même réaction ! Mais qu'est-ce que son petit oiseau avait de si particulier ?

« Ça me passe pas ! lança Michilino tout honteux. Je l'ai mis sous l'eau froide, mais y a rien à faire. »

Marietta continuait à le regarder en silence, le souffle saccadé et court. Finalement, elle se décida à éteindre la lumière.

« Couche-toi. »

Michilino obéit. Marietta se tourna sur le côté, le mouflet se colla aussitôt contre le dos de sa cousine puis, comme c'était la règle désormais, il allongea la main et la posa sur ses seins.

« Ça ne t'était jamais arrivé, avant ? demanda Marietta dans le noir.

– Si.
– Quand ça ?
– À chaque fois que j'entends parler Mussolini.
– Vraiment ? Pourtant, ce soir, Mussolini n'a pas parlé.
– C'est vrai, mais cette fois, c'est à cause de quelque chose que Papa m'a dit.
– Ce qui est sûr, Michili', c'est que t'es vraiment foutu bizarrement. Tu sais, ce qui t'arrive, d'habitude ça arrive quand un homme est avec une femme, comme nous deux en ce moment. Mais, toi, quand tu m'embrasses, ça ne t'arrive pas.
– Et à ton fiancé, ça lui arrivait ?
– Quand il était avec moi, toujours.
– Et quand est-ce que ça lui passait ?
– C'est moi qui le lui faisais passer.
– Et tu faisais comment ?
– Je ne peux pas te le dire. Assez parlé, essayons de dormir maintenant. »

Dormir, facile à dire ! Marietta ne trouvait pas le sommeil. Par moments, il lui semblait que le gland de Michilino, qui se tenait appuyé juste au bas de son dos, était secoué de petits soubresauts, alors que le reste, lui, reposait gentiment dans le nid formé par le creux de ses fesses. On aurait dit qu'il frappait à la porte, c'est comme s'il disait : « Ouvre, ouvre, je t'en supplie, ouvre », et chaque coup retentissait dans tout son corps comme dans une maison vide. Mais à présent, Michilino avait mal à son petit oiseau, alors, de temps à autre, il le prenait dans la main pour le déplacer ; il avait compris qu'il aurait moins mal s'il le posait sur la partie la plus charnue du corps de sa cousine qui, de son côté, l'éloignait régulièrement d'un coup de fesse, si bien qu'à la fin, il se retrouvait pire qu'avant. Après une demi-heure de va que je te pousse et que je te repousse, Michilino commença à geindre :

« Tu me fais mal ! Mariè ! Qu'est-ce que tu me fais mal ! »

En attendant, Marietta était à bout, elle n'arrivait pas à s'enlever de la tête la scène dans la grange, quand Balduzzo lui avait demandé de se mettre en levrette. Tandis qu'il l'enlaçait, Michilino avait l'impression d'embrasser une bûche qui flambait de plus en plus, tant le corps de sa cousine était brûlant.

« Mariè, fais quelque chose ! Aide-moi, Mariè, je t'en supplie !

– Va le mettre sous l'eau froide.

– Ça ne me fait rien.

– Essaye encore une fois, et garde-le un peu plus longtemps sous l'eau. »

Michilino obéit. Il laissa une dizaine de minutes le robinet ouvert. Il avait enlevé sa chemise de nuit. L'eau était si froide qu'il avait des frissons rien qu'en y mettant la main dessous. Son petit oiseau, en revanche, non seulement ne frissonnait pas, mais il semblait prendre des forces. Il était devenu violet. Rien ! Il ne lui restait plus qu'à convaincre sa cousine de lui faire la même chose qu'à ce pauvre Balduzzo, tombé dans la prise de Makalé, paix à son âme ! Il se dirigea vers la chambre, mais avant de rentrer, il entendit Marietta qui gémissait comme l'autre fois. Il avança jusqu'à la porte, allongea le cou pour regarder, sa cousine avait allumé la lumière. Elle était toute nue sur la couverture, une main entre les jambes, l'autre sur les seins.

Ses paupières étaient fermées, mais elle ne dormait pas, elle était en train de se gratter la chagatte, ça devait sûrement la démanger. Elle s'arrêta dès qu'elle l'entendit arriver.

« Ça t'est passé ?

– Non. »

Marietta tourna la tête pour regarder son cousin qui n'avait pas remis sa chemise de nuit : de grosses gouttes d'eau dégoulinaient de son petit oiseau, de son ventre et le long de ses cuisses. Elle se tourna sur le côté, toujours en fixant le minot. Michilino la regarda à son tour et fut presque effrayé, les yeux de la jeune fille étaient devenus torves et tout noirs, sa bouche grimaçait, comme si elle riait, mais en fait elle ne riait pas du tout. Elle leva lentement la main droite.

« Approche-toi. »

Michilino s'approcha jusqu'au bord du lit. Marietta éclata de rire, le petiot eut l'impression que c'était un rire méchant.

« Dans tes œuvres de miséricorde, il y en a peut-être une qui dit : branler les excités ?

– Non, fit Michilino, de toute façon je comprends pas ce que tu veux dire. »

Marietta lui prit la bite, ferma le poing et commença à faire glisser la peau du petit oiseau en avant et en arrière, en avant et en arrière. Exactement comme le professeur Gorgerino lorsqu'il faisait des choses spartiates !

Comme c'est bizarre, se dit Michilino ! Soudain, le souffle court, Marietta lança :

« Ça suffit, j'ai plus de force dans le bras. »

Les larmes qui commencèrent à couler des yeux de Michilino étaient si grosses qu'elles ressemblaient à des pois chiche.

« Mariè, ça me fait trop mal ! Je t'en supplie, aide-moi ! »

Marietta poussa un profond soupir.

« Le Seigneur m'est témoin, dit-elle.

– De quoi ?

– Que j'ai tout fait pour éviter ça.

– Quoi donc ?

– Ça suffit, avec tes questions. Monte sur moi, comme l'autre fois. »

Michilino monta d'un bond, d'abord sur le lit, puis sur le corps bouillant de sa cousine. Marietta allongea la main, saisit brusquement le petit oiseau et l'enfonça en elle, doucement, tout doucement, en faisant : « han ! han ! », chaque fois qu'il entrait d'un centimètre. Michilino sentit son petit oiseau glisser dans Marietta, qui était toute mouillée, puis il eut l'impression que la chose, la chagatte, quoi ! l'aspirait, telle une bouche qui l'engloutissait.

« Sainte Vierge ! » s'exclama Marietta à mi-voix, quand le petit oiseau du petiot entra entièrement en elle.

Puis elle resta immobile comme un cadavre.

« Et maintenant, je fais quoi ? demanda Michilino.

– Hein ? » fit Marietta, comme si elle revenait d'un endroit lointain, où l'avaient conduite ses pensées. Elle souriait, pareille à une chatte repue.

« Je fais quoi, maintenant ?

– Écoute-moi bien. Maintenant tu vas reculer un peu, mais attention à ne pas faire sortir la tête du petit oiseau, puis tu l'enfonces de toutes tes forces. Tu vas en avant et en arrière six ou sept fois. Tu peux être sûr qu'après ça te passera.

– Un.

– Han !

– Deux

– Han, han !

– Trois.

– Han, han, han !

– Quatre.

– Han, han, han, han !

– Cinq

– Han, han, han, han, han !

– Six.

– Han, han, han, han, han, han !

– Sept hhhhhhaaaannnnn ! »

On aurait dit que Marietta était devenue folle. Elle saisit Michilino par les cheveux, les lui tira avec ses deux mains et commença à frapper la tête contre l'oreiller, à droite et à gauche, tandis qu'elle s'appuyait uniquement sur la nuque et sur les talons. Puis elle se détendit.

« Huit, fit Michilino.

– Han !

– Neuf.

– Han, Han !

– Dix.

– Han, Han, Han !

– Onze, douze, treize, quatorze, quinze, seize, dix-sept, dix-huit, dix-neuf, vingt, vingt et un, vingt-deux, vingt-trois, vingt-quatre, vingt-cinq, vingt-six…

– Ah, mon Dieu ! Ah, mon Dieu ! Ah, mon Dieeeeeuuuu !

– Ne prononce pas le nom de Dieu en vain.

– Pourquoi tu t'arrêtes ? Pardon, je ne le prononcerai plus, pardon, ne t'arrête pas, continue, continue…

– … vingt-huit, vingt-neuf…

– … et cent

– Grrrr… Han… je suis morte… encore… Ah, je suis morte !

– … cent vingt, cent vingt et un.

– Oui, comme ça, comme ça, comme ça…

– Cent soixante-deux, cent soixante-trois.

– Ah, mon doux amour ! Ah, chair de ma chair ! Ah, mon cœur ! Allez, encore, encore, mon amour… »

Brusquement, ils se retrouvèrent en travers du lit ; comme la nuque de Marietta était suspendue dans le vide, ses cheveux traînaient par terre.

Soudain, ils s'aperçurent qu'ils étaient placés en sens inverse, la tête au pied du lit et les pieds à la tête du lit.

Tout à coup, Marietta tomba par terre, entraînant avec elle Michilino qui la tenait toujours enlacée.

C'est alors qu'ils roulèrent sur le sol jusque dans la salle à manger.

Finalement, quand elle fut dans le couloir, Marietta ne dit plus rien, elle poussait juste une sorte de plainte, la bouche fermée, ainsi que le font parfois les colombes. Subitement, la tête de Marietta heurta la porte de la salle de bains ; ce fut comme si la violence du choc l'avait réveillée, elle cessa de gémir et dit : « Ça suffit. J'en peux plus. »

La bite de Michilino n'était pas pour autant revenue à la normale, n'empêche qu'à l'intérieur de Marietta, elle ne lui faisait plus mal. Aussi, sans sortir d'elle, il dit :

« Et si on se reposait une petite demi-heure, en restant comme ça ? »

Marietta ne répondit pas, elle dormait, morte de fatigue et de sommeil.

Quand Marietta le réveilla, le jour commençait à se lever.

« Allez, debout, tonton Giugiu' risque de rentrer d'un moment à l'autre. »

Michilino, tout content, s'aperçut qu'il ne bandait plus.

Marietta se releva péniblement. Elle marchait les jambes écartées.

« J'ai mal, je suis toute gonflée. »

Ils se recouchèrent et sombrèrent dans le sommeil.

Ils furent réveillés par la voix du Papa.

« Mais qu'est-ce qui s'est passé cette nuit ? »

Ils se levèrent. Papa était dans la salle à manger, en train de mesurer l'étendue du désastre : le sol était jonché d'assiettes, de verres, de bouteilles et de couverts.

« Excuse-moi, tonton Giugiu', dit Marietta, mais cette nuit, quand je suis allée aux toilettes, j'ai eu des vertiges, je me suis agrippée à la nappe et… »

Elle s'arrêta parce que Papa ne cessait de la regarder. C'est que Marietta, en chemise de nuit, était vraiment belle à voir ! Toute gênée, la jeune fille se couvrit les seins d'une main. Papa lui fit un petit sourire, auquel elle répondit par un autre sourire, puis il s'approcha d'elle, lui posa deux doigts sous le menton et lui fit soulever la tête.

« Tu te sens pas bien ? »

Marietta avait deux cernes noirs sous les yeux.

« Non, c'est pas ça, c'est juste que j'ai pas fermé l'œil de la nuit, c'est peut-être parce qu'hier soir j'ai trop mangé et trop bu…

– Moi non plus, je ne dors pas bien », intervint Michilino.

Ni son père ni Marietta ne lui prêtèrent attention.

« C'est juste ça ? » fit Papa.

Marietta devint écarlate.

« Et pour quelle autre raison, selon toi ?

– Bah ! fit-il d'un air coquin, tu te fais peut-être du mouron…

– À cause de quoi ?

– D'un petit amoureux !

– Moi, j'ai pas d'amoureux, fit Marietta, ronchonne.

– P'pa, cette nuit t'as gagné ou t'as perdu ?
– J'ai perdu.
– Beaucoup ou un peu ?
– Beaucoup.
– Le pauvre ! » fit Marietta.

Elle s'approcha de Papa et lui caressa le visage. Il lui prit la main et lui appliqua un baiser dans la paume. À l'instant même où Marietta avait levé le bras pour caresser son oncle, Michilino avait senti un parfum. Un parfum qui provenait du corps de Marietta, un parfum de sueur, de poudre, d'origan et une odeur qu'il n'avait jamais sentie auparavant. Papa l'avait sûrement perçue lui aussi, car il restait à côté de Marietta, les narines dilatées, savourant tout ce parfum de femme.

Le soir du quatre janvier, Papa annonça que, le lendemain, il partirait au petit matin pour Palerme et qu'il rentrerait vers l'heure du déjeuner, le jour de l'Épiphanie. Ils se couchèrent tôt. À cinq heures, l'horloge sonna et Michilino se réveilla en entendant Marietta se lever.

« Tu vas où ?

– Je vais dire au revoir à ton père, je vais lui préparer un café. »

Ben alors, elle n'avait plus l'impression d'être une bonniche, maintenant ? Michilino se rendormit, tout content de constater ce changement.

« Tu m'accompagnes au marché ? Demain c'est férié, faut qu'on fasse les courses pour deux jours », dit Marietta après avoir rangé la maison.

Pendant qu'ils étaient dans la boutique de don Pasquale Vesuviano, un Napolitain qui vendait du fromage et de la charcuterie dont Papa raffolait, le hasard voulut qu'entrât Mme Clementina, la veuve Sucato. Elle esquissa un petit sourire à Michilino et lui caressa la tête. Puis, pendant que le Napolitain allait chercher la mortadelle dans l'arrière-boutique, elle demanda à voix basse à Marietta, en riant :

« C'est toi, Mariè, qui limes les cornes à Gugiu' Sterlini, maintenant ?

– Ne parlez pas comme ça devant le petit !

– Le petit ! Qui ça, Michilino ? Si tu savais ce qu'il a fait un jour, sous la table de la salle à manger !

– C'est pas vrai ! C'est elle qui… »

Michilino voulut s'expliquer, mais Marietta ne lui en laissa pas le temps. Elle fit tomber par terre le paquet qu'elle avait dans la main et flanqua un coup de poing en plein visage à la veuve. Prise au débotté, Mme Clementina tomba à la reverse en heurtant une pyramide de boîtes de tomates. Les boîtes de conserve volèrent aux quatre coins de la pièce, le Napolitain sortit de l'arrière-boutique et alla aussitôt baisser le rideau métallique. Pendant ce temps, la veuve s'était relevée et avait réussi à empoigner Marietta par les cheveux. La jeune fille commença à hurler, puis elle lui flanqua un coup de pied dans le ventre. De temps à autre, Michilino, qui était allé se cacher derrière le comptoir, levait la tête pour regarder. La dispute entre les deux femmes cessa quand le Napolitain, qui était bâti comme une armoire à glace, empoigna la veuve, la traîna jusqu'à la porte, releva un peu le rideau et la flanqua dehors.

« Vous partez sur vos deux pieds, ou bien je vous fous dehors moi-même ? » fit le Napolitain.

Ils s'en allèrent sur leurs deux pieds. Pendant qu'ils étaient au marché, Marietta éclata brusquement de rire.

« Pourquoi tu ris ?

– Rien, c'est nerveux. »

Maman aussi, un jour, alors qu'elle se rendait avec lui chez le père Burruano, avait ri comme ça. Pourquoi est-ce que les femmes rigolaient lorsqu'elles étaient nerveuses ? La veuve s'était peut-être mise à rire, elle aussi, quelques instants avant de passer à l'attaque.

« Mariè, quand on rentre à la maison, rappelle-moi de te demander quelque chose, n'oublie pas. »

À midi, Marietta but quatre ou cinq verres de vin. C'était une habitude qu'elle avait prise depuis quelque temps. Elle aimait se lever de table un peu gaie. Michilino se rappela qu'il voulait poser une question à sa cousine, mais il ne savait plus quoi. Soudain, Marietta lui dit, rougissante :

« L'autre nuit… tu sais quand tu as eu ce problème avec ton petit oiseau, tu m'as expliqué que c'était à cause d'une chose que t'avait dite tonton Giugiu'.

– Oui.

– Tu te souviens de ce que c'était ?

– Oui, qu'on allait fusiller Maraventano, le tailleur qui a tué son fils.

– C'était pour ça ? fit Marietta tout étonnée.

– Oui, c'était pour ça.

– Ça veut dire que quand t'entends parler de quelqu'un qui va mourir, toi, tu…

– Non, seulement avec Maraventano.

– Et pourquoi ?

– Parce que c'est un communiste. »

Marietta éclata de rire.

« Alors, pour qu'il redevienne comme l'autre nuit, il faut que je tue un communiste ?

– Non, il suffit de mettre un disque où on entend la voix de Mussolini.

– Ah ! c'est vrai. Tu me l'as déjà dit. J'y crois pas !

– Essaye, tu verras bien ! »

Marietta se leva en pouffant de rire, comme le font les femmes quand elles sont nerveuses. Elle alluma la radio, souleva le couvercle et posa sur le plateau deux ou trois disques où étaient enregistrés les discours du *Duce*. Dès qu'il entendit la voix de Mussolini, Michilino dit :

« Lève un peu le son.

– Mais c'est déjà fort !

– Plus haut ! N'aie pas peur, personne ne nous entend. »

Tandis que la voix de Mussolini retentissait dans la pièce, Michilino se dressa sur ses pieds. Marietta aperçut d'abord une petite bosse se former sous la braguette du petiot, puis la proéminence s'étira et devint une sorte de serpent qui tendait le tissu et menaçait de faire sauter les boutons de son pantalon. Comme ensorcelée, Marietta s'approcha de Michilino, s'assit sur ses talons devant lui, et commença à le déboutonner doucement.

« … Les forces démo-plouto-judaïques qui voudraient empêcher notre peuple de conquérir la place qui… », disait Mussolini.

Elle n'avait pas encore déboutonné le dernier bouton que le serpent jaillit de son nid, Marietta dut reculer pour ne pas être frappée en plein visage.

La voix de Mussolini faisait son effet, c'est sûr, mais pas autant que la nouvelle de l'exécution de Maraventano. Après avoir baisé dans la position habituelle, Marietta demanda à Michilino de se mettre à plat dos et le chevaucha. Puis elle voulut faire comme le jour où elle avait rencontré Balduzzo pour la dernière fois, et elle se mit, comme on dit, en lévrier, non, en levrette, mais elle avait beau essayer et ressayer, comme ça, sur le lit, elle n'y arrivait pas : il y avait trop de différence de hauteur entre elle et Michilino. Alors, elle descendit du lit et se mit en levrette par terre. Cette fois, à force d'essayer, ils parvinrent à s'accoupler. Marietta criait comme si on l'égorgeait, soudain elle commença à frapper le front par terre et, par moments, elle léchait le plancher. Dans cette position, ses fesses se levèrent encore plus et, pour pouvoir continuer, Michilino dut se hisser sur la pointe des pieds en se tenant aux hanches de sa cousine avec ses deux mains. Ce fut alors, tandis qu'il avançait et reculait, que Michilino commença à sentir une sorte de picotement, à la fin son petit oiseau le démangeait tellement qu'il éprouvait le besoin de se gratter à l'intérieur de Marietta. Le disque avait cessé de jouer depuis un petit moment lorsque Marietta lança d'une voix implorante :

« Mords-moi, Michili', mords-moi ! Je t'en supplie, mords-moi !

– Où ça ?

– Où tu veux. »

Michilino, qui était debout, s'allongea de tout son long sur le corps de sa cousine pour ne pas sortir d'elle.

Ses lèvres touchaient presque une hanche de Marietta, à l'endroit même où y avait le plus de chair. Il ouvrit la bouche et la mordit.

« Aïïïeeee ! Plus fort ! fit Marietta, mords-moi plus fort ! »

Michilino enfonça ses dents comme un affamé puis, alors qu'il s'apprêtait à rouvrir la bouche et à lâcher sa prise, Marietta répéta :

« Mords-moi encore, encore, encore ! »

Michilino se retrouva avec un goût de sang dans la bouche. Alors, tenant la chair entre ses dents comme un chien enragé, il commença à remuer violemment la tête à droite et à gauche, et à donner à Marietta des coups si puissants qu'il en était lui-même étonné. Marietta était si mouillée à l'intérieur, que du liquide coulait sur ses cuisses. Michilino commença à espérer que ce liquide serait du sang, comme l'autre fois. Puis, tout à coup, pendant que Marietta faisait grrgrrgrr avec sa gorge, comme si elle se gargarisait, Michilino sentit une grande bouffée de chaleur remonter de son petit oiseau vers son ventre, sa poitrine, sa tête, jusque dans son cerveau, puis descendre brusquement dans son dos, le long de son échine, jusqu'aux talons. Cette fois, ce fut lui qui cria très fort. Il resta un moment immobile et sortit de Marietta. La jeune fille tomba par terre sur le ventre, elle semblait morte. Son petit oiseau avait cessé d'être dur. Il alla dans la cuisine, il avait besoin de boire. Il plaça son verre sous le robinet ouvert, le remplit, mais ne le retira pas, et resta le bras tendu : l'eau entrait, débordait, rerentrait, débordait. Michilino était devenu une statue.

Ce n'était pas un combat.

Ce que ses parents faisaient la nuit, Papa sur Maman, Maman sur Papa, Maman à quatre pattes et Papa derrière elle, ce n'était pas ce genre de combat où celui qui est plus fort met celui qui est plus faible à terre et le chevauche, non, c'était exactement la même chose que ce que Marietta et lui venaient de faire. Mais c'était quoi, cette chose ? Elle s'appelait comment ? Finalement, il se ressaisit, but son verre d'eau et s'assit sur une chaise. Il voulait réfléchir calmement, mais Marietta entra au même instant. Elle avait enfilé sa combinaison.

« Michilino, t'es tout en sueur ! Tu vas prendre froid ! Je veux pas que mon fiancé tombe malade. Va te laver et habille-toi. ».

Elle s'approcha, lui caressa les cheveux, puis elle baissa la main et fit une petite caresse en passant à son petit oiseau qui était redevenu normal. Sainte Vierge ! quel parfum de femme, cette Marietta ! Un parfum si fort que Michilino sentit un reflux remonter de son estomac jusqu'à sa gorge : il avait un haut-le-cœur. Il préféra sortir de la cuisine.

« D'accord, je vais me laver.

– Vas-y, mais fais vite, j'irai après toi. »

Lorsque Marietta se fut lavée et habillée, Michilino lui demanda d'aller avec lui dans la salle à manger parce qu'il voulait lui parler. Ils s'assirent, Michilino ne savait pas par où commencer.

« Alors ? fit Marietta, n'oublie pas qu'on doit sortir pour aller accrocher nos chaussettes chez mes parents et chez ton grand-père Filippo.

– Mariè, faut que tu me parles clairement. Promis ?

– C'est promis.

– Parfois, il m'est arrivé de me réveiller la nuit et de voir mes parents qui faisaient la même chose que ce que nous avons fait, tous les deux, l'autre jour ou cet après-midi. »

Marietta rougit.

« Ça t'étonne ? fit-elle en riant doucement.

– Je croyais qu'ils se battaient. »

Cette fois, Marietta éclata de rire.

« Et pourquoi est-ce qu'ils se seraient battus ?

– Parce que je pensais qu'ils se faisaient expier l'un l'autre les péchés qu'ils avaient commis pendant la journée.

– Non, Michili', les péchés ne s'expient pas comme ça. Et toi qui vas au catéchisme, tu devrais le savoir. Ce que faisaient tes parents, l'Église veut qu'on le fasse, c'est comme ça que naissent les enfants. On ne te l'avait pas dit ?

– Non.

– Mais, pour faire ces choses, il faut être marié. Dans ces cas-là, ce n'est pas un péché.

– Et ça s'appelle comment, cette chose ?

– Ça dépend.

– Ça dépend de quoi ?

– Si on est marié, ça s'appelle faire l'amour.

– Et si on n'est pas marié ? »

Marietta eut un instant d'hésitation.

« Eh bien, alors ça s'appelle baiser ou foutre.

– Donc, nous deux on a baisé ou foutu.

– Quel rapport ! éclata Marietta, nous deux on a ni baisé, ni foutu, ni fait des choses malhonnêtes.

– Stop ! dit Michilino en haussant le ton.

– Qu'est-ce que j'ai dit ? fit Marietta, embarrassée.

– Explique-moi juste ce que sont les choses malhonnêtes.

– Sainte Vierge ! Disons que les choses malhonnêtes, ça peut être ce que toi et moi nous avons fait ou bien ce que ton père a fait avec quelqu'un d'autre que ta mère ou ta mère avec quelqu'un d'autre que ton père.

– Pourquoi tu dis "ça peut être" ?

– Parce que les choses malhonnêtes peuvent aussi se faire entre deux hommes ou bien tout seul quand on se touche, ou avec des bêtes, ou bien…

– Attends », fit Michilino.

Il réfléchit. Lui et Gorgerino n'avaient pas fait des choses malhonnêtes, on aurait pu le croire, bien sûr, mais en fait, c'était des choses spartiates, ça n'avait rien à voir, ce n'était donc pas un péché. Une fois qu'il se sentit rassuré sur ce point, Michilino recommença à poser des questions.

« Alors, explique-moi pourquoi, selon toi, nous deux, on n'aurait pas fait des choses malhonnêtes.

– Je vais te répéter ce que je t'ai déjà dit l'autre jour. Quand deux personnes sont fiancées, comme toi et moi, et qu'ils s'aiment vraiment, quand ils font ça, ils font l'amour comme s'ils étaient mariés, c'est tout.

– Oui, mais s'ils ne sont pas encore mariés, c'est un péché.

– Mais c'est un péché léger, véniel !

– N'empêche qu'il vaut toujours mieux ne pas commettre de péché, même véniel. »

Marietta se sentit à court d'arguments.

« Donc, reprit Michilino, il vaut mieux qu'on fasse plus ce qu'on a fait aujourd'hui et qu'on le refasse quand on sera marié. Ou bien alors, j'en parle avec le père Jacolino et je lui demande la permission de le faire.

– Le père Jacolino, il te donnera pas la permission.

– Ça veut dire que nous deux, on fera plus rien.

– Comme tu veux ! »

Marietta prit un air sévère.

« Bon, c'est fini ? On peut sortir, maintenant ? »

Tout à coup, Michilino se souvint de la question qu'il voulait poser à Marietta depuis le matin.

« Tu te rappelles ce que la veuve Sucato t'a dit dans la boutique du Napolitain ?

– Non, j'ai oublié ce que m'a dit cette traînée.

– Elle t'a demandé si c'était toi, maintenant, qui limais les cornes de Papa.

– Oui, c'est ça.

– Mariè, ça veut dire que Papa a des cornes ? Qu'il est cornard ?

– Oui.

– Et ça veut dire quoi qu'il est cornard ?

– Ça signifie que sa femme lui a mis des cornes, en allant avec un autre homme.

– Alors, selon la veuve, Maman mettait les cornes à Papa en allant avec un autre homme ?

– Oui.

– Cet homme était le père Burruano ?

– Oui », répéta Marietta d'un air résolu, en le regardant dans les yeux.

Elle avait décidé qu'il valait mieux tout raconter à Michilino, au risque que ça tourne mal. Mais Michilino était calme et sûr de lui, il voulait connaître toute l'histoire et s'en faire une idée claire.

« Raconte-moi ce qui s'est passé.

– Ton père a reçu une lettre anonyme.

– Ça veut dire quoi ?

– Ça veut dire que celui qui l'avait écrite n'avait pas mis sa signature. Cette lettre disait que ta mère recevait chez elle le père Burruano. Alors tonton Giugiu' a cherché à le piéger, il lui a fait croire qu'il devait partir pour Palerme. Puis, en fin d'après-midi, pendant que tu étais au cinéma, après ton cours, il est rentré à la maison, ta mère ne s'y attendait pas, et il a vu ce qu'il a vu.

– Dis-moi ce qu'il a vu.

– Je vais te le dire. Il a vu ta mère toute nue sur le canapé du salon qui faisait des choses malhonnêtes avec le curé. Il était tellement furax qu'il lui a foutu une rouste et qu'il l'a envoyé à l'hôpital.

– À Maman aussi ?

– Non, à ta mère non. Ta mère a voulu s'enfuir dans sa chambre, mais elle est tombée et s'est fait mal. Elle a juste eu le temps de se rhabiller et de s'enfuir, pendant que ton père continuait à flanquer des coups de poings et de pieds au curé. Il était tellement enragé qu'il a cassé la moitié des meubles. »

Michilino réfléchit à ce que Marietta venait de lui dire.

« Bon, maintenant que tu sais tout ce que tu voulais savoir, on peut sortir ?

– Non, tu m'as dit que Papa a vu Maman qui faisait des choses malhonnêtes avec le curé. C'est ça ?

– Oui.

– Mais si Maman était amoureuse du curé, elle ne faisait pas des choses malhonnêtes, elle faisait l'amour. Et moi, maintenant que j'y pense, je comprends qu'elle était amoureuse du père Burruano.

– Et ton père, tu le mets où ? Ta mère était mariée avec ton père, et elle devait lui rester fidèle, et non pas se faire baiser par le curé !

– Ne dis pas baiser. Elle était peut-être amoureuse de Papa et du curé, la pauvre !

– La pauvre ! C'est une putain, oui ! »

Michilino la regarda froidement. Marietta était devenue toute rouge et elle puait, elle puait comme une sale truie.

« Toi, dit Michilino, tu me parles plus. Et on fera plus rien ensemble. Parce que t'es une ordure et que t'es méchante, t'as l'âme noire comme de la poix. »

Blême, raide, Marietta se leva, s'approcha de Michilino et lui flanqua une grosse claque en pleine figure.

Huit

Lorsqu'ils sortirent, Marietta dit à Michilino qu'elle partirait en avant et qu'elle l'attendrait chez elle. Le petiot alla tout seul chez pépé Filippo et mémé Agatina pour accrocher une chaussette à la cheminée de la cuisine, qu'il retrouverait le lendemain matin remplie de friandises, de pièces en chocolat, de biscuits *regina*, de *taralli*, mais aussi de quelques morceaux de charbon, pour toutes les fois où il n'avait pas été obéissant. Puis il se rendit chez tonton Stefano et tata Ciccina. Marietta était invisible, elle s'était sans doute retirée dans sa chambre. Michilino accrocha sa deuxième chaussette à la cheminée de la cuisine, et dit qu'ils devaient rentrer à la maison.

« Il n'en est pas question ! fit tonton Stefano, Marietta et toi, vous allez dîner et dormir ici, de toute façon Giugiu' ne rentre pas ce soir, c'est Marietta qui me l'a dit. Comme ça, demain matin, tu pourras voir ce que la *befana*[1] t'a apporté, ensuite tu passeras chez pépé Filippo

1. En Italie du Sud, la *befana* est une sorcière âgée qui, la nuit de l'Épiphanie, apporte des cadeaux aux enfants sages et du charbon à ceux qui ont été désobéissants.

et puis tu t'en retourneras chez toi, à cette heure-là Giugiu' sera sûrement rentré. »

Marietta rappliqua au moment de se mettre à table, maussade et taciturne. Elle n'adressa pas un mot à Michilino, qui ne lui parla pas non plus. Tonton Stefano le remarqua.

« Vous vous êtes disputés ? » demanda-t-il en souriant.

Personne ne pipa mot.

« Allez, allez, faites la paix, insista-t-il.

– On fera la paix en temps voulu, fit Marietta, glaciale.

– Et ce sera quand, le temps voulu ? lança Michilino par défi.

– Tu le comprendras quand ce sera le moment.

– Et si je le comprends pas ?

– C'est moi qui te le ferais comprendre.

– Ah ! mais c'est sérieux alors ! » s'exclama tonton Stefano d'un air faussement effrayé.

Mais il ne revint plus sur le sujet.

Quand ils allèrent se coucher, ils se déshabillèrent en silence, sans se regarder.

Michilino monta le premier sur le lit et colla son visage contre le mur. Ils ne se souhaitèrent même pas bonne nuit. Et c'est en effet une sale nuit que passa Michilino, à force de rester immobile comme une momie pour éviter de frôler le corps de sa cousine. Mais ce n'était pas seulement pour ça : l'odeur de femme qui se dégageait de la peau de Marietta, dans la chaleur du lit, y était aussi sûrement pour quelque chose. Cette odeur désormais lui donnait envie de vomir. Il devait absolument commencer à trouver le courage de dormir tout seul.

Dans la chaussette qu'il avait accrochée chez tonton Stefano, il trouva deux pièces de vingt centimes, dans celle de pépé Filippo il n'y en avait qu'une seule, mais c'était une demi-lire. Puis, sans s'adresser une seule fois la parole, Marietta et Michilino rentrèrent à la maison. Dès qu'ils ouvrirent la porte, le petiot aperçut le manteau et le chapeau de son père, accrochés à la patère.

Celui-ci, qui les avait entendus rentrer, les appela depuis sa chambre à coucher. Il s'était étendu tout habillé sur le lit.

« J'avais besoin de me reposer un peu. Enlève tes chaussures et viens à côté de moi. »

Quand il se fut allongé à ses côtés, son père le serra contre sa poitrine et l'embrassa.

« Elle est où, Marietta ?

– Sûrement dans sa chambre.

– Marietta ! lança Papa.

– J'arrive, j'arrive, je suis en train de me changer ! »

Elle entra avec son chemisier à moitié déboutonné, laissant entrevoir son soutien-gorge.

« Pourquoi tu t'es couché, tonton Giugiu' ? T'es fatigué ?

– Oui. »

Pendant que Marietta se penchait pour l'embrasser, il la saisit par le bras et la tira vers lui, jusqu'à ce qu'elle se retrouve assise à ses côtés, au bord du lit. Puis il lui posa une main sur la cuisse.

« Michilino t'a fait tourner en bourrique ?

– Pas du tout, fit Marietta, on s'est entendus à merveille ! Pas vrai, Michili' ? »

Non, il ne pouvait pas dire un bobard, il valait mieux changer de conversation.

« Tu sais ce que j'ai trouvé dans la chaussette de... »

Papa se frappa le front.

« C'est vrai ! J'avais oublié ! »

Il descendit du lit, se dirigea vers sa valise encore fermée, l'ouvrit, trifouilla dans ses affaires, tira une chaussette et la montra à Michilino. Elle semblait vide. Il la roula en boule et la lança à son fils qui la saisit au vol. Michilino la prit par la pointe et la suspendit en l'air en la secouant. Elle contenait une pièce qui rebondit sur le lit et tomba par terre. Michilino la reconnut à son bruit argentin.

« Cinq lires ! » cria-t-il en sautant au bas du lit pour la ramasser.

Il était riche, il avait dix lires et quatre-vingt-dix centimes. Papa avait recommencé à farfouiller dans sa valise. Il sortit une deuxième chaussette qui semblait également vide. Il la montra à Marietta.

« C'est pour moi ?

– Oui, Mariè, c'est pour toi. C'est un cadeau de la *befana* qui te remercie pour tout ce que tu fais pour Michilino et pour moi. »

Il lui lança la chaussette. Marietta, qui s'était levée pour l'attraper, en fit tomber le contenu dans sa main gauche : c'était une petite boîte noire. Elle jeta la chaussette par terre et ouvrit la boîte. Il y avait deux petites boucles d'oreilles, avec une petite pierre brillante au milieu.

« Elles sont en or, dit Papa, prends-en soin. »

Marietta devint toute pâle. Puis elle lança l'écrin sur le lit, se jeta sur Papa et se suspendit à son cou en poussant un cri de joie. Comme il était grand, pour l'aider à rester en équilibre, il la serra dans ses bras et lui enlaça le bas des reins. Marietta se mit à l'embrasser sur le visage, sur la bouche, dans le cou, si bien qu'après avoir essayé en vain de l'éloigner, Papa déposa les armes et laissa le champ libre à sa nièce qui en profita. Voyant cette scène, Michilino sentit la colère monter en lui. Papa n'imaginait même pas comment elle avait débiné maman. C'est alors que, telle une lame de couteau qui vous frappe en traître, les paroles de la veuve Sucato lui revinrent subitement à l'esprit.

« C'est toi, Mariè, qui limes les cornes de Giugiu' Sterlino maintenant ? »

Oui, c'était Marietta qui lui limait les cornes à présent, la veuve avait tout compris. Et le cornard se les laissait limer, tout content.

À table, il n'ouvrit pas la bouche, mais son père ne sembla pas s'en apercevoir tant il était occupé à blaguer et à rire avec Marietta qui, tout à coup, avait retrouvé la parole et sa bonne humeur et ne jouait plus du tout les bêcheuses ! À la fin du repas, elle mit ses boucles d'oreilles.

« Elles me vont comment ?

– À merveille ! » fit Papa.

Il la regarda longuement. Puis il leva la main et lui caressa le visage.

« La jolie nièce que j'ai ! »

Michilino voulait absolument s'assurer de ce qu'il commençait à soupçonner. Après le déjeuner, Papa sortit pour aller à son cercle tandis que Marietta dit qu'elle avait sommeil et qu'elle allait faire une sieste. Michilino lui demanda s'il pouvait sortir lui aussi pour faire deux pas.

« Va où tu veux, je m'en fous complètement », dit-elle.

L'église était déserte, il n'y avait même pas les petites mémés habituelles. Dans la sacristie, sur une chaise, le père Jacolino ronflait comme un orgue. Il n'avait aucune intention de le réveiller et de lui dire qu'il voulait se confesser, le prêtre l'aurait sûrement reconnu. Mieux valait attendre. Il s'assit au fond de l'église pour voir si quelqu'un entrait. En effet, une demi-heure plus tard une petite vieille rappliqua ; elle lança un regard circulaire et, ne voyant personne, se dirigea vers Michilino.

« Est-ce que le père Jacolino confesse, aujourd'hui ?

– Je sais pas. Mais de toute façon, il est dans la sacristie. »

Quelques minutes plus tard, le prêtre et la vieille sortirent de la sacristie. Le prêtre entra dans le confessionnal et la femme s'agenouilla. Lorsqu'elle se leva, Michilino prit aussitôt sa place.

« Je veux me confesser.

– Eh bien, vas-y, qui t'en empêche ? » fit le père Jacolino en ronchonnant. La mémé l'avait sûrement réveillé.

« Tu t'es signé ?

– Oui.

– Qu'est-ce que tu as fait comme péchés ?

– Faut d'abord que je vous demande quelque chose.

– Après, commence par te confesser.

– Si vous me répondez pas, je sais pas si ce que j'ai fait est un péché ou pas.

– Mon petit, ce genre de doute est impossible. Il y a dix commandements, on ne peut pas se tromper. Quel est le commandement qui te pose problème ?

– Tu ne commettras pas d'actes impurs.

– Aïe ! Ce commandement-là, il donne du fil à retordre à tout le monde. Vas-y, pose-moi ta question.

– Quand un homme et une femme sont mariés et qu'ils font ces choses-là, est-ce qu'ils commettent un péché ?

– Mais jamais de la vie ! Non seulement quand on est mariés c'est permis, mais c'est une obligation ! Du reste, on dit : "Remplir son devoir conjugal." Une femme doit satisfaire son mari chaque fois qu'il le veut, elle ne peut pas dire non.

– Et si cette femme mariée tombe amoureuse d'un autre homme et qu'elle remplit ses devoirs conjugaux avec lui, est-ce que c'est un péché ? Et si oui, c'est quel genre de péché ?

– Mais c'est quoi, ce raisonnement ? Qu'est-ce que tu racontes ? Si une femme mariée va avec un homme, qu'il soit célibataire ou pas, peu importe, elle ne remplit pas ses devoirs conjugaux, elle commet un adultère ! Ce qui est un péché mortel ! Tout ce qu'il y a de plus mortel ! Cette femme ira tout droit en Enfer sans avoir le temps d'enlever ses chaussures ! Mais dis-moi, petit, tu n'aurais pas fricoté avec une femme mariée, par hasard ?

– Non, mon père.

– Ah, tant mieux !

– Je peux vous poser une autre question ?
– Ce sera la dernière. Après tu te confesses.
– Si un garçon et une fille sont fiancés, est-ce qu'ils peuvent faire l'amour ?
– Qu'est-ce que tu veux dire par "faire l'amour" ?
– Qu'ils font les mêmes choses que les gens mariés.
– Non, mon petit, ils ne doivent pas faire ce genre de choses jusqu'à ce qu'ils soient mariés.
– Et s'ils les font quand même ?
– Ils ne font pas l'amour, mais des choses malhonnêtes. Et ils commettent un péché.
– Véniel ?
– Véniel ? Tu crois que perdre sa pureté, c'est un péché véniel ? C'est un péché mortel, oui ! Allez, maintenant, confesse-toi, assez de questions. Alors ? Tu te décides ou pas ? »

Ne voyant rien venir, le prêtre avança la tête hors du confessionnal. L'église était déserte. Il se leva et, espérant pouvoir dormir un petit quart d'heure, retourna dans la sacristie.

Accroupi derrière une colonne, Michilino pleurait, désespéré. On l'avait trompé ! Marietta lui avait raconté des bobards pour le convaincre de faire des choses malhonnêtes avec elle, et lui, il l'avait crue et il les avait faites. Il avait perdu sa pureté, son rocher, comme disait l'évêque Vaccaluzzo. Maintenant, il était devenu un grand pécheur. Comme sa mère. Car même si Maman était tombée amoureuse du père Burruano, elle n'aurait pas dû faire des choses malhonnêtes avec lui. Il fallait absolument qu'il se fasse pardonner par Jésus. Oui, absolument. Et il devait faire en sorte que Jésus pardonne aussi sa mère. Mais plus il pensait à son problème, plus il était persuadé que Jésus ne pourrait jamais sauver deux personnes à la fois, deux grands pécheurs d'un seul coup. Un, au grand maximum ! Il s'aperçut qu'il tremblait, il commençait à avoir de la fièvre. Il enfouit ses mains dans les poches de son manteau pour les réchauffer et, dans sa poche droite, sa paume rencontra la lame froide du canif. C'est alors qu'il trouva la solution de son problème. C'était très simple. Il se leva, réapparut de derrière la colonne, regarda autour de lui. L'église était toujours vide. Il s'agenouilla devant le crucifix et récita l'acte de contrition. Il eut l'impression de l'avoir mal récité, sans grande conviction. Il le répéta en pesant chaque mot. Cette fois, c'était déjà mieux, mais pas encore comme il l'aurait souhaité.

« Mon Dieu, j'ai un très grand regret de Vous avoir offensé… »

Voilà, c'était comme ça qu'il fallait dire. Il répéta la phrase trois fois, il se sentait de plus en plus fiévreux. Puis il se leva et se dirigea vers la porte de l'église. Il se tourna vers l'autel sur lequel était placé le crucifix, s'allongea sur le ventre, les mains posées à plat devant la tête, sortit sa langue et commença à lécher le sol en rampant.

De temps en temps, sa langue se séchait, alors il la rentrait dans sa bouche pour l'imbiber de saliver. Finalement, il arriva devant le crucifix à genoux. Il déboutonna son manteau et sa veste, sortit son canif, l'ouvrit et l'empoigna de la main droite.

« Mon petit Jésus, je t'offre ma vie en échange de la vie éternelle de maman. Si tu ne peux pas nous sauver tous les deux, alors sauve-la, elle. »

Et il s'enfonça le canif en plein cœur. À cet instant, Jésus le regarda, lui sourit, puis leva à nouveau son regard vers le Ciel. Contrairement à ce qu'il avait imaginé, il n'eut pas mal et ne perdit pas beaucoup de sang. Il allait peut-être mourir dans quelques minutes. Il réussit à arracher le canif de sa poitrine, le sang jaillit aussitôt en souillant sa chemise, sa veste et son manteau. Il se leva pour sortir de l'église, mais il se sentait de plus en plus faible à chaque pas. Dès qu'il fut dehors, sur sa gauche, il aperçut un trou, recouvert d'une grille qui recueillait l'eau de pluie. Il y jeta son canif. De toute façon, il n'en aurait plus besoin, une fois mort. Il fit de nouveau quatre pas, puis s'écroula en frappant le sol de son front. Il tenta de se relever, parvint à s'agenouiller sur un genou, mais tout se mit à tourner autour de lui. Lorsqu'il tomba de nouveau, il s'enfonça dans une obscurité profonde.

De temps à autre, une lumière perçait l'obscurité. La première fois, il se retrouva assis sur un trône en or, flanqué de deux anges, l'un jouant du violon, l'autre de la flûte. Le trône flottait sur une mer de nuages, au milieu desquels apparut sa mère qui courait vers lui.

Elle était pâle, mal habillée, les cheveux dénoués. Dès qu'elle arriva à la hauteur du trône, elle s'agenouilla et dit :

« Tu es un saint ! Tu es un saint, mon fils ! Tu m'as sauvée du feu éternel, au prix de ta vie. Je suis sauvée, que Dieu te bénisse, mon enfant. »

Et elle pleurait, tour à tour heureuse et désespérée.

La deuxième fois que la lumière perça le noir, il était sur le terrain de sport. Il aperçut le fortin construit pour la prise de Makalé. Sur l'estrade, il y avait Benito Mussolini, exactement comme dans le *cinegiornale Luce*, les poings sur les hanches, entouré d'un côté de Papa et de l'autre du centurion commandant Scarpin.

« Balilla mousquetaire Sterlino Michelino ! » l'appela Mussolini.

Il monta sur l'estrade avec son petit oiseau bandé, mais ça lui était bien égal ; du reste, les gens l'applaudissaient. Il était en uniforme avec son mousqueton. Mussolini se baissa à sa hauteur et lui épingla une médaille sur la poitrine.

La troisième fois, il était étendu par terre devant l'église. Il y avait du sang qui coulait de sa blessure au cœur. Alors Jésus apparut et fit un geste. Et, à ce geste, la terre, les maisons, les réverbères s'inclinèrent de sorte qu'il se retrouva presque droit. Jésus vola au-dessus de sa tête et le regarda en souriant.

« Toi, mon généreux soldat ! toi, valeureux combattant de mon immense armée ! Par ton geste, non seulement tu as sauvé ta mère, mais tu t'es sauvé toi-même. *Ego te absolvo*, Michilino ! »

La noirceur disparut pour laisser place à une clarté de plus en plus lumineuse. Il rouvrit les yeux.

À ses côtés, sur une chaise, il y avait Papa.

« Michilino !

– Oui, Papa. »

Papa se mit à pleurer, le front appuyé sur le bord du lit de l'hôpital, où depuis des jours et des jours, était couché son fil moribond, qui ne rouvrait plus les yeux et ne répondait à personne.

« Merci, Seigneur ! Merci, Seigneur ! » disait-il en pleurant.

Trois jours après que Michilino eut repris connaissance, son père tarda à arriver.

Pendant ce temps, il reçut la visite de pépé Aitano et mémé Maddalena, qui étaient tellement émus qu'ils n'arrivaient même plus à parler.

« Et Maman, elle n'est pas venue me voir ? fut la première question de Michilino.

– On n'a encore rien dit à Ernestina de ce qui t'est arrivé, fit pépé Aitano.

– Elle commence à peine à se remettre, on a eu peur que cette nouvelle puisse provoquer une rechute, expliqua mémé Maddalena. Mais dès qu'elle ira mieux, on le lui dira.

– Tu verras qu'un jour ou l'autre elle reviendra, dit pépé Aitano d'un ton rassurant.

– Il faut d'abord qu'elle fasse la paix avec Papa », lança Michilino.

Ses grands-parents restèrent stupéfaits, ils se regardèrent, regardèrent Michilino, puis se regardèrent de nouveau.

« Mais toi, comment tu le sais, qu'ils se sont disputés ? » demanda pépé.

Michilino n'eut pas le temps de répondre, car son père entra au même instant et ils changèrent de conversation. Il lui donna un baiser et embrassa ses beaux-parents, mais ne demanda rien sur la santé de sa femme. Lorsqu'ils furent sur le point de partir, Papa dit à pépé Aitano :

« Je n'ai pas encore trouvé l'essence que tu voulais, mais je suis sûr que je vais pouvoir l'obtenir bientôt. »

Il se passa encore une semaine avant que Michilino puisse sortir de l'hôpital. Par commodité, son père décida qu'il dormirait dans la chambre et qu'il laisserait son grand lit à son fils et à Marietta, qui ainsi pourrait l'assister la nuit s'il en était besoin. Dès que Michilino serait guéri, tout rentrerait dans l'ordre. Ses oncles, ses cousins, ses parents proches, ses parents éloignés, les amis de Papa, les amis de pépé Aitano et de pépé Filippo, ainsi que les amis de ses oncles, de ses cousins et de ses parents éloignés lui rendirent visite. Pendant ce temps, Marietta, qui n'était jamais allée le voir à l'hôpital, jouait les maîtresses de maison.

« Est-ce que tu te souviens de ce qui s'est passé ? » lui demanda un jour son père.

Ce matin-là, après l'avoir ausculté, le médecin avait dit que Michilino ne pouvait pas encore se lever ; alors, pour le réconforter son père avait voulu lui servir son déjeuner à la place de Marietta. Bien sûr que Michilino s'en souvenait ! S'il disait non, il commettrait un péché, parce que c'était un bobard, mais s'il disait oui, il devrait lui expliquer pourquoi il avait voulu se tuer. Il fit un geste de la main droite qui signifiait tout et rien à la fois.

« Tu te rappelles qu'il pleuvait très fort ? » insista Papa.

Ah bon ! Il pleuvait ? Il pleuvait très fort ? Ça, il avait beau chercher, pas moyen de s'en souvenir. Il avait dû commencer à pleuvoir pendant qu'il était dans l'église.

« Non.

– Monsieur Palminteri, le type qui a une boutique juste devant l'église, a tout vu et m'a tout raconté.

– Ah oui ? Et qu'est-ce qu'il t'a raconté, monsieur Palminteri ?

– Il t'a vu sortir de l'église, tu avais l'air normal, puis il a vu que tu t'approchais de la grille du caniveau, que tu y jetais quelque chose, que tu as glissé sur le trottoir mouillé et que tu t'es écroulé. Après, tu as essayé de te lever, mais tu es retombé. Alors, monsieur Palminteri est sorti de sa boutique sous une pluie diluvienne et il s'est aperçu que tu t'étais blessé.

– Avec quoi ?

– Il m'a dit qu'à côté de toi, il y avait un bout de bois avec un clou qui dépassait. Tu es tombé sur ce clou. Malheureusement, tu avais le manteau déboutonné, autrement, tu te serais sûrement fait moins mal. Le clou a troué ta chemise, ton maillot de corps et il est rentré dans ta poitrine.

– Et comment ça se fait qu'il n'est pas resté enfoncé en moi ?

– Le bout de bois est sûrement tombé quand tu as essayé de te lever. En écoutant monsieur Palminteri, j'ai eu la chair de poule. Je me suis dit que ce clou aurait pu être rouillé.

– Et il était comment ?

– Je ne sais pas, dès que monsieur Palminteri m'en a parlé, je suis allé voir où tu étais tombé, mais le bout de bois n'était plus là. Il n'était sûrement pas rouillé, sinon… »

Et il s'arrêta net. C'est Michilino qui continua sa phrase, mais seulement dans sa tête.

« ... tu aurais attrapé le tétanos comme Alfio Maraventano. »

« Tu te souviens de ce que tu as jeté dans le caniveau ? » fit Papa, qui semblait complètement obsédé par cette histoire.

Quelle question idiote ! Si Papa pensait qu'il ne se souvenait de rien, comment est-ce qu'il pouvait se souvenir de ce qu'il avait jeté dans le caniveau ? Bon, soit il faisait le même geste que tout à l'heure, qui voulait dire tout et rien à la fois, soit il disait la vérité.

« Oui, ça, je m'en souviens, parce que ça s'est passé avant que je tombe par terre. J'ai jeté mon canif.

– Tu avais un canif ?

– Oui, j'avais fait un échange avec un copain.

– Et pourquoi est-ce que tu l'as jeté ?

– Parce qu'on peut se faire mal avec un canif. »

C'était une réponse parfaite, il n'y avait rien de mieux qu'une vérité mensongère.

« Bravo, Michilino ! » s'écria en effet Papa.

Lors de sa dernière visite, le médecin leur avait dit que, désormais, Michilino était parfaitement guéri, qu'il pouvait sortir de chez lui quand il voulait et qu'il pourrait même aller à la réunion du samedi fasciste. La cicatrice était toute fine et, avec le temps, elle ne se verrait plus. N'empêche qu'il dut montrer sa blessure à tout le monde, ils voulaient tous la voir, depuis la maîtresse Pancucci jusqu'au commandant centurion Scarpin, depuis Prestipino jusqu'à ses camarades Balilla. Le commentaire de Scarpin fut :

« Il aurait mieux valu que tu verses ton sang dans la bataille de Makalé. »

Comme il était guéri, il retourna dormir dans la petite chambre avec Marietta, tandis que son père retrouva son lit. À présent, Papa ne rentrait plus au petit matin, il mangeait tous les soirs avec Michilino et Marietta. Il semblait de nouveau serein et content. Peut-être que les choses vont mieux avec Maman, se dit Michilino, qu'un jour elle rentrera et que Marietta s'en retournera chez elle. Car Michilino ne la supportait plus, elle lui avait menti. Un soir, alors qu'ils étaient couchés, il décida de le lui dire.

« Tu m'as trompé.

– Moi ?

– Oui, toi, tu m'as dit que, quand deux fiancés faisaient ces choses-là ensemble, c'était un péché véniel, alors que c'est un péché mortel.

– Et qui est-ce qui t'a raconté ça ?

– Le père Jacolino.

– Pourquoi t'as pas demandé au père Burruano quel type de péché il faisait quand il baisait avec ta mère ? »

La violence de cette question raviva la douleur de la blessure qu'il avait à la poitrine, c'était comme s'il venait d'enfoncer la lame du canif dans son cœur.

« Tu t'es damnée et tu voulais que je me damne, moi aussi. Le diable est entré en toi, et c'est lui qui te fait parler comme ça.

– Eh bien, si tu ne veux pas entendre la voix du diable, t'as qu'à te taire, dors et ne me casse plus les pieds.

– Je dirai à Papa ce que tu m'as fait faire.
– Dis-le-lui. On verra qui de nous deux ton père croit le plus, moi ou toi. Dors, petit con. »

Le monument aux morts de la Grande Guerre représentait un soldat qui avait un bras levé avec un poignard dans une main et qui, de l'autre, protégeait une femme avec un enfant sur son sein. Sur le piédestal de marbre figuraient les noms, en lettres de cuivre, des quatorze soldats morts pendant la guerre. Papa et le podestat décidèrent d'ajouter le nom de la chemise noire Cucurullo Ubaldo à l'arrière du piédestal. Quand les lettres de cuivre furent prêtes et collées, on les recouvrit d'un drap, qui devait être soulevé le dimanche suivant lors d'une cérémonie, durant laquelle Papa, qui était secrétaire politique, prendrait la parole. Le jour en question, à dix heures du matin, tout le village se plaça devant le monument, parce que derrière il n'y avait pas assez de place pour un tel attroupement. Du coup, les gardes ne laissèrent passer que les dignitaires politiques et personne ne put voir la cérémonie de la levée du drap. Puis le podestat, les parents de Balduzzo et le centurion Scarpin sortirent de derrière le piédestal et se placèrent au premier rang devant le monument. Papa monta sur un podium pour tenir son discours. Michilino, en uniforme de Balilla, était placé lui aussi au premier rang, à côté de Marietta. Ils étaient tous les deux debout.

« Camarades ! Hommes et femmes de l'Italie fasciste ! » commença Papa.

Michilino banda. Tout de suite. Immédiatement. Il lui arriva ce qui lui était arrivé la première fois où il avait entendu un discours de Mussolini, mais au moins, cette fois-là, c'est parce qu'il avait entendu la voix du *Duce*. Michilino glissa une main dans sa poche et tenta, tant bien que mal, de faire baisser la tête à son petit oiseau. Pour qu'il ramollisse, il commença à penser à combien il souffrait d'être séparé de sa mère. Rien. Alors il pensa à Jésus qui se tordait de douleur, cloué sur la croix. Rien. Est-ce que Marietta s'en était aperçue ? Il la regarda du coin de l'œil. Marietta avait bien d'autres chats à fouetter, elle était en train de pleurer comme une Madeleine pendant que Papa parlait de Balduzzo, de sa jeunesse si généreusement offerte au *Duce* pour la grandeur de sa patrie. Marietta n'était pas la seule à pleurer, il y avait aussi toutes les femmes qui étaient dans la foule, sans compter les hommes qui avaient les yeux brillants de larmes.

Mais pourquoi, pendant qu'il parlait, Papa n'arrêtait pas de regarder Marietta ? Il s'adressait directement à elle, c'est comme si les autres n'existaient pas. Marietta non plus ne détachait pas les yeux de Papa ! Alors, Michilino comprit que, pendant qu'il était à l'hôpital, elle avait sans doute raconté à Papa l'histoire de ses fiançailles secrètes avec Balduzzo. Comment est-ce qu'elle avait osé se montrer si familière ? Tandis qu'il se posait ses questions, Michilino leva la main. Son petit oiseau dressa de nouveau la tête. Au même instant, la main gauche de Marietta, qui continuait à pleurer comme une fontaine, se baissa, sans qu'il s'en aperçoive, sur son petit oiseau et lui donna méchamment une grosse tape.

Papa sortit de sa poche une enveloppe qu'il tendit à Marietta.

« Qu'est-ce que c'est, tonton Giugiu' ?

– Dedans, il y a l'argent pour l'aide que tu nous apportes. Tu la donneras à ton père.

– Merci », fit Marietta en laissant l'enveloppe sur la table.

Les yeux de Michilino fixèrent Marietta et ne la lâchèrent plus, si bien que sa cousine, sentant son regard, se retourna.

« Il t'a payée comme une bonniche, firent les yeux de Michilino.

– Tais-toi, petit con », lui répondirent ceux de Marietta.

Papa sortit une autre enveloppe et la posa à côté de la première.

« Et ça, c'est quoi ?

– Ça, fit Papa d'un ton solennel, c'est un cadeau pour toi, n'en parle à personne. C'est de l'argent. C'est un petit geste, je voulais te remercier pour tout ce que tu as fait pour mon fils et pour moi. »

Ils étaient assis à table. Marietta bondit sur ses pieds, la chaise tomba à la renverse, elle courut vers Papa, se plaça derrière lui, l'embrassa, commença à lui donner des bisous sur les joues, sur les oreilles, dans le cou.

« Ça suffit, ça suffit, fit Papa en riant, garde tous ces baisers pour ton fiancé.

– J'ai pas de fiancé et je veux pas en avoir, j'ai tout ce qu'il me faut, j'ai mon beau tonton Giugiu' et ça me suffit ! »

Elle regarda Michilino. Ses yeux froids de serpent dirent :

« Tu vois comment vont les choses, petit con ? »

Michilino senti son estomac se serrer.

Comment est-ce que Papa pouvait ne pas comprendre que Marietta était un diable incarné ? Est-ce que lui, comme soldat de Jésus, n'avait pas le devoir de lui ouvrir les yeux en tentant de le lui faire comprendre par tous les moyens ? Le médecin lui avait prescrit un médicament à faire préparer en pharmacie, à la fois un reconstituant et un calmant, car à cause de sa blessure, Michilino ne dormait plus très bien. Ce fut Marietta qui apporta la prescription chez le pharmacien et c'est elle qui, deux jours plus tard, alla chercher le petit flacon. Michilino devait en prendre deux gouttes dans un demi-verre d'eau avant de se coucher. Sa cousine lui préparait sa potion et la posait sur la table de nuit. Michilino l'avalait, puis allait dans la cuisine, mettait son verre dans l'évier et en prenait un propre qu'il remplissait d'un peu d'eau ; il lui arrivait souvent de se réveiller en pleine nuit, avec une soif terrible à cause de son médicament qui lui laissait la bouche amère. Une nuit, Michilino se réveilla en sentant le matelas bouger, c'était Marietta qui venait de se coucher, elle avait dû avoir besoin d'aller aux toilettes. Et c'était sûrement pour la grosse commission, parce que pour ce qui est de la petite, il y avait les pots de chambres dans les tables de nuits. Même si leurs corps ne se touchaient qu'à peine, Michilino sentit que sa cousine était moite et qu'elle essayait de retenir son souffle, comme si elle venait de piquer un sprint. L'horloge de la mairie sonna quatre heures du matin. Dans la chaleur des draps et des couvertures, Marietta commença à dégager une odeur de femme et cette puanteur augmenta de minute en minute, jusqu'à ce que l'air de la petite chambre devienne irrespirable. Michilino se mit sur le ventre et fourra son nez dans l'oreiller, au point qu'il faillit s'étouffer, mais il valait mieux mourir asphyxié qu'empoisonné par cet air fétide et infect.

Dès que Marietta sortit pour aller faire les courses et s'acheter une nouvelle robe avec l'argent que lui avait donné Papa, Michilino, sachant qu'elle resterait longtemps dehors, se précipita dans le bureau de son père et prit un numéro du *Popolo d'Italia*, un de ceux qui étaient placés tout en bas de la pile de journaux. Il regarda la date, il était vieux de deux ans, Papa n'avait sûrement plus besoin de le relire. Il le posa sur la table de la salle à manger, alla dans la cuisine, versa un peu d'eau et quatre pincées de farines dans une soucoupe et il touilla le tout avec un doigt. La colle de farine était prête. Puis, il prit les ciseaux qui servaient à nettoyer le poisson et retourna dans la salle à manger. La veille, en rentrant de ses cours, il avait acheté une feuille, une enveloppe et un timbre. Il mit trois-quarts d'heure à trouver, découper et coller les lettres de l'alphabet, mais à la fin il réussit :

TU AS FAIT ENTRER LE DIABLE CHEZ TOI

La lettre anonyme était prête. Il remit le journal qu'il avait découpé à sa place, lava la soucoupe, rangea les ciseaux dans la cuisine, attendit un peu que la colle de farine sèche, enfila la feuille dans l'enveloppe, la ferma en la léchant, y colla le timbre. Il manquait seulement l'adresse. Il mit la lettre dans son cartable, de toute façon, personne ne l'ouvrait jamais, ni Papa ni Marietta.

Après son cours, il attendit assis sur l'escalier que Prestipino, qui était toujours en retard, arrive.

« Prestipino, rends-moi un service.

– Je peux pas, il est tard.

– Je te paye.

– Combien ?

– Une demi-lire. »

Prestipino écarquilla les yeux, il ne s'attendait pas à une telle somme.

« T'es sérieux ? »

Michilino sortit l'argent de sa poche et le posa sur une marche.

« Qu'est-ce que je dois faire ? »

Michilino lui tendit l'enveloppe.

« Il faut que tu écrives une adresse sur cette enveloppe. En lettres capitales. Et sans faire d'erreur. Chaque fois que tu feras une erreur, je t'enlèverai un sou. Si jamais t'ouvres la bouche et tu racontes quoi que ce soit à quelqu'un, je te tue.

– Donne-moi une plume et de l'encre.

– Non, prends les tiens. »

Prestipino utilisait de l'encre noire, alors que Michilino écrivait avec de l'encre bleue. Prestipino ne fit pas d'erreur et Michilino posta la lettre avant de rentrer.

Lorsqu'il arriva chez lui, il trouva son père assis dans le salon et Marietta devant lui, qui tantôt marchait tantôt tourbillonnait comme une toupie avec la nouvelle robe qu'elle venait de s'acheter.

« Qu'est-ce que tu en dis, Giugiu' ?

– Elle te va très bien. Tu es très belle, très très belle. »

Ben quoi ? Elle l'appelait Giugiu' tout court, maintenant ? Où est-ce qu'il était passé, le « tonton » et le respect qui allait avec ?

Est-ce qu'envoyer une lettre anonyme est un péché ? Et, dans ce cas, c'était quel genre de péché ? Ce fut la première idée qui lui traversa l'esprit le lendemain matin, lorsque la voix de sa cousine le réveilla. Marietta se levait à six heures et demie, elle préparait le café et l'apportait à Papa qui était encore couché. Vers sept heures et demie, Papa, qui était déjà prêt pour aller au bureau, buvait un deuxième café et sortait. À ce moment-là, Marietta se mettait à chanter à tue-tête. Un matin, elle chantait :

Io ti saluto e vado in Abissinia,
cara Virginia,
ti scrivo[1].

Le lendemain, elle changeait de chanson :

Mamma, ritorno ancor nella casetta
Sulla montagna che mi fu natale,
Son pien di gloria, amata mia vecchietta,
Ho combattutto in Africa Orientale[2].

1. « Je te salue et pars en Abyssinie/ ma chère Virginia/ je t'écrirai. »
2. « Maman, je reviens dans notre petite maison / Sur la montagne où je suis né, / Je suis couvert de gloire, ma petite vieille chérie / J'ai combattu en Afrique orientale. »

Elle le faisait exprès, elle savait que Michilino aimait bien rester au lit pour dormir tout seul jusqu'à neuf heures, mais elle prenait un malin plaisir à faire du raffut pour qu'il se lève plus tôt.

Ce matin-là, en revanche, cela l'arrangeait qu'elle le réveille. Il se lava, s'habilla et se précipita à l'église. Il attendit son tour devant le confessionnal, s'agenouilla et se signa.

« Je veux me confesser.

– Quel âge as-tu ? » demanda une voix inconnue.

C'était un nouveau prêtre, il avait peut-être été envoyé à la place du père Burruano. Il répondit « non » à toutes les questions qu'il lui posa, puis il lui demanda :

« Est-ce qu'envoyer une lettre anonyme est un péché ?

– Comment ? »

Le prêtre s'attendait à tout, sauf à ce qu'un môme de sept ans lui pose une telle question. Michilino la lui répéta patiemment.

« Pourquoi est-ce que tu me demandes ça ?

– Parce que ça m'intéresse. »

Le prêtre réfléchit.

« Ça dépend, dit-il. Il serait préférable de ne pas se cacher derrière l'anonymat, mais si l'intention de celui qui écrit ce genre de lettre est d'obtenir un résultat qui lui semble juste, honnête et bon, alors ce n'est pas un péché. »

C'est ce qu'il voulait savoir. Qu'y avait-il de plus juste que de vouloir chasser le démon ? Il récita l'acte de contrition et courut se jeter au pied du crucifix.

« Merci, Jésus, merci de m'avoir inspiré l'idée de la

lettre. Si tu continues à guider mes pensées, je te promets que cette diablesse de Marietta sera chassée de la maison de Papa. »

Alors qu'il rentrait chez lui, il rencontra le facteur qui le connaissait depuis sa naissance. Il lui remit trois lettres et les deux journaux auxquels Papa était abonné, *Il Popolo d'Italia* et *Il Giornale di Sicilia*. Une des trois lettres était la lettre anonyme. Pendant que Marietta était sortie faire les courses, Michilino posa le courrier sur le bureau de son père et commença à faire ses devoirs. Papa arriva à l'heure du déjeuner tout joyeux, il entra dans son bureau et, quelques minutes plus tard, sortit de la pièce avec une tête d'enterrement. Pendant le repas, il était si taciturne que Marietta lui demanda :

« Qu'est-ce qui se passe, Giugiu' ?

– J'ai reçu une lettre anonyme

– Encore ? » laissa échapper Marietta.

Papa la foudroya du regard.

« Et qu'est-ce qu'elle raconte ? » fit Marietta.

Il sortit la lettre de l'enveloppe.

« Tiens, quelle drôle d'écriture ! s'exclama Marietta.

– "Tu as fait rentrer le diable chez toi" », lut tout haut Papa, puis il ajouta :

« Bordel de merde ! Mais qu'est-ce que ça veut dire ? »

Papa profitait de ce que Maman n'était pas là pour dire des gros mots. Marietta ne broncha pas et Michilino non plus. Ils terminèrent le repas en silence. Tandis que Papa remettait la lettre dans sa poche, Marietta dit :

« Tu as remarqué l'adresse sur l'enveloppe ?

– Pourquoi ?

– Elle est écrite par un enfant. »

Quand le diable faisait marcher sa tête ! Michilino chercha un moyen de lui clouer le bec, mais son père esquissa un petit sourire en coin.

« Non, Mariè, c'est ce que l'auteur de la lettre veut nous faire croire. C'est sûrement un adulte qui l'a écrite et qui a cherché à déguiser son écriture.

– Pourquoi est-ce que tu dis un homme, Papa ? lança Michilino, ça peut-être aussi une femme.

– Tout est possible », fit Papa, perplexe.

Le lendemain matin, Michilino ne fut pas réveillé par les chants de sa cousine, il régnait un silence de mort. Marietta était peut-être sortie pour acheter du poisson frais avec Papa, qui en connaissait un rayon sur la question. Quelle merveille, ce silence ! Il se tourna sur le côté, ferma les yeux et s'endormit presque aussitôt. Puis il entendit comme une explosion, comme un grondement de tonnerre terrible, les vitres des fenêtres tremblèrent. Mais qu'est-ce qui était donc en train de se passer ? Avant même qu'il eut le temps de réfléchir, son petit oiseau, lui, avait tout compris : il était devenu dur et tendu. C'était un discours de Mussolini, le volume sonore était au maximum. Il se leva, la tête de son petit oiseau soulevait sa chemise de nuit, il se précipita dans la salle à manger pour éteindre le phonographe. Mais devant la radio se trouvait Marietta, les yeux hagards, la bouche tordue en une sorte de grimace, avec un balai à la main qu'elle montra à Michilino :

« Si tu t'approches, je te fracasse le crâne ! »

Puis elle éclata de rire, d'un rire qui ressemblait au

bruit d'une perceuse. Elle lui désigna du doigt la partie relevée de sa chemise de nuit :

« Et maintenant, qu'est-ce que tu vas faire avec ta bite, petit con ? T'as besoin que je t'aide ? »

Michilino se boucha les oreilles et courut s'enfermer dans la salle de bains. Il ouvrit l'armoire, il y avait encore la ouate que sa mère utilisait lorsqu'elle se maquillait, il forma deux petites boules et les introduisit dans ses oreilles. Instinctivement, sa main droite empoigna son petit oiseau, il arriverait peut-être à se soulager tout seul. Mais c'était un péché mortel ! Qu'est-ce qu'il était en train de faire ? Il ne pouvait pas laisser le diable gagner ! Il tomba à genoux. « Ô Jésus, je t'en supplie, aide-moi à sortir de ce guêpier ! Viens vite, mon petit Jésus miséricordieux, viens sauver ton soldat en danger de mort ! »

Il perçut d'abord comme une tâche d'humidité grise sur le mur, puis parurent des couleurs confuses et, peu à peu, tout doucement, se forma l'image de Jésus sur la croix.

« Regarde-moi, Jésus, dis-moi ce que je dois faire ! »

Jésus se décida finalement à le regarder, ses yeux étaient comme embués.

« Douleurs », dit-il.

Et il disparut brusquement. Il n'en fallut pas plus à Michilino pour comprendre. La petite fenêtre de la salle de bains était ouverte. Il posa les doigts de la main gauche sur l'encadrement en bois et ferma la fenêtre à la volée. Le coup fut terrible, la douleur lancinante qu'il ressentit irradia tout son corps. Il rouvrit la petite fenêtre et la claqua de nouveau. Cette fois, il ne résista pas, il cria et tomba par terre en se tortillant. Mais il sentait qu'il avait gagné. Sa main était en train de gonfler à vue d'œil, on aurait dit une miche de pain à peine sortie du four. Il avait gagné ! Sa chemise de nuit, à présent, ne rebiquait plus. Il mit les doigts sous l'eau froide.

Une nuit, il se réveilla en sueur, il avait fait un cauchemar. Il avait rêvé qu'il se réveillait et que Marietta n'était plus couchée à ses côtés. Alors, tandis que l'horloge de la mairie sonnait trois heures et demie, il se levait ; sans même enfiler ses pantoufles et sans trop savoir pourquoi, il commençait à arpenter la maison où toutes les lumières étaient éteintes. Mais dès qu'il arrivait dans le couloir, il s'apercevait que la porte du salon était mal fermée, un filet de lumière filtrait de l'entrebâillement. Il s'approchait tout doucement, il voulait savoir ce que faisait Marietta à cette heure-là dans le salon. Il appuyait son visage contre le chambranle et regardait. Son père était assis dans un fauteuil, mais Michilino ne pouvait pas le voir parce qu'il tournait le dos à la porte. En revanche, il apercevait le bas du corps de Marietta, mais pas son visage. Elle était agenouillée entre les jambes de Papa qui, tout à coup, lui soulevait le visage pour la regarder dans les yeux. Elle était toute décoiffée et elle avait le même regard hagard et méchant que le jour où elle l'avait réveillé avec le discours de Mussolini.

« T'es sûre que Michilino est en train de dormir ? demandait Papa.

– Je lui ai donné trente gouttes au lieu de dix, disait Marietta.

– Ça risque pas de lui faire du mal ?

– Mais non ! Le pharmacien m'a expliqué que trente gouttes font bien dormir, faut juste pas dépasser cette dose, sinon c'est dangereux. »

Papa n'ajoutait rien d'autre et laissait la tête de Marietta disparaître entre ses cuisses. Michilino était terrorisé, paralysé. Marietta le droguait ! Elle lui donnait des gouttes en plus pour le faire dormir et pour pouvoir faire ce qu'elle voulait avec Papa ! Puis, finalement il parvenait à bouger et à courir vers sa chambre. La manche de sa chemise de nuit se prenait à la poignée de la porte, il tirait et elle se déchirait. Il se couchait, glissait sa tête sous l'oreiller et s'endormait brusquement

Voilà le cauchemar qu'il avait fait. Il se leva, alla dans la cuisine, Marietta n'était pas là, elle était sortie de bon matin, mais elle lui avait préparé son café au lait, qui était encore tiède. Il s'assit à la table de la salle à manger.

Il prit le bol et le porta à sa bouche ; c'est alors qu'il s'aperçut que la manche de sa chemise de nuit avait un accroc.

Il frémit. Il n'avait pas rêvé ! C'était vrai ! Peut-être qu'il avait eu une crise de somnambulisme. Mais si Marietta le droguait, alors peut-être que le café au lait qu'elle lui avait préparé était empoisonné. Il retourna dans la cuisine, vida son bol dans l'évier et ne prit que quelques tranches de pain.

Ils déjeunèrent en tête à tête. Papa avait dit qu'il ne rentrerait pas manger. Michilino était sur le point de porter une première fourchetée de pâtes à la bouche quand sa main se bloqua et resta suspendue en l'air. Et si elle empoisonnait jour après jour sa nourriture, les pâtes, la viande, le poisson ? Marietta, en revanche, était en train de s'empiffrer de bon cœur. Mais ça ne voulait rien dire, sa cousine était une diablesse et, comme telle, il se pouvait que son sang contienne une composante naturelle qui changeait n'importe quel poison en eau fraîche. Non, il valait mieux se méfier et rester prudent. Il posa sa fourchette sur la table, repoussa son assiette et se coupa une tranche de pain. Dès que Marietta eut fini sa portion, elle prit l'assiette de Michilino et se l'enfourna en quatre coups de fourchette. Elle mangeait comme un porc. Au fond, c'était logique, le diable se comportait souvent comme un animal. Il ne toucha pas non plus le plat de résistance, c'est la diablesse qui l'avala.

Comme il avait une faim de loup, avant d'aller chez la maîtresse Pancucci, il passa à la boutique du Napolitain, s'acheta un petit pain, se le fit couper, garnir de deux tranches de mortadelle et il le mangea en route.

À la fin du cours, il se dit que, puisqu'il avait jeté son canif, il avait besoin d'une arme, la diablesse qui logeait chez eux était capable de tout, il pourrait avoir besoin de se défendre. Il ouvrit la porte du cagibi, prit son mousqueton, celui avec la baïonnette effilée, et rentra chez lui.

À force de manger un sandwich par jour, au bout d'une semaine il devint plus maigre qu'un coucou.

Quand Papa rentrait le soir il était trop pris par Marietta pour se rendre compte que son fils ne touchait pas son assiette et, de son côté, Marietta faisait en sorte qu'il ne s'aperçoive de rien.

Il commença à avoir des vertiges et à voir des choses bizarres.

Un jour, tandis qu'il allait en cours, il vit passer devant lui Mussolini sur un cheval blanc. Une autre fois, il fut interpellé par Balduzzo, en chemise noire, mais c'était un squelette parlant.

« Tu t'es tapé ma fiancée Marietta ! »

Balduzzo lui lança un coup de poing, qui le fit tomber par terre évanoui. Lorsqu'il rouvrit les yeux, il était entouré de gens, un homme agenouillé lui tenait la tête.

« Tu t'es évanoui, mon petit !

– C'est rien, merci, ça m'arrive parfois. »

Jésus lui apparaissait à tout bout de champ, lui donnant des conseils sur tout et n'importe quoi. En cours, il était devenu fainéant et distrait, il n'arrivait plus à faire ses devoirs, les lettres et les chiffres dansaient devant ses yeux. La maîtresse Pancucci lui dit qu'elle voulait parler à son père, mais il ne lui fit pas la commission, ne pas parler de quelque chose n'était pas un péché. À la réunion du samedi, Scarpin lui demanda de se mettre au garde-à-vous et lui passa un savon devant tout le monde parce qu'il n'avait pas réussi à faire le saut en longueur et que, pendant la course, il était tombé cinq fois. Un après-midi, alors qu'il venait à peine de rentrer de ses cours, il trouva pépé Filippo à la maison qui, dès qu'il l'aperçut, blêmit.

« Qu'est-ce que t'as, mon petit ?

– Rien.

– Comment ça, rien ? Mariè, t'as pas vu comme il a maigri cet enfant ? Il est malade ?

– Mais non, il n'est pas malade, fit Marietta, moi, je le trouve pas maigre du tout !

– Bon, je crois vais attendre Giugiu' pour lui en parler. »

Quand Papa arriva, il embrassa pépé Filippo et lui demanda :

« Qu'est-ce qu'il y a ?

– J'avais envie de voir Michilino. Mais dis-moi, où est-ce que t'as les yeux ?

– Pourquoi ?

– T'as pas vu comme il est maigre ! »

Giugiu' fixa longuement Michilino, on aurait dit qu'il le voyait pour la première fois.

« Effectivement, il est un peu maigre.

– Un peu ? fit pépé énervé. Allons dans ton bureau, faut que je te parle.

– Qu'est-ce qu'il y a ?

– Il y a que les langues vont bon train au village. »

Papa regarda tour à tour Marietta et Michilino.

« Allons par là. »

Marietta s'enferma dans la cuisine, Michilino resta dans la salle à manger.

De temps à autre il entendait la voix de son père.

« C'est mes oignons !

– Je m'en fous de ce que disent les gens !

– Je fais ce que je veux j'ai de compte à rendre à personne, putain ! »

Michilino frémit et se signa. Au même instant, Jésus lui apparut et s'assit sur une chaise.

Il était vêtu d'une tunique, mais il avait une grande blessure béante sur sa poitrine, qui laissait entrevoir son cœur qui battait.

« Il nous reste peu de temps avant que ton père ne damne à jamais son âme, lui dit Jésus. Il faut agir au plus vite.

– Qu'est-ce que je dois faire ?

– Tu le sauras le moment venu. »

Et il disparut brusquement. Michilino en revanche trembla de plus en plus fort. Pendant que les deux hommes continuaient à discuter, Michilino alla dans sa chambre, ouvrit le tiroir de la commode, où sa mère rangeait le thermomètre, et prit sa température. Trente-huit cinq. Cette fièvre ne le lâcha plus.

Trois jours plus tard, ce fut l'anniversaire de Marietta qui, à cette occasion, alla déjeuner chez ses parents, Michilino, en revanche, mangea au restaurant avec son père et s'enfourna une entrée, un plat de résistance, des fruits et des gâteaux ; ici au moins il se sentait en sécurité, il était sûr que personne ne mettrait du poison dans sa nourriture.

« Quand je pense qu'on vient me raconter que tu ne manges pas ! » fit Papa tout content.

Au moment de payer l'addition, Papa commanda le dîner que le garçon devait lui livrer vers neuf heures.

« Comme ça, on fêtera l'anniversaire de Marietta. »

Michilino resta silencieux. Lorsqu'il revint de chez Mlle Pancucci, Marietta n'était pas encore rentrée, mais elle avait caché les clefs, comme elle le faisait souvent, dans un trou à côté de la porte. Il ouvrit, entra et alla aussitôt aux toilettes, il s'était tellement empiffré au restaurant, qu'il avait mal au ventre. Puis Marietta arriva et passa sous son nez, sans lui dire ni bonjour ni bonsoir. Elle dressa la table, sans préparer à manger, Papa lui avait sûrement déjà dit qu'il avait commandé le dîner au restaurant. Il revint à neuf heures avec deux bouteilles :

« C'est du champagne français ! »

Et il alla les mettre dans la glacière. Ils mangèrent des tagliatelles au four, de l'espadon, des *cannoli* et une *cassata*. Michilino s'en mit plein la lampe, le seul risque qu'il courait était de choper un mal de ventre, encore pire que celui qu'il avait déjà. Après s'être enfilé un litre de vin avec Papa, Marietta alla chercher une bouteille de champagne. Papa fit sauter le bouchon, remplit les verres, y compris celui de Michilino, et ils se levèrent tous ensemble pour trinquer.

C'est alors que Papa dit :

« Un moment ! »

Il sortit de sa poche une boîte qu'il tendit à Marietta.

« Bon anniversaire ! »

À l'intérieur, il y avait un bracelet en or massif. Michilino s'attendait à assister aux habituelles scènes de remerciements, avec embrassades, bécotages et calineries, mais Marietta resta immobile à sa place, et se contenta de regarder Papa dans les yeux.

« Oui », fit-elle.

Tout à coup, Papa devint encore plus joyeux.

« À la santé de notre chère Marietta ! »

Michilino ne pipa mot, il but son verre de champagne et eut aussitôt les paupières lourdes de sommeil.

« Je vais me coucher. Bonne nuit.

– Attends que je te prépare ton médicament », s'empressa de dire Marietta.

Elle se leva en toute hâte, prit un verre, le remplit d'un peu d'eau et se dirigea vers la chambre. Michilino s'apprêtait à lui courir derrière, mais son père l'arrêta.

« Donne-moi un bisou. »

Il l'avait sûrement fait exprès pour que Marietta ait le temps de le droguer. Il fit semblant de boire son médicament devant sa cousine qui le regardait, mais sans l'avaler, espérant qu'elle ne s'en apercevrait pas. Marietta resta sans mot dire. Il se rendit dans la cuisine. Alors qu'il allait recracher dans l'évier ce qu'il avait dans la bouche, il fut pris d'une quinte de toux qui lui fit avaler la moitié du liquide. La diablesse avait gagné ! Il était condamné à s'endormir ! Découragé, il se déshabilla, se lava, enfila sa chemise de nuit et se coucha.

«Jésus, je t'en supplie, aide-moi ! », telle fut sa dernière pensée avant de sombrer dans le sommeil.

« Soldat Sterlini Michelino ! l'appela une voix impérieuse qu'il connaissait bien, l'heure a sonné ! Lève-toi et fais ton devoir ! »

Il ouvrit les yeux, Marietta n'était plus à ses côtés. Il comprit qu'il était brûlant de fièvre, sa température avait dû monter jusqu'à quarante. Il se leva, posa ses pieds par terre, mais il s'aperçut, sans s'étonner plus que ça, qu'il était suspendu dans les airs, à une dizaine de centimètres du sol. C'était Jésus qui était en train de l'aider, pour lui faciliter la tâche. Il prit son mousqueton, qu'il rangeait toujours à côté de la porte, leva la baïonnette, la fixa. Il marchait sans avoir besoin de faire des pas. Il avançait, comme une statue portée en procession. Dans la chambre, la lumière était allumée. Il regarda. Depuis combien de temps s'attendait-il à voir ce qu'il vit ? Depuis quand savait-il qu'un jour ou l'autre il les aurait surpris ainsi ?

Marietta, allongée sur le dos, dormait toute nue à côté de Papa, qui était couché sur le flanc et qui ronflait, tout nu, lui aussi.

Ils avaient fait des choses malhonnêtes, ils avaient baisé comme des porcs, comme des animaux, c'est ce qu'ils étaient en effet, et, à présent, épuisés et ivres, ils dormaient d'un sommeil de plomb. La chambre était imprégnée d'une odeur fétide de femelle.

« Allons-y », se dit Michilino.

Il s'approcha de Marietta et lui enfonça la baïonnette dans la gorge. La force du coup fut telle que la nuque du diable se retrouva clouée au matelas. Michilino comprit que cette force ne lui appartenait pas, elle lui avait été prêtée pour qu'il accomplisse son devoir. Le seul geste que fit Marietta fut de replier brusquement ses jambes au point que ses genoux touchèrent presque ses seins, puis elle les étendit de nouveau et ne bougea plus. Michilino retira la baïonnette après une dizaine de minutes, le sang rougit l'oreiller et la couverture.

« Poursuivons. »

Tout en continuant à marcher dans les airs, il contourna le lit pour aller du côté où dormait son père et se baissa pour lui donner un baiser sur le front.

« Je t'aime, Papa, même si tu as commis des péchés mortels. »

Papa fit un geste comme pour chasser une mouche et

se tourna sur le dos. Parfait, c'était encore mieux dans cette position. Michilino leva la baïonnette et la lui enfonça dans le cœur. Elle s'enfonça comme dans du beurre. Papa ouvrit les yeux, aperçut Michilino, tenta de se lever. Mais désormais Michilino était le plus fort. Il arracha la baïonnette de la poitrine de son père et la lui ficha dans la gorge. Il attendit un peu, il ne se passa rien, Papa ne bougea plus. Il n'eut aucun mal à extraire la baïonnette. Il la baissa, en se souillant les mains de sang, sans que cela l'impressionne. Il recula d'un pas, ouvrit la culasse, empoigna son mousqueton et visa.

« Poum ! » fit-il en criant de toutes ses forces.

Papa méritait bien le coup de grâce qui lui éviterait de souffrir, le diable non, plus il souffrait avant de mourir, mieux c'était.

Il jeta son mousqueton par terre et alla dans le couloir. La veille, on leur avait livré dix bidons, de dix litres chacun, de cette essence spéciale que pépé Aitano avait demandée. Est-ce qu'il réussirait à en soulever un ? Non seulement il y parvint, mais il lui parut léger comme une plume. Il aspergea les deux cadavres. Puis il alla prendre un deuxième bidon et versa l'essence sur le matelas. Il en ouvrit un troisième. Étrangement, il s'aperçut qu'au lieu d'être de plus en plus fatigué, les bras en coton à cause du poids qu'il portait à chaque voyage, il se sentait de plus en plus fort et reposé. Alors, il décida de vider les dix bidons. En se mélangeant au sang, l'essence devenait toute rouge. Il revint de la cuisine avec quelques allumettes. Il en alluma une, la lança vers le lit. On entendit une explosion violente et tout s'embrasa aussitôt. Il retourna dans sa chambre, s'agenouilla, se signa et pria. Puis il se releva. Depuis le couloir, il vit que la chambre à coucher n'était plus qu'une fournaise. Il s'avança pour regarder à l'intérieur de la pièce. Papa était devenu une chose toute noire, assise au milieu du lit, on aurait dit qu'il s'apprêtait à esquiver un coup. De Marietta, il ne restait que deux bouts de bois brûlés, c'étaient sûrement ses jambes. Il ne sentit pas la chaleur, en fait il éprouvait une sorte de fraîcheur, comme ces soirs d'été où souffle une brise marine. Il avança de deux pas et il le vit. Comme dans le rêve qu'il avait fait. Jésus planait au-dessus des flammes et lui souriait.

« Tu es à moi », fit-il et il lui ouvrit les bras.

Michilino leva les siens.

« Je suis à toi », dit-il

Et il entra dans les flammes du brasier.

Achevé d'imprimer en février 2006
par **Bussière**
à Saint-Amand-Montrond (Cher)
pour le compte de la librairie Arthème Fayard

35-67-3040-9/01

ISBN 2-213-62870-8

Dépôt légal : février 2006.
N° d'édition : 67698. – N° d'impression : 060638/4.

Imprimé en France